黄玉峰 王召强 ○ 主编

谢宇 谢朋虹 ○ 编著

# 活在宋词里的唐诗40讲

上海科学技术文献出版社
Shanghai Scientific and Technological Literature Press

图书在版编目（CIP）数据

活在宋词里的唐诗40讲/谢宇，谢丽虹编著. —上海：上海科学技术文献出版社，2021
（中学生整本读经典丛书）
ISBN 978-7-5439-8376-2

Ⅰ．①活… Ⅱ．①谢…②谢… Ⅲ．①宋词—选集②唐诗—诗集 Ⅳ．①I222

中国版本图书馆CIP数据核字（2021）第135493号

选题策划：张　树
责任编辑：苏密娅　张雪儿
封面设计：留白文化

活在宋词里的唐诗40讲
HUOZAI SONGCI LIDE TANGSHI 40 JIANG
黄玉峰　王召强　主编　谢　宇　谢丽虹　编著
出版发行：上海科学技术文献出版社
地　　址：上海市长乐路746号
邮政编码：200040
经　　销：全国新华书店
印　　刷：常熟市人民印刷有限公司
开　　本：720mm×1000mm　1/16
印　　张：14.75
字　　数：232 000
版　　次：2021年8月第1版　2021年8月第1次印刷
书　　号：ISBN 978-7-5439-8376-2
定　　价：68.00元
http://www.sstlp.com

# 目录

第一讲 问月 　　　　　　　　　　　　　　　　　　　　　1
　　从李白《把酒问月·故人贾淳令予问之》到苏轼《水调歌头·明月几时有》

第二讲 杨花无情亦有情 　　　　　　　　　　　　　　　7
　　从杜甫《白丝行》、韩愈《晚春》到苏轼《水龙吟·次韵章质夫杨花词》

第三讲 花诉愁肠，草吟别绪 　　　　　　　　　　　　　13
　　从杜牧《初冬夜饮》《题安州浮云寺楼寄湖州张郎中》到李煜《清平乐·别来春半》

第四讲 相逢如幻，相对似梦 　　　　　　　　　　　　　18
　　从杜甫《羌村三首（其一）》到晏几道《鹧鸪天·彩袖殷勤捧玉钟》

第五讲 情深义重的"痴人说梦" 　　　　　　　　　　　23
　　从翁宏《春残》到晏几道《临江仙·梦后楼台高锁》

第六讲 谁人？与君共赏明年花 　　　　　　　　　　　28
　　从刘希夷《代悲白头翁》到欧阳修《浪淘沙·把酒祝东风》

第七讲　沦落与回归　　　　　　　　　　　　　　　　　　34
　　从白居易《琵琶行》《寄王质夫》、杜甫《卜居》到苏轼《醉落魄·席上呈元素》

第八讲　闻音辨词情　　　　　　　　　　　　　　　　　　42
　　从韦庄《更漏子·钟鼓寒》、赵嘏《闻笛》到李煜《捣练子令·深院静》

第九讲　鹧鸪声中说悲愁　　　　　　　　　　　　　　　　47
　　从白居易《山鹧鸪》到辛弃疾《菩萨蛮·书江西造口壁》

第十讲　流水东去愁难平　　　　　　　　　　　　　　　　52
　　从刘禹锡《竹枝词·山桃红花满上头》、李白《金陵酒肆留别》到李煜《虞美人·春花秋月何时了》

第十一讲　落花湿，美人泪　　　　　　　　　　　　　　　58
　　从杜甫《曲江对雨》到李煜《相见欢·林花谢了春红》

第十二讲　车如流水马如龙　　　　　　　　　　　　　　　63
　　从苏颋《夜宴安乐公主新宅》到李煜《望江南·多少恨》

第十三讲　乌衣巷中说兴亡　　　　　　　　　　　　　　　67
　　从刘禹锡《金陵五题·石头城》《乌衣巷》到周邦彦《西河·大石金陵》

第十四讲　扬州城内话兴衰　　　　　　　　　　　　　　　72
　　从杜牧《题扬州禅智寺》《赠别（其一）》《遣怀》《寄扬州韩绰判官》到姜夔《扬州慢·淮左名都》

第十五讲　长江滚滚之"来"与"流"　　78
　　*从杜甫《登高》到辛弃疾《南乡子·登京口北固亭有怀》*

第十六讲　万物皆空，万事如梦　　82
　　*从白居易《自咏》到苏轼《西江月·平山堂》*

第十七讲　诗酒泪烛会深意　　87
　　*从白居易《故衫》、杜牧《赠别（其二）》到晏几道《蝶恋花·醉别西楼醒不记》*

第十八讲　悲情中的乐观与豁达　　92
　　*从李峤《汾阴行》、元稹《告绝诗》到晏殊《浣溪沙·一向年光有限身》*

第十九讲　萋萋芳草中远去的王孙　　97
　　*从白居易《赋得古原草送别》到林逋《点绛唇·金谷年年》、梅尧臣《苏幕遮·露堤平》*

第二十讲　"别"是一般滋味在心头　　103
　　*从白居易《赋得古原草送别》、杜牧《赠别（其一）》到秦观《八六子·倚危亭》*

第二十一讲　江头风波恶，人间行路难　　108
　　*从杜甫《梦李白二首（其二）》到辛弃疾《鹧鸪天·送人》*

第二十二讲　阳关情几许　　113
　　*从王维《送元二使安西》到苏轼《渔家傲·送张元康省亲秦州》*

第二十三讲　一个"情"字解人难　　　　　　　　　　118
　　　从李贺《金铜仙人辞汉歌》到万俟咏《忆秦娥·别情》

第二十四讲　不知筋力衰多少　　　　　　　　　　　122
　　　从刘禹锡《秋日书怀寄白宾客》到辛弃疾《鹧鸪天·鹅湖归病起作》

第二十五讲　玉簪螺髻见悲愁　　　　　　　　　　　127
　　　从韩愈《送桂州严大夫》到辛弃疾《水龙吟·登建康赏心亭》

第二十六讲　且谈"商女"意象的发展　　　　　　　　133
　　　从杜牧《泊秦淮》到王安石《桂枝香·金陵怀古》

第二十七讲　绕枝飞蝶也说愁　　　　　　　　　　　138
　　　从郑谷《十日菊》到苏轼《南乡子·重九涵辉楼呈徐君猷》

第二十八讲　锦瑟年华中的愁绪　　　　　　　　　　143
　　　从李商隐《锦瑟》到贺铸《青玉案·凌波不过横塘路》

第二十九讲　东坡·黄鸡·衰老　　　　　　　　　　148
　　　从白居易《醉歌示妓人商玲珑》到苏轼《浣溪沙·游蕲水清泉寺》

第三十讲　穿越时空的"衰老"与"孤独"　　　　　　153
　　　从李白《秋浦歌》《独坐敬亭山》到辛弃疾《贺新郎·甚矣吾衰矣》

第三十一讲　白云深处露沾衣　　　　　　　　　　　158
　　　　　　从杜牧《山行》、王维《山中》到黄庭坚《水调歌头·游览》

第三十二讲　春·春雨·春草　　　　　　　　　　　163
　　　　　　从韩愈《早春呈水部张十八员外(其一)》到苏轼《减字木兰花·莺初解语》

第三十三讲　脱俗·世俗　　　　　　　　　　　　　168
　　　　　　从李商隐《无题(其二)》《宿骆氏亭寄怀崔雍崔衮》《偶题》到欧阳修《临江仙·柳外轻雷池上雨》

第三十四讲　曲终人不见，江上数峰青　　　　　　　173
　　　　　　从钱起《省试湘灵鼓瑟》到苏轼《江城子·江景》

第三十五讲　海棠依旧否？　　　　　　　　　　　　178
　　　　　　从韩偓《懒起》到李清照《如梦令·昨夜雨疏风骤》

第三十六讲　一种相思，两处闲愁　　　　　　　　　183
　　　　　　从韩偓《青春》到李清照《一剪梅·红藕香残玉簟秋》

第三十七讲　问花花不语　　　　　　　　　　　　　188
　　　　　　从严恽《落花》到欧阳修《蝶恋花·庭院深深深几许》

第三十八讲　"化诗入词"之先驱　　　　　　　　　　193
　　　　　　从白居易《杨柳枝词》、李贺《金铜仙人辞汉歌》到张先《千秋岁·数声鶗鴂》

第三十九讲　诗词中的物是人非　　　　　　　　　　198
　　　　从崔护《题都城南庄》到晏殊《清平乐·红笺小字》

第四十讲　杜牧与苏轼的花间密语　　　　　　　　　203
　　　　从杜牧《叹花》到苏轼《南歌子·暮春》

参考答案　　　　　　　　　　　　　　　　　　　　207

# 第一讲　问　月

> 引言

刘勰在《文心雕龙·通变》中针对文学创作实践提出了一个规律性认识——"变则可久,通则不乏"。且看苏词如何对唐诗进行融合、创新,使之重焕生机。

## 水调歌头·明月几时有

### 【北宋】苏轼

丙辰中秋,欢饮达旦,大醉,作此篇,兼怀子由。

明月几时有?把酒问青天。不知天上宫阙,今夕是何年。我欲乘风归去,又恐琼楼玉宇,高处不胜寒。起舞弄清影,何似在人间。

转朱阁,低绮户,照无眠。不应有恨,何事长向别时圆?人有悲欢离合,月有阴晴圆缺,此事古难全。但愿人长久,千里共婵娟。

> 注释

丙辰:此指1076年。

子由:苏辙,字子由,苏轼之弟。

今夕是何年:唐戴叔伦《二灵寺守岁》:"已悟化城非乐界,不知今夕是何年。"

乘风归去:《庄子·逍遥游》:"夫列子御风而行,泠然善也,旬有五日而后返。"《列子·黄帝》:"列子师老商氏,友伯高子,进二子之道,乘风而归。"

琼楼玉宇:谓月宫。

高处不胜寒:唐郑处诲《明皇杂录》:"八月十五日夜,叶静能邀上游月宫,将行,请上衣裘而往。及至月宫,寒凛特异,上不能禁。"(傅干《注坡词》卷一引,今本无)

起舞弄清影:与自己的影子为伴,一起舞蹈。唐李白《月下独酌》:"我歌月徘徊,我舞影零乱。"

何似:何如,不如。

"转朱阁"三句:月光转过红色楼阁,低映在雕花门窗上,照得人睡意全无。

"不应"二句:谓月与人不应有仇,为何常在人分别的时候圆?北宋司马光《温公续诗话》:"李长吉'天若有情天亦老',人以为奇绝无对。曼卿对'月如无恨月长圆',人以为勍敌。"何事,为何。

千里共婵娟:唐许浑《怀江南同志》:"惟应洞庭月,万里共婵娟。"婵娟,美好貌,此指月亮。

## 把酒问月·故人贾淳令予问之
### 【唐】李白

青天有月来几时,我今停杯一问之。
人攀明月不可得,月行却与人相随。
皎如飞镜临丹阙,绿烟灭尽清辉发。
但见宵从海上来,宁知晓向云间没。
白兔捣药秋复春,嫦娥孤栖与谁邻。
今人不见古时月,今月曾经照古人。
古人今人若流水,共看明月皆如此。
唯愿当歌对酒时,月光长照金樽里。

### 注释

丹阙:红色宫门。
绿烟:月光未明前的烟雾。
清辉:月光。
白兔捣药:神话说月中有玉兔捣药。西晋傅玄《拟天问》:"月中何有,白兔捣药。"
嫦娥:神话中说嫦娥为后羿之妻,后羿从西王母处得不死之药,嫦娥偷食,遂飞升月宫。
"今人"二句:唐张若虚《春江花月夜》:"江畔何人初见月,江月何年初照人。"
当歌对酒:即面对歌舞、酒宴。东汉曹操《短歌行》:"对酒当歌,人生几何。"当,对着。

### 穿越诗空

苏轼素来有"千古一人,旷世奇才"的美称,他集诗人、词人、散文家、书法家、画家、美食家等众多身份于一身。众所周知,"天才"并非是凭空而就的,苏轼的

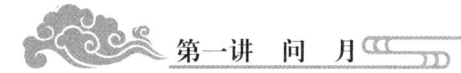

出现必然要站在前人的肩膀之上。宋人以学问为诗,一直以来就有点化唐诗的传统,而苏东坡就从唐诗中汲取了丰富的养料,糅合了大量历史典故,点化了众多唐人佳作,推陈出新,使唐诗在当时焕发出全新的生机,而他点化手法的高超也使他的作品自成一派。

乍看上面两首作品,我们可以找到很多的相似之处,两者都是"问月",两者都"把酒",两者都有对月上生活的追问,两者都有对月相变化的思考……有这么多相似之处,那么我们是否可以认定苏轼变着法地抄袭了李白的诗句呢?答案自然不是,否则苏轼怎么会成为"千古一人"呢?

## 一、苏轼对《把酒问月》用语的点化

《水调歌头·明月几时有》开篇就发出一问:"明月几时有",与李白在《把酒问月·故人贾淳令予问之》的开头"青天有月来几时"的相似度极高,几乎有抄袭之嫌。但是仔细看看他们各自"问月"问了些什么问题,就能明白为何如此高相似度的语句可以被认为是化用而非抄袭。苏轼问"不知天上宫阙,今夕是何年",又问"不应有恨,何事长向别时圆"。第一问的提出化用了唐人戴叔伦《二灵寺守岁》中的诗句"已悟化城非乐界,不知今夕是何年"。戴诗中的"不知今夕是何年"与《桃花源记》中的"问今是何世"意思相同,强调的是与世隔绝的孤立感,而苏轼的词句实际上反映了苏轼对宇宙和生命的存在的追问,提出对宇宙的怀疑。作者将自我置于宇宙之中,拥有了宏大的时空观。第二问时苏轼进一步发问,直指为何月儿常在别离之际而圆这个问题,紧跟着就给了答案:"但愿人长久,千里共婵娟",这种自问自答,将内心的牢骚和苦闷转化成了对人间的美好祝愿,是在"问月"的过程中实现了自我的排解。李白看似对月发问,但实际上没有提出疑问,"白兔捣药秋复春,嫦娥孤栖与谁邻"两句虽是问句,但却是反问句,借助玉兔日复一日的捣药,嫦娥无人为伴的孤凄来映衬自我的孤寂。因此"问月"在李白诗中起到的只是引子的作用,而苏轼则是实实在在地对月发问,展示了其对宇宙与生命的思考并完成了自我的排解。

我们在关注"问月"这一行为的同时,可以很容易看到两人的状态皆是"把酒问月"。两人皆"醉",为之沉醉的对象又都是"月",然而"月"的内涵却不尽相同。李白在"秦娥梦断秦楼月"中借月表达了他的惋惜,在"长洲孤月向谁明"中表达了他的迷惘,在《古朗月行》中展示了他对月亮从儿时幼稚的、朦胧的形象认识到寄寓无限深情的感情发展过程,月在李白诗作中不同情况下的多重内涵表明,李白对月原本就有一种深深的眷恋与神秘的体验,月亮是他的情感代码,融入了他的主观情感,月是他惯常使用的抒情意象,因此在醉的状态下李白看到月亮就自然地举杯发问。苏轼面对的月是中秋之月,在这特殊的时间节点,月作为来自自然界的一种刺激,极大地触发了他对弟弟子由的思念之情,因此他在醉意朦胧之下就不禁把酒问月。月之于李白是情感代码,之于苏轼则是特殊情境下的情感触发点。

## 二、苏轼对《把酒问月·明月几时有》主题的点化

苏轼的《水调歌头·明月几时有》不仅在用语上化用了李白的《把酒问月·故人贾淳令予问之》,还思考了相同的主题。《把酒问月·故人贾淳令予问之》中涉及了关于孤独、宇宙和生命的思考,《水调歌头·明月几时有》中也有,但是两者思考的具体内容与结果却很不一样。上文提到过,李白的孤独是通过"白兔捣药秋复春,嫦娥孤栖与谁邻"这一反问句来体现的,但他在提及这一感受之后,随即就在思路上进行了跳跃,开始讨论关于宇宙和个体生命的问题。"今人不见古时月,今月曾经照古人"化用了张若虚《春江花月夜》的"江畔何人初见月,江月何年初照人"。"今人不见古时月"意味着"古人不见今时月","今月曾经照古人",意味着"古月依然照今人",这两句诗具有重复、错综、回环之美和互文之妙。通过"今人""古人"的交替,和"古月""今月"的亘古不变,相互映衬出宇宙的无穷无尽和个体的短暂与渺小。意识到这一点以后,李白就得出了这样的结论——"古人今人若流水,共看明月皆如此"。一个"皆"字让李白心中的无奈与怅惘昭然若揭。面对这样的无可奈何,李白只好"唯愿当歌对酒时,月光长照金樽里",通过借酒消愁的方式来消解这样的情绪。思维跳跃实际上就是避而不谈,而无论避而不谈还是借酒浇愁都是消极处理情绪的方式,李白在"问月"过程中并没有能够成功地自我排解,只是在逃避直面这样的情绪,所谓的潇洒恣肆似乎都是假象。

《水调歌头·明月几时有》中的"不知天上宫阙,今夕是何年"将对宇宙和时空的怀疑提了出来,思考的结果则"前人之述备矣",因此苏轼在词中就不再赘述。而他的孤独感是在"转朱阁,低绮户,照无眠"中体现的,"照无眠"暗示了苏

轼孤独的两个层次：因为孤独伤感因此无眠，又因为月照愁人愁更愁因而孤独。中秋之作原应是团圆之作，但这首词却能够窥见苏轼身上的孤独。那么苏轼又是如何来对抗生命的渺小感和孤独感的呢？他说："人有悲欢离合，月有阴晴圆缺，此事古难全。"他不沉溺于对无法改变之事的自怨自艾，而是转向了一种对于人生定律、生命无常的深邃体会，他用"理"的方式来自我排遣，最终通过"但愿人长久，千里共婵娟"这种审美观照的态度来对待现实生活和生命。相比于李白，他在"问月"过程之中展现了强大的调适能力和抗压能力，诠释了何为真正的潇洒旷达。

### 三、苏轼对其他唐诗的点化

《水调歌头·明月几时有》对唐诗的点化不只局限在李白的《把酒问月·故人贾淳令予问之》中，它也借鉴了其他唐人的诗歌。其中"起舞弄清影，何似在人间"这两句词就让李白《月下独酌》中的诗句"我歌月徘徊，我舞影零乱"又活了一次。李白在月下"歌"与"舞"，表现的是饮酒的欢愉畅快，这种欢娱是建立在一种非清醒状态之下的虚妄，其情感似乎无所凭借，也就显得虚无缥缈了。而苏轼的"起舞"，其中存在一种比较，通过人间与玉宇的对比，明确了在人间的起舞才是自己所求的，直接地表达了对人间的眷恋。李白被称为"谪仙人"，苏轼被称为"坡仙"，两者皆仙。李白信奉道教，李白的"仙"是如"道"一样虚无缥缈的，不食人间烟火的。苏轼身上的"仙"，有着纷繁复杂的人性体现，儒释道三者交融错杂。他对于人间有着难以割舍的留恋，他难以抛弃人间温情，亲情的力量让苏轼始终"接地气"，有着浓浓的人情味，由此也不难理解他为何"恐琼楼玉宇"、觉得"高处不胜寒"了。

"但愿人长久，千里共婵娟"这两句词则使诗句"惟应洞庭月，万里共婵娟"（许浑《怀江南同志》）重新焕发了活力。许诗的"共婵娟"只是将情感寄托于月。而苏轼的"共婵娟"则在此基础之上有更进一步的发展。《水调歌头·明月几时有》是他被贬密州后所作，其中有政治失意的沮丧，也有对个体生命的渺小与孤独的无可奈何。但他却把个人命运放置在宇宙时空的大背景之下，通过超越自身的价值反射人的存在，开始认识到人生和个体生命的不完美，从而有了更多的包容意识，走向了对于人生的超脱。苏轼由己及人，将个体命运与整个人类命运联系在一起，在深深浅浅的人生羁绊中，在不可避免的人生悲凉内核下，走向对人类共通命运的理解,走向"千里共婵娟"的悲悯和广阔。

### 玩味诗词

1. 此篇提及的两首作品中,李白的"问月"和苏轼"问月"有何不同之处?

2. 李白在《把酒问月·故人贾淳令予问之》中和苏轼在《水调歌头·明月几时有》中所呈现的人生态度有何不同?

3. 如何理解苏轼在《水调歌头·明月几时有》表现出的"旷达"?

(谢 宇)

## 第二讲　杨花无情亦有情

### 引言

　　暮春时节,纷纷扬扬的柳絮飞扬在淫雨霏霏的半空中,附着在私家车的挡风玻璃之上,冷不丁钻入大家伙儿的居室里,有时还调皮地挑逗着人们的鼻腔引来一个大大的喷嚏。即便有"处处东风扑晚阳,轻轻醉粉落无香"这般溢美之词,柳絮在我们的生活中也洗脱不了不速之客的身份。然而,柳絮在古代确是古人们寄托情思的重要载体。古人对柳絮有类似爱称的称呼,"杨花",我们不妨抛开当代人的偏见,试着走近古人,去体味古人与杨花的缱绻情丝。

### 水龙吟·次韵章质夫杨花词
#### 【北宋】苏轼

　　似花还似非花,也无人惜从教坠。抛家傍路,思量却是,无情有思。萦损柔肠,困酣娇眼,欲开还闭。梦随风万里,寻郎去处,又还被莺呼起。

　　不恨此花飞尽,恨西园,落红难缀。晓来雨过,遗踪何在?一池萍碎。春色三分,二分尘土,一分流水。细看来,不是杨花,点点是离人泪。

### 注释

次韵:依照他人作品的韵脚和作。
章质夫:名楶(jié),苏轼友人。
杨花:柳絮。
似花还似非花:古人多将柳絮视作花,但亦有认为非花者。南朝梁萧绎《咏阳云楼檐柳》:"杨柳非花树,依楼自觉春。"
从教(jiāo):任凭,不管。
"抛家"三句:柳絮离开枝头,落在路旁,想来似乎无情,又好像有愁意。
"萦损"三句:以美人喻柳。柳条如柔肠为愁思萦绕,柳叶如双眼因春困倦怠。柔肠,喻柳条。娇眼,指柳叶,古人认为柳叶初生似睡眼初展,称柳眼。
"梦随"三句:以美人梦寻意中人被黄莺惊醒,喻柳絮随风飘转。
落红难缀:落花难再连接到枝头。
一池萍碎:古人认为柳絮落水变成浮萍。此句下作者自注云:"杨花落水为浮萍,验之信然。"

"春色"三句:谓春已残。

## 白丝行

### 【唐】杜甫

缲丝须长不须白,越罗蜀锦金粟尺。
象床玉手乱殷红,万草千花动凝碧。
已悲素质随时染,裂下鸣机色相射。
美人细意熨帖平,裁缝灭尽针线迹。
春天衣著为君舞,蛱蝶飞来黄鹂语。
落絮游丝亦有情,随风照日宜轻举。
香汗轻尘污颜色,开新合故置何许。
君不见才士汲引难,恐惧弃捐忍羁旅。

▶ 注释

越罗蜀锦金粟尺:越地的绫罗和蜀地的绸缎都要用镶有金粟的尺子来量。
象床:象牙做的床。
万草千花动凝碧:络丝之后,用各种花草的染料将它染成美丽的颜色。
裂:剪下。
色相射:光彩照人。
开新合故置何许:衣服打开来穿的时候还是新的,脱下来的时候已成了旧装,最后不知道放在哪里了。
汲引:引荐,提拔。
捐:弃。

## 晚 春

### 【唐】韩愈

草树知春不久归,百般红紫斗芳菲。
杨花榆荚无才思,惟解漫天作雪飞。

## 第二讲　杨花无情亦有情

### 穿越诗空

**一、杜诗与杨花**

　　回溯杜甫创作《白丝行》时的背景,当时的他遭逢了应试、干谒、献赋均失败的三重打击。应试失败并非出于其实力不足,而是出于"人祸"。当时的当权者李林甫因为害怕应试举子试"策对"时对他有不利的言论,所以故意让所有人落榜。以落榜为起点,杜甫开始了长达十年的京都漂泊生活。由此我们便能理解诗作中"落絮游丝亦有情"句,他以杨花自比,写出了他的漂泊无依。奸相弄权导致杜甫名落孙山,但是杜甫并没有对仕途完全失望,他暂时在长安旅居,也找到了另一条在当时比较盛行的登仕之路,那就是干谒权贵,说白了就是与权贵们吃喝玩乐、虚度年华,以求权贵提拔。然而干谒的过程并不是最让人无法忍受的,更可恶的是杜甫的干谒并没有什么作用,干谒的经历让他对官场产生怀疑与失望之情。尽管如此,由于当时"学而优则仕"思想的影响,他仍然在积极地寻求进入统治阶层的途径——向皇上献赋。结果,虽然皇上对其赋赞赏有加,却并没有直接授予其官职,而仅仅将其列入官员的备选名单之中,杜甫终无所获。接踵而至的三重打击击碎了杜甫的浪漫情怀和政治理想,他从原本"会当凌绝顶,一览众山小"豪情壮志中,转入了愁苦愤懑的心境。

　　在《白丝行》中,杜甫提到"已悲素质随时染",此处涉及了墨子的"素丝说"。杜甫带着一腔热血和政治抱负想要为国尽忠,权力集团却将他玩弄于股掌之间,让他看尽了龌龊,也放低自尊和人格经历了肮脏,这段经历成为他人生中的污点,正如素丝染上了污浊。"春天衣著为君舞,蛱蝶飞来黄鹂语",杜甫饱读诗书,精神饱满地来报效朝廷,就像一个少女细致地装扮自己来为心上人献舞。谁知皇上愚昧,在奸相和庸才的簇拥下对杜甫视而不见,这逐渐浇灭了他的政治热情,让他越来越失望,诗尾直抒胸臆"君不见才士汲引难,恐惧弃捐忍羁旅",表明了自己的羁旅困苦。

**二、苏词与杨花**

　　初读《水龙吟·次韵章质夫杨花词》便会被该词浓郁的哀愁与凄婉所感染,大量消极词汇的使用,例如"无人惜""抛家傍路""恨""离人泪"等,无论如何也让人高兴不起来。杨花仅仅是暮春时节的客观景象,但是在苏轼眼中竟显得如此消极,为什么?一切景语皆情语,景语中满是词人个人的愁绪。苏轼的消极情绪是情有可原的,此时的他刚刚经历了"乌台诗案",因为创作了讽刺变法弊端的诗,便被扣上了"谤讪朝廷"的罪名,含冤入狱,历经四个月的牢狱之灾后,被贬至黄州。试问一个心怀天下、欲有所作为的大丈夫却含冤被迫远离权力中心,对他来说是怎样沉重的打击!

  不是说消沉至极的人就会自暴自弃吗?为何苏轼还是可以写出好作品来呢?苏轼创作《水龙吟·次韵章质夫杨花词》时,并非因为自己有感而发,从标题就可以看出该作实际上是为章质夫《杨花词》和韵的一首词。章质夫是苏轼曾经的同僚兼好友,就在苏轼被贬黄州的前一年,章质夫就任江陵,因两地相邻甚近,故章作词赠予苏轼。鉴于两者的亲密关系,同时也因为对章词的欣赏,苏轼写出了这首《水龙吟·次韵章质夫杨花词》。

  在愤慨之极的心境下、无可奈何的宦海浮沉背景下,苏轼的词作不免投射出自身的人生遭际,这首词可以理解为他在某种程度上以杨花自喻,杨花最终会离开依附的柳树,正如他自己一般。"无人惜"中透露着被朝廷"发配"的不满与愤懑,"抛家傍路"的表达中透露出自己抛妻弃子、形单影只、漂泊远方的无奈与愧疚之情。至此,"思量却是,无情有思"就比较好理解,看似不带感情的离开,其中包含着复杂的情感,有不甘,有委屈,有无奈,有不舍……

  此处的杜诗和苏词,都是在作者经历了人生中的重大打击后写下的,两者的情感基调一致。然而具体经历不同导致了具体感受也有不同,同中有异,异中有同。

### 三、苏词对杜诗杨花意象的暗用

  杜甫的《白丝行》中写到了"落絮游丝亦有情,随风照日宜轻举",其中的杨花意象非常有内涵。杨花在脱离了柳树之后就悬在空气中飘浮,这种不上不下的悬浮使得落下的杨花在柳树附近流连,仿佛不愿意离开柳树,由此诗人产生一种"有情"之感,这一"杨花有情"的内涵便在各类唐人的诗句当中被凝固了下来。此二句中的副词十分值得推敲,"亦""宜"两字将作者的所有情感都展露无遗。"亦"表示即使杨花离开柳树,依然带着对柳树的留恋与不舍,否则就不会在空中漂浮与徘徊。"宜"是"应该"的意思，杨花离树而去，看在它的感情上也应该被风与太阳温柔对待，而不应被肆意践踏。杜甫在长安漂泊十年，遭遇碰壁、侮辱、冷嘲热讽在所难免，他渴求被公正相待，他的怨怼跃然纸上。

然而苏轼在其《水龙吟》的创作中却并没有沿用大部分唐人对"杨花"内涵的一贯用法，对其进行了反意引用——"抛家傍路，思量却是，无情有思"。苏轼将看待杨花落下这一自然现象的重点放在杨花到了特定时间就离开柳树（"抛家傍路"）这一点上，因此认为它是无情的。虽然苏轼认为杨花无情，但是又认为它"有思"。苏轼将柳树拟人化，说柳树是一个深居闺房的思妇，"萦损柔肠"是它的依依柳丝，"困酣娇眼"是它的飘飘柳叶，柳叶随风飞舞就是少妇"欲开还闭"的双眼。少妇的酣眠牵动着她的愁思，她的思念就是杨花，随风而起代替女子去追寻远在他方的游子。杨花离家之举虽然无情，但是它本身就是一种强烈的思念，是一种可以飘散的愁思。然而，即使是飘散的愁思也不能安然无恙，春雨的冲洗让杨花踪迹难寻，"二分尘土，一分流水"让杨花经历雨淋和暮春的催逼之后的残态毕现。那是思绪随着时间空间的阻隔愈发破碎，想念一个人，想着想着，连思念都变得残碎，是何等令人绝望与怅惘。

杜甫认为杨花有情，然而苏轼却认为杨花无情，因为它本身就是一种思绪。苏轼对杨花内涵的反意引用创意十足，他将柳树拟人化的处理也令人拍案叫绝。然而最早对杨花内涵进行另类引用的是韩愈的《晚春》："杨花榆荚无才思，惟解漫天作雪飞。"晚春时节，草木繁盛，群花争奇斗艳，唯独杨花与榆荚不参与这场争艳的大赛，它们随着风飘散，化成漫天的飞雪。这种超然度外的表现，被作者称作"无才思"，这是一种不聪明、没有好好考虑的表现。明面上看这是在嘲笑杨花和榆荚，实际上是韩愈的自嘲。

三首作品都采用了杨花的物象，但是其使用的内涵与语境都有各自的独特之处。杜甫认为杨花有情，韩愈认为其没有才思，苏轼认为其无情有思。杜、韩都有以杨花自喻的倾向，而苏轼凭借天才的创造力，将杨花比作思念本身，以具象代替抽象，这是对杨花物象使用的一大创新突破。

### 玩味诗词

1. 在长安，怎样的经历击碎了杜甫的浪漫情怀和政治理想？

2. 联系自然现象,解释为何最初杨花会被认为是"有情"的?

3. 尝试着从修辞角度赏析苏轼的《水龙吟·次韵章质夫杨花词》手法运用的妙处。

4. 简述三首作品中杨花的内涵,并结合作者的背景探究其表达的独特情思。

(谢 宇)

# 第三讲　花诉愁肠，草吟别绪

> **引言**

　　俞平伯在《唐宋词简释》中谈论李煜的《清平乐·别来春半》："梦的成否原不在乎路的远近，却说路远以至归梦难成，语婉而意悲。"究竟是怎样的哀愁使得心中所想在梦境中都难以实现？走进《清平乐》我们或许能一探究竟。

## 清平乐·别来春半
### 【南唐】李煜

别来春半，触目柔肠断。砌下落梅如雪乱，拂了一身还满。

雁来音信无凭，路遥归梦难成。离恨恰如春草，更行更远还生。

> **注释**

砌：台阶。

## 初冬夜饮
### 【唐】杜牧

淮阳多病偶求欢，客袖侵霜与烛盘。

砌下梨花一堆雪，明年谁此凭阑干？

> **注释**

与：对，向。

谁此：谁人在此。

阑干：同"栏杆"。

## 题安州浮云寺楼寄湖州张郎中
### 【唐】杜牧

去夏疏雨余，同倚朱阑语。

当时楼下水，今日到何处。

恨如春草多,事与孤鸿去。

楚岸柳何穷,别愁纷若絮。

  李煜的《清平乐·别来春半》一词中,两处极富表现力的词句均化用了杜牧的诗句。第一句是"砌下落梅如雪乱",点化自《初冬夜饮》中的"砌下梨花一堆雪";第二句则是"离恨恰如春草",化自《题安州浮云寺楼寄湖州张郎中》的"恨如春草多"。想要走进《清平乐·别来春半》,了解词中的两处点化之句的出处很有必要,接下来让我们在比较中体会李煜词对前人的超越与发展。

### 一、花非花,却诉惆怅

  杜牧的《初冬夜饮》写于外放途中。诗的开篇句"淮阳多病偶求欢",借用汉代汲黯的典故。《汉书·汲黯传》曾记载了这样一段历史:汲黯因屡谏而出为东海太守,"多病,卧阁内不出"。后徙为淮阳太守,"黯付谢不受印绶,诏数强予,然后奉诏。召上殿,黯泣曰:'……臣常有狗马之心,今病,力不能任郡事。'"杜牧和汲黯有着相同的遭遇,他因刚直敢言,屡次进谏,触怒了时任宰相的李德裕,受到了排挤,被外放为黄州刺史,辗转于池州、睦州等地,流离失所。因此杜牧就以汲黯自喻,自称"淮阳多病",暗示自己被排挤出京。心怀悲愤,恰逢遇上了萧索季节,暗合了诗题中的"初冬"。夜色爬入眼眸,寒冷与暗淡侵袭了诗人的心,唯有借酒浇愁换取片刻的温暖,才能度过这漫漫又茫茫之夜,故"求欢"指向了诗题中的"饮"。

  自比汲黯、营造凄清之境后,愁思郁积还在不断发酵、蔓延。"客袖侵霜与烛盘"一句又进一步抒写了客居他乡的失意惆怅。天寒岁暮,不仅让人的躯体感受到寒冷,更激活了人内心深处的隐痛。异乡人对此地的天然隔膜与对家乡的相思,在"客袖"一词中显露无遗,"侵霜"更增添了流离失所之苦,契合了诗题中的"夜",多年的心酸苦楚悉数流淌而出。在如此艰难的夜晚,面对的只有影影绰绰的"烛盘",孤凄呼之欲出,同时也是对诗题中"夜"的呼应。诗歌的前两句完成了对诗题的周全呼应,语不虚设,诗人秉烛独饮、形影相吊的形象跃然纸上。

  前两句诗叙事,第三句诗笔锋突转,刻画"砌下梨花一堆雪"之景。笔触的转变也意味着诗人的行迹发生了变化,他从烛影之下罢酒辍饮,移步到了栏杆旁,望着台阶下散落的"梨花"。《宋诗鉴赏辞典》直接将此诗中的"梨花"解释为梨树开出的花,但是"梨花风起正清明,游子寻春半出城",梨花开在季春时节,此时正值初冬,何来梨花?可见,此处的"梨花"并非真实的梨花,而是冬日里的雪。梨花清纯洁白,如雪一般晶莹,所以常有诗人用雪来比喻梨花,如李白的"柳色黄金嫩,梨花白雪香",温庭筠的"梨花雪压枝,莺晰柳如丝"等,最为人所熟知的当为岑参的"忽如一夜春风来,千树万树梨花开",将纷飞的雪花比作盛开的梨花,形容边塞雪景再贴切不过。

饮酒仍然难以平息心底泛起的愤懑与忧伤,期望窗外的夜色能够给予一丝丝慰藉,然而堆砌的寒雪却加深了人内心的凄寒,加倍的痛苦在心中肆虐无度,故而由此及彼,不禁想到明年此时自己又不知将身在何处,发出"明年谁此凭阑干"的疑问,将诗人流转无定的困苦、思念故园的情思、仕途不遇的愤慨、壮志难酬的隐痛展露在我们的面前。难怪明人胡震亨说:"牧之诗含思悲凄,流情感慨。"

李煜在《清平乐·别来春半》中就点化了《初冬夜饮》中的"砌下梨花一堆雪",改作"砌下落梅如雪乱",这就令原本诗中的意味得到了进一步的延展。"砌下梨花一堆雪"更多只是展示了杜牧在失意惆怅之时看到了满目凄凉,是在状景。但是当"砌下落梅如雪乱"出现在《清平乐·别来春半》中的时候,则是非常动人的情景交融之句。《清平乐·别来春半》的上阕直抒胸臆,"柔肠断"将词人此刻的郁郁寡欢、肝肠寸断毫无遮拦地展现了出来。缘何而悲伤?"别"字道明了玄机。公元971年秋,李煜派弟弟李从善去宋朝进贡,从善被扣留在汴京。李煜请求宋太祖让从善回国,一直未获允许,因此李煜非常想念他,常常痛哭。"春半"强调时光易逝,骨肉分别的时光飞逝而过,满腹的愁绪无从诉说。"砌下落梅如雪乱"突出一个"乱"字,既写出了主人公独立无语却又心乱如麻,也写出了触景伤情、景如人意的独特感受。此般感受将人紧紧捆绑,让人无法挣脱,词人有意识地想要抽离,要"拂"去一身的愁绪,但是愁绪如同无法断绝的落花一般,又迅速侵占了整颗心。一个"满"字将词人的无奈、思念之情刻画得至真至实又深沉凝重。

## 二、草萋萋,吟咏别绪

杜牧还写过一首《题安州浮云寺楼寄湖州张郎中》。去年,文题中提及的张郎中与他同游安州浮云寺,杜牧在诗歌中回忆道:当时正处在炎炎夏日,疾骤的暴雨倾斜而下，"余"强调的是雨量之多，持续时间之长。而杜牧与张郎中正斜靠在朱红色的栏杆边谈论着诗词歌赋和理想抱负。当时楼下堆积的雨水，漫过了行走的地面，看着楼下路面的"波光粼粼"，仿佛就像是他们之间谈论的兴致。然而笔锋回转——"今日到何处"，两人相处的时光尚且历历在目，但是当时与"我"相谈甚欢张郎中，现在又在何处呢？

  下面四句转入抒情，是全诗的升华之笔。杜牧当时正处于被流放的阶段，身边可以吐露心怀的人少之又少，而因为现实原因又要与颇为投缘的张郎中分离，正因如此，恨意不断蔓延，如同"春风吹又生"的春草，弥漫了整片大地，覆盖了诗人的整颗心，因而有了"恨如春草多"之句。最后又只剩诗人自己如同离群的孤雁一样，留在原地，默默吞咽着无穷的忧伤。正是因为"恨如春草多"将"恨"这样的抽象情绪具体化，让千年后的我们仍能体会到他恨意的浓厚，所以这般恨也让南唐后主李煜为之动容，并对其进行了点化。

  《清平乐·别来春半》的下阕，主人公已不是李煜自己，而转化成了李煜的弟弟李从善。彼时的李从善已经被宋太宗软禁了将近四年，对自己的亲人和国家亦无比怀恋，"雁来音信无凭"句就是将思念具体化了。他时时刻刻都在盼望着家人的音信，于是就望着天空中飞翔的大雁，期待大雁能为他带来乡音，然而大雁却没有带来他的期望，失望漫过了他的整颗心。现实中难以实现的事情，那么就留给梦境吧，但是梦境也与现实一样的绝望。"路遥归梦难成"告诉我们距离实在是太遥远了，恐怕他在梦中也难以归乡。古人认为人们的梦境往往是相通的，对方做不成"归梦"，自己也就梦不到对方了。梦中一见都不可能，万分思念之情溢于言表，对现在处境的愁恨之情也呼之欲出，从而更强烈地表现了作者的思念之切。失望再三堆叠，他只能怀着这种心情，向远处望去，望见的却是那遍地滋生的春草，蓦然发现这些春草正是自己内心的外在表现，这满地的春草使得丛生的离情别恨悉数在眼前。"更行更远"是说无论走得多么远，它们都在眼前，"离恨"无边无际，使人无法摆脱。通过春草的形象给人以离恨无穷无尽、有增无已的感觉，使这首词读起来意味深长。

## 三、情相通，悠长缱绻

  仔细读《清平乐·别来春半》，我们可以欣赏到李煜对杜牧诗歌的出色点化，也可以体会到他通过形象的比喻将抽象的情绪转化为了具体的意象。但是《清平乐》最值得人称赞的是其词作中抒情主人公的巧妙转化。上阕的抒情主人公是李煜自己,他在思念被他国囚禁多年的弟弟;下阕的抒情主人公则是背井离乡多年的李从善,他在思念仍旧守在故国的哥哥。这首词里的相思一改以往词作常见的单向相思,转为双向相思。此处的相思不再是"一处相思"的落寞,而是两处思念却不能重逢的愁恨。兄弟两人的相互思念不像是恋人之间的相思充满甜蜜的氛围,他们的思念里满是愤怒、耻辱、悲愁,相思的负面情绪被双倍放大,让读者在为兄弟情的遥相呼应而动容之时,也不禁为之背负的家仇国恨而流泪扼腕。

### 玩味诗词

1. 李煜的《清平乐·别来春半》中有"砌下落梅如雪乱"一句,试分析"乱"字的表达效果。

2. 李煜特别擅长于用具体的物象来比喻抽象的情感,以此角度来分析李煜的《清平乐·别来春半》中的"离恨恰如春草,更行更远还生"。

3. 李煜《清平乐·别来春半》中的上下阕,抒情主人公发生变化,试分析这一手法的妙处。

(谢 宇)

## 第四讲　相逢如幻，相对似梦

### 引言

明代刘体仁在《七颂堂词绎》中云："'夜阑更秉烛，相对如梦寐'，叔原则云：'今宵剩把银釭照，犹恐相逢是梦中。'此诗与词之分疆也。"虽然同写"犹如在梦中相对"之意，但是诗庄词媚的风格差异在两首作品之中表现得淋漓尽致，且听笔者细细道来。

### 鹧鸪天·彩袖殷勤捧玉钟
**【北宋】晏几道**

彩袖殷勤捧玉钟，当年拚却醉颜红。舞低杨柳楼心月，歌尽桃花扇底风。

从别后，忆相逢，几回魂梦与君同。今宵剩把银釭照，犹恐相逢是梦中。

### 注释

彩袖：代指歌女。
玉钟：代指酒杯。
拚却：甘愿、任凭。
剩：尽。
银釭（gāng）：银白色的烛台。

### 羌村三首(其一)
**【唐】杜甫**

峥嵘赤云西，日脚下平地。
柴门鸟雀噪，归客千里至。
妻孥怪我在，惊定还拭泪。
世乱遭飘荡，生还偶然遂！
邻人满墙头，感叹亦歔欷。
夜阑更秉烛，相对如梦寐。

> 注释

羌村:在鄜州,杜甫家人居此。
峥嵘:高峻貌。此形容云势。
赤云:火烧云。
日脚下平地:日光自西射下,言天色已晚。
孥(nú):儿女。
遂:实现。
夜阑:夜晚。

## 穿越诗空

### 一、诗尚直,词尚曲

杜甫《羌村三首(其一)》写的是他被肃宗放还归家时初至家的情景。长年累月的居无定所和杳无音信,使得杜甫思乡的情绪恣意蔓延。临近家乡的脚步声声都在诉说着激动和渴盼。山迢路远,山的西面布满了红色的云彩,"赤云西"委婉地表明了日薄西山。紧接着用了一个口语的表达"日脚下平地",直言天色已晚,暗示了跋涉时间之长。虽然经历了长时间、长路程的颠簸流转,但却难见诗人的疲惫与厌烦。

"柴门鸟雀噪"是具有特征性的乡村黄昏景色。"柴门"从视觉上暗示了乡村的萧索与生活的贫寒,"鸟雀噪"中的"噪"极言山鸟的吵闹,物盛则人衰,此时鸟儿的喧哗与吵闹使得本应充满人气的乡村更显萧瑟与荒凉,对照当中透露着悲凉,侧面表现了世道衰落对普通百姓的巨大影响。"归客千里至"一句,言浅意深。"归客"是以家人的口吻自称,对家人来说,诗人就是居住他乡的客人,这其中有着"近乡情更怯"的忐忑不安,但是经历千里之行后终于"至",内心的雀跃亦无法止息。诗人虽不直言内心的激动与忐忑,但是字字句句都在诉说着此时的感受。

而晏几道的《鹧鸪天·彩袖殷勤捧玉钟》在语言风格上则是另一番风味。"彩袖殷勤捧玉钟,当年拼却醉颜红"两句中运用了大量的借代,使得语义变得曲折有致了起来。"彩袖"以舞女翩翩起舞时挥动的衣袖来指代舞女,词人虽没有直接写舞女热烈的舞姿,但是却引人遐思无限。"玉钟"指代酒杯,极言酒杯的精致。妖娆的舞女捧着精致的酒杯来"殷勤"地劝酒,这是多么令人赏心悦目的场景,因此甘愿为之"醉",沉醉在声色犬马之中。后两句"舞低杨柳楼心月,歌尽桃花扇底风",用极度夸张的手法写出了歌舞延续时间之长。舞女们翩翩起舞,舞到月亮西沉到柳枝之下,一夜春宵翻过;歌女们笙歌欢唱,唱到客人们不再挥动手中的扇子而沉沉睡去,一宿宴会逝去。词人用舞随月尽、歌伴风逝的方式,曲折地表达出歌舞持续时间之长。词的上阕用曲折委婉的语言极力表现了当年觥筹交错的酒宴、奢靡豪华的生活。

## 二、诗写实,词朦胧

杜诗中诗人跋山涉水,终于回到梦寐已久的故乡,然而妻儿和邻里的反应却令诗人错愕不已。诗人用细腻的三个特写镜头,如实描绘了家人和邻里悲喜交加的情态。

镜头一是与妻儿相见的画面。妻子和儿女面对"我"的出现诧异不已。"怪我在"三个字仿佛为我们展现了妻儿此刻的心路历程,从难以置信,到怯于相认,到最后的发懵发痴,故而现出奇怪之情。但这也难怪妻儿,毕竟"世乱遭飘荡,生还偶然遂"。杜甫陷叛军数月,足以死;脱离叛军迷路,足以死;上书救房琯,触怒唐肃宗,足以死;归乡之路,风霜疾病、盗贼虎豹连番侵袭,亦足以死。现实的种种都足以致诗人于死地,而诗人却意料之外地出现在妻儿的面前,令人一时难以接受。惊魂稍定之后,妻儿才得以"喜心翻倒极,呜咽泪沾巾"。"偶然"二字既从自己的角度,也从妻儿的角度抒发了无限的感慨。

镜头二是"邻人满墙头,感叹亦歔欷"。诗人传奇般归来的消息不胫而走,邻人们便蜂拥而至,将诗人家门口的墙头包围得水泄不通。邻人们为何不上前亲自嘘寒问暖?因为善良的邻人不忍打扰归客与家人团聚的温馨时刻,希望给他们更多相处的时间。那为何又要围观归人?因为每户人家里都有和诗人一样客居他乡的人,他们的围观就是将自己对远人的思念寄托在了诗人的身上。发出的阵阵唏嘘之声,诉说着邻人内心的羡慕、心酸与祝福,充满了人情的温暖。

镜头三是"夜阑更秉烛,相对如梦寐"。诗人归家之后,直至深夜,相逢的喜悦仍旧没有消散,夜半时分家里一反常态地点亮蜡烛,希望用更多的时间来仔细看看对面的归客。然而面对面却让诗人产生了不真实的感觉,可见这一场景在诗人梦中反复出现了无数次,因而才会难分虚实,表明了诗人的情真意切。

透过上述的三个镜头的描绘,诗人基本上如实记录了他回乡时的种种情形,是一种典型的写实手法。然而晏几道的词作则为我们展现了一个如梦似幻的世界。

词作上阕"舞低杨柳楼心月,歌尽桃花扇底风"两句中,"杨柳""桃花""月""楼"都是对那个春天夜晚景色的描绘,其中"杨柳"和"月"是实景,"桃花"和"风"则是虚写,似实却虚,给人一种如梦如幻的美感。

词作下阕写的是词人与故人重逢的场景。词人直抒胸臆,表达了分别以来对故人的无尽思念。这份思念有多深多重呢?"几回魂梦与君同",强烈的思念会让人梦中相见,而极度的思念就会让人"几回"在梦中相逢,这样的梦中之忆,魂牵梦绕,让思念变得玄妙,传递出一种虚幻之美。

## 三、诗言志,词言情

杜甫的诗歌缘何写实?缘何意直?这都与诗的主旨相关。杜诗通过对现实的直接刻画,反映的是一个时代的问题。唐玄宗天宝十四载(755)爆发的"安史之乱",让空前繁荣的大唐王朝元气大伤,在此背景之下,自然没有人能够独善其身,诗人杜甫也不能例外。天宝十五载(756),长安沦陷,杜甫从此踏上了流离失所、无家可归的路途,也正是因为这段漂泊无依的经历,让杜甫深入亲历了民间遭受的一切。此后唐肃宗因房琯之事又对杜甫心生罅隙,将其放还鄜州羌村,杜甫辗转再三,终于得以与家人相见。伴随着国家倾覆的个人漂泊固然免不了险象环生,杜甫身为朝廷官员尚且如此,那么普通百姓又将如何呢?杜诗通过客观真实地再现黎民苍生饥寒交迫、妻离子散的悲苦境况,描绘了一幅"唐代乱离图",其中饱含着诗人对天下苍生的怜悯与关怀,同时对唐王朝统治者进行了温柔的规劝,展现了诗人推己及人、心系天下的仁者风范。诗言志,言的是重大的时代主题、政治思考,故而显得庄重严肃。

那么晏几道的词作缘何朦胧、缘何意曲呢?这亦与词作表现的主题相关。早期的词作重在抒情,记录的并非大仁大义,而是小情小爱,是词人抒发内心的一个出口,故而有了"词媚"的说法。晏词上下阕之间形成了一个巨大的反差,词人在下阕运用了白描的手法,与上阕的"彩袖""玉钟""杨柳""桃花"的浓艳色彩形成对比,反映了"君龙疾废卧家,廉叔下世"后词人心境的变化。晏几道为前宰相晏殊之子,自幼养尊处优,才华出众,故而为人个性耿介,不愿阿附新贵。时过境迁后,往昔的贵人一时间陆沉下位,生活境况日益恶化。境况的改变让词人一时难以接受,于是选择了一个小的切口,从与舞女的相识、分别、相逢中写出身世之感。

词作最后的"今宵剩把银釭照,犹恐相逢是梦中"描写的是词人与故人秉烛相对、伤心夜谈的场景,从杜甫《羌村》诗"夜阑更秉烛,相对如梦寐"两句脱化而出。杜甫秉烛就是想再好好看看魂牵梦萦了许久的家人,直接表达了对重逢的喜悦和珍惜。而晏几道表达的情感多了一层,词人有多少回在睡梦里与恋人欢聚相见,今天在现实里重逢了,却又难以相信这是真的,所以点亮蜡烛,一次又一次地照看,唯恐眼前的一切只是另一个梦境,表达更为轻灵婉折。晏词在杜诗喜悦、珍惜的基础上又添加了诚惶诚恐的反常情绪,更使情思委婉缠绵,同时营造了一种迷离恍惚的梦境感,令人扼腕叹惋。

## 玩味诗词

1. 试比较诗与词有哪些区别。
2. 《羌村三首(其一)》刻画了哪几幅画面?意在表现什么?
3. 晏几道《鹧鸪天·彩袖殷勤捧玉钟》"今宵剩把银釭照,犹恐相逢是梦中"对杜甫《羌村三首(其一)》中"夜阑更秉烛,相对如梦寐"的点化妙在何处?

(谢 宇)

# 第五讲　情深义重的"痴人说梦"

> 引言

北宋宰相晏殊妙笔生花,天然偶成的佳句"无可奈何花落去,似曾相识燕归来"为他在词坛奠定了不朽的地位。虎父无犬子,他的儿子晏几道坚守小令的阵地,以其精微深邃的词风在绮丽的宋词中拥有了一席之地。

## 临江仙·梦后楼台高锁
### 【北宋】晏几道

梦后楼台高锁,酒醒帘幕低垂。去年春恨却来时,落花人独立,微雨燕双飞。

记得小蘋初见,两重心字罗衣。琵琶弦上说相思,当时明月在,曾照彩云归。

> 注释

小蘋：歌妓的名字。

心字罗衣：用一种心字香熏过的罗衣。

彩云归：唐李白《宫中行乐词》："只愁歌舞散,化作彩云飞。"唐白居易《简简吟》："大都好物不坚牢,彩云易散琉璃脆。"

## 春残
### 【唐】翁宏

又是春残也,如何出翠帏？
落花人独立,微雨燕双飞。
寓目魂将断,经年梦亦非。
那堪向愁夕,萧飒暮蝉辉。

> 注释

翠帏（wéi）：绿色的帷帐。

寓目：观看,过目。

那堪向：怎能忍受。那,通"哪"。向,语气助词,无实义。

萧飒：萧条冷落。

一、画境中的今与昔

　　阅读晏几道的《临江仙·梦后楼台高锁》的方法与一般词的读法颇不同。一般的词上阕多为写景状物，下阕多为主人公抒情，而这首词我们完全可以将它分成四个部分，当作四幅图画来欣赏品味。

　　第一幅画"梦后楼台高锁，酒醒帘幕低垂"，是一幅复合画面，从两个角度为我们介绍了一个地点——小蘋所在之处。"楼台"是从外向内看，然而这一楼台却"高锁"着，阻绝了向内求索的目光；"帘幕"是从内向外看，"低垂"的帘幕遮蔽了向外探视的双眼。不论是向内看还是向外看，都有阻隔，因此形成了两个密闭的无法联系的空间。这些都是实景，发生在"梦后"和"酒醒"时分，这是否就暗示着"梦中"与"酒醉"之时的世界是相聚又令人流连的？所以眼前这阻隔之景仿佛铁青着脸，剥夺了梦中酒中的美好与欢愉。词人在词作的开篇设置了紧闭大门的楼台和沉郁的帘幕，以及梦里梦外和酒醒酒醉的落差，为整首词定下了怅惘无奈的基调。

　　第二幅画是"落花人独立，微雨燕双飞"。暮春时节，落英缤纷，零落的花瓣勾起人无限的惜春与伤春之情，心思细腻的女子们便轻抚面颊，顾影自怜，感叹时光易逝，容颜易老。在这落花的敏感时刻，却有一人独自承受着时间的侵袭。细雨蒙蒙，雾气弥漫，如梦似幻，忽见燕子双宿双飞，逍遥快活。出双入对的燕子仿佛对形单影只的人发出了无情的嘲笑。燕子无知，尚能比翼双飞；人实多情，只能黯然独立。此情此景，不堪忍受。以"燕双飞"反衬"人独立"，把人内心的愁苦之情推到了顶点。此句对偶工丽且又融情入景，实为精句。

　　然而"微雨"句并非晏几道独创，而是对唐人翁宏《春残》诗中句子的直接引用，而晏几道的引用使得此佳句为越来越多的人所称道。谭献在《谭评词辨》表示，"落花人独立，微雨燕双飞"二句，虽是一字不差的袭用，却被称为"名句千古，不能有二"。这是为什么呢？这与晏几道炉火纯青化用唐诗的本领分不开。《春残》中写的是女子春末怀人，抒写其触景伤怀、忧思难解之情。诗的开篇标新立异，以"又"字开头，"也"字结尾，用了一个副词和一个语气词，巧妙地强调了诗中

女主人公的哀怨之情。第二句"如何出翠帏"中的"如何"一词,表达了女子不愿不堪的感受。与前一句的"又"联系起来看,可见旧年的此时此地给女子留下了十分苦痛忧郁的记忆,而她现在无力再去承受一遍经受过的苦痛,所以说不敢出翠帏。然而在第二联中,她还是出了"翠帏",因而看到了"落花人独立,微雨燕双飞",此二句融情入境,情景交融地表达了女子的苦闷与抑郁。颈联主要写了女子在院中"独立"的感受,其抒情多是对颔联的重复。尾联的写景,意境营造也相对平淡,与颔联相形见绌。可以说是仅凭借"落花""微雨"一联撑起了一首诗。而此句在晏词中的意境远胜于原诗

如果说前两幅画是对静景的描绘,那么第三幅画就是有人的动态场景。词人与小蘋相识于此处,这惊鸿一瞥,在两人的心间种下了火焰,随之而来的就是心照不宣的情投意合。这一场景词人并没有细致地描绘,只是通过"两重"的"心字罗衣"来暗示两人的心心相印,这当中蔓延的绵绵情意,让任何华丽的语言都变得苍白。

紧接着词人展开了第四幅画的描绘,小蘋抱着琵琶"低眉信手续续弹,说尽心中无限事",而这无限事便是满腹的相思之情。月光投射在小蘋的身上,为小蘋披上了一件银白色的外衣,宛若一幅淡雅朦胧的静夜图。


## 二、意境中的"白月光"

四幅画构成了一组平铺的画卷,这组画卷却呈现出细密幽深的特点,这与四幅画所呈现的不同时间观有很大关系。俞平伯在《论诗词曲杂著》中对此有所表述:"此词共说了四层:(1)今年之春恨;(2)去年与今年相同之恨;(3)引起年来春恨之本事;(4)抚今追昔之感慨。如环往复,互相呼应;如练纠缠,互相勾引;结构细密极矣。"如何来理解这段话呢?

第一幅画的"梦后"与"酒醒"都在提醒我们这幅画是词人亲眼所见的实景,而画中传递出来惆怅与叹息却是与过往的种种有关。他在愁什么?第二幅画告诉我们,他在愁"去年"的"春恨",去年他孤身一人面对"落花"与"燕双飞",这幅画通过春意盎然的景致来反衬个人内心的孤寂感。追溯到了去年,词人还是没有将他愁绪的缘由交代清楚,直到第三幅画中才道明孤寂为了什么,原来是在追忆那已不在眼前的小蘋。《小山词序》对小蘋的身世进行了介绍:最初晏几道的

friend 友人沈十二廉叔、陈十君宠,家中有莲、鸿、蘋、云四位歌姬,每个人都身怀绝技,才情纵横,以才艺来供宾客欣赏与娱乐,小蘋便是其中的"蘋",也是晏几道在四人中最钟情的人,晏几道与她度过了一段十分幸福和谐的时光。然而后来君宠生病致残,卧病在床,廉叔离开人间,这两家的歌姬都流落各地,从此两人天各一边,不复相见。

  晏几道曾为小蘋写词"小蘋若解愁春暮,一笑留春春也住",用夸张的修辞,写小蘋的笑颜能够永远挽留住春的脚步、排解暮春时节的哀愁。词人虽然没有直接描绘小蘋的音容笑貌,但是我们能清楚地知道,词人与小蘋在一起的日子每一天都像是春天。晏几道虽然贵为宰相晏殊之子,但是随着晏殊的逝世,家道中落,心中的落差与孤寂如潮水般涌来将他淹没,对小蘋可望而不可即的爱恋柔情,便成为一剂良药,抚慰着他寂寞孤独的心灵。小蘋是在他欢愉时刻与之相伴之人,对她的感情亦是晏几道聊以自慰的寄托,这就让小蘋成为了晏几道心中难以割舍的一部分。而后他与小蘋失散了,爱而不得的情绪蔓延,让他的情绪层层堆叠,从眼前的春恨写到去年的春恨,再写到春恨的原因,把对小蘋的追思怀念进一步上升到盛衰今昔之感,小蘋也由此成了诗人永远惦念、无法忘怀的"白月光"。

### 三、情境中的"痴人说梦"

  这首词在开篇就是在"梦"与"酒"的余味下展开的,此两物都是开启理想世界的钥匙,营造了恍恍惚惚、迷迷蒙蒙的意境。词人的"理想世界"在何处?在初见小蘋时,在"当时",在曾经,理想世界统统在过去。为何如此沉迷过去?因为晏几道的"痴",他对过往有一种近乎执迷的留恋,他就是一个十足的"痴人"。黄庭坚曾把晏几道的性格戏言为"四痴":"仕宦逆蹇,而不能一傍贵人之门,是一痴也;论文自有体,不肯作一新进士语,此又一痴也;费资千百万,家人寒饥而面有孺子之色,此又一痴也;人百负之而不恨,己信人终不疑其欺己,此又一痴也。"他的"痴"中有对贵族官宦的不屑一顾,有对自身才华的自负与清高,有赤子之心,有对他人无条件的信任。正因为有他的"痴",才有他"情"的真,《小山词》的魅力就于作者的痴情与真情,而这一切都体现在与歌女的交往和感情纠葛中。晏几道对小蘋的念念不忘,到最后实际上是将小蘋当成了理想生活的象征,与以"小蘋"为代表的歌女们的纠缠缱绻,是对往日生活的无限回味,只是其表现的方式是男女之情而已。

虽然晏几道"痴",但是他的"痴"并非恣肆无度,他有"梦后",他也有"酒醒"之时,清醒后,他注重从自己回忆的虚幻角度去看待过往种种,把关注的重点转向对自己内心情感的开掘,并用巧妙的语言写出了这种情感可以推己及人的普遍性。他会引用"落花人独立,微雨燕双飞"来表现春意盎然的景致和个人内心的孤寂感,也会用"当时明月在,曾照彩云归"来感慨人世的无常和自然的永恒。"痴人"晏几道虽然"说梦",然而其中的至情至性令人无比动容。

### 玩味诗词

1. 词中"落花人独立,微雨燕双飞"两句是如何表达无尽愁情的?请结合全词加以赏析。

2. 晏几道《临江仙·梦后楼台高锁》的最后一句是其匠心独具之处,表达了对往事的追忆。试分析其中蕴含的情感。

3. 学界对晏几道词的评价是"精微深邃"。试结合《临江仙·梦后楼台高锁》的内容进行分析。

4. "落花人独立,微雨燕双飞"二句置于翁宏诗中为"丽句",而置于晏几道词中则成"佳句",并为后人不断赞颂。试着结合诗与词进行解释。

(谢　宇)

# 第六讲　谁人？　与君共赏明年花

▶ 引言

　　时光的洪流裹挟着人与事一路向前,如流水般无情,冲散了相依的人,冲淡了相聚的事,独留一人在天地间看尽世事变迁。在乐府诗《代悲白头翁》中,我们看到唐初的才子刘希夷也不可避免地被困在时光的洪流中凌乱;而我们熟知的词人欧阳修,也因为世事的无常在《浪淘沙·把酒祝东风》中展现了他细腻柔软的内心世界。

## 浪淘沙·把酒祝东风
### 【北宋】欧阳修

把酒祝东风,且共从容。垂杨紫陌洛城东。总是当时携手处,游遍芳丛。
聚散苦匆匆,此恨无穷。今年花胜去年红。可惜明年花更好,知与谁同?

▶ 注释

"把酒"二句:唐司空图《酒泉子·买得杏花》:"黄昏把酒祝东风,且从容。"把酒,端着酒杯。
紫陌:此指洛阳的道路。
总是:大多是,都是。
"可惜"两句:唐杜甫《九日蓝田崔氏庄》:"明年此会知谁健,醉把茱萸仔细看。"

## 代悲白头翁
### 【唐】刘希夷

洛阳城东桃李花,飞来飞去落谁家?
洛阳女儿好颜色,坐见落花长叹息。
今年花落颜色改,明年花开复谁在?
已见松柏摧为薪,更闻桑田变成海。
古人无复洛城东,今人还对落花风。
年年岁岁花相似,岁岁年年人不同。

寄言全盛红颜子,应怜半死白头翁。
此翁白头真可怜,伊昔红颜美少年。
公子王孙芳树下,清歌妙舞落花前。
光禄池台开锦绣,将军楼阁画神仙。
一朝卧病无相识,三春行乐在谁边?
宛转蛾眉能几时?须臾鹤发乱如丝。
但看古来歌舞地,惟有黄昏鸟雀悲。

### 注释

已见松柏摧为薪:《古诗十九首》之十四:"古墓犁为田,松柏摧为薪。"薪,柴。

伊:发语词。

光禄:光禄卿,唐内府九卿之一,从三品,为光禄寺长官,专管皇室祭品、膳食及招待酒宴之官。

开锦绣:指池台前开遍锦绣般的繁花。或指排开锦绣般丰盛的宴席。

画神仙:形容其楼阁装饰绘画之华美。或指其楼阁中美人如画中之仙女。

谁边:何处。

宛转蛾眉:形容女子眉毛细长曲折。

鹤发:白发。

### 穿越诗空

从以上的诗词中我们可以看出,刘希夷之所以被称为"才子",欧阳修之所以被称为"文豪",都不是浪得虚名。人们都难免会有被时光戏耍的经历,然而他们却借助"明年花"这一共同的意象,巧妙地表达了关于自身经历的独特情感体验,"明年花"中有悲己、怀人、送别和对宇宙哲理的思索,多重情思熔铸于一词,让诗词的魅力又一次照亮了人们的心灵。

### 一、才子刘希夷诉说的"明年花"——"人生哲思"和"悲己"

刘希夷是初唐时期的一位颇有影响力的诗人,《旧唐书·文苑传》有这样一段记载:"时又有汝州人刘希夷,善为从军闺情之诗,词调哀苦,为时所重,志行不修,为奸人所杀。"刘希夷的作品情感基调哀苦凄婉,一生都处在郁郁不得志的困苦之中,最后竟因为过人的才气招致杀身之祸。那么究竟是怎样的才气,能让人如此难容于世?答案全在这首《代悲白头翁》之中。

(一)"明年花"中的"人生哲思"

此诗刘希夷由洛阳桃李花起兴。春尽花落的时节漫天花瓣飘洒,落英缤纷带来一时的视觉盛宴,也预示这盛极一时红颜正在飞快地憔损。

桃李花在暮春中飘零,这眼前的实景触发了诗人对红颜消逝的联想,花容月貌的"洛阳女儿",面对落花就像面对自己逐渐老去的容颜,只能在声声叹息中任凭岁月无情碾压,既然是"花"一般的容颜,也必然如花一般难挡岁月侵袭。"今年花落颜色改,明年花开复谁在?"人与花的命运一样,人与花的命运又不一样,今年的花虽会零落成泥,然而明年枝头又将是一番繁荣的景象,花儿可以随着季节的更替重焕新生,但是人只能在时间的年轮里步步走向衰老,直到肉体消失的尽头。人目睹花儿在一段时期内循环往复的生命,期望再见次年的花开则成了一种无尽的想望。诗人特意点出了"今年"与"明年"这样的时间节点,"今年"强调的是此时此刻,而"明年"强调的是不可预知的未来,瞬间即永恒的说法在此时说不通的。刘希夷由眼前的落花联想到与之相似的容颜逐渐凋敝的洛阳女儿,再进一步探究了花的生命与人的生命的相对长度,年年会再见花开,但年年不一定能再见故人。

刘希夷借由落花和红颜易逝对自己的生平进行了反省审视,这在初唐的诗人群体中是独一无二的。我们都熟知张若虚《春江花月夜》中的"江畔何人初见月?江月何年初照人?"这两句正是衍化自刘希夷的"年年岁岁花相似,岁岁年年人不同"。清人赵翼在《瓯北诗话》中指出:"盖此等句,人人意中所有,却未有人道过。一经说出,便人人知其意之所出。"赵氏所评道出了该诗随情涉笔却包蕴深广的特点,刘希夷把生命的困惑和迷茫及感伤感叹融进了明丽的诗境之中,理不苍白而景有含蕴,音韵和谐,自然天成,给人以一唱三叹的艺术感染力。"明年花"是将来时的事物,它拥有"年年岁岁",永远青春富有活力,而人是现在进行时的存在,拥有的只是当下,并且稍纵即逝。他将个体生命置于浩瀚的时空背景之下,个体在"明年花"所指代的时间面前显得无比渺小,人的生命显得无比短暂。

(二)"明年花"中的"悲己"

刘希夷写出了对时光的感悟之后,并没有戛然而止,他还在此基础之上进一步推及自我的人生境遇。"寄言全盛红颜子,应怜半死白头翁"承上启下,将话题转向了"自我",并点明了他的处境:双鬓斑白的垂死之人。诗的前半部分出现的"花"与"女儿"实际上是在为下文的抒情做铺垫。"此翁白头真可怜"直接表达了"悲己"的情绪,随后紧跟一句"伊昔红颜美少年",回溯往昔自己也曾是翩翩少年,强烈的对比跃然纸上。时光一下子被思绪拉回了诗人的过去,过往的他曾在"公子王孙芳树下,清歌妙舞落花前",体验王孙贵族的奢靡生活,沉迷绮丽的莺歌燕舞,曾在"光禄池台开锦绣,将军楼阁画神仙",周旋于文人骚客之间品味风花雪月。而这如梦似幻的过往还历历在目,"一朝卧病无相识,三春行乐在谁边?"昔日"友人"呈鸟兽散,过往的欢愉再难寻觅。一场病带走的不仅是往日的美好时光,还带走了容光焕发的美好容颜。

  刘希夷通过对过往生活画面的大量铺陈,极力营造了一段如梦似幻的青春年华。正所谓乐极生悲,如此美好的过往就像是对当下孤苦伶仃、年老体衰的诗人的嘲弄,悲己之情就在这强烈的对比中蔓延、泛滥。从悲己的层面上而言,刘希夷的风流往昔就是"今年花",这是曾经拥有的盛极一时;而"明年花"就是生命再次繁盛的状态。但是"明年花开复谁在"一句道破了真相,"谁在"是明知故问,就是"不在"——鲜有人能再次经历那鼎盛繁华。"明年花"在诗人"悲己"的层面上就是对过往青春与繁华不复存在的慨叹、无奈与忧愁。从落花联想到女儿衰老,再投射到自己的生平,这是超越前人的成就。

  刘希夷围绕着"人生哲思"和"悲己"赋予了"明年花"独特的内涵。


## 二、欧阳修谈及的"明年花"——"怀人"与"送别"

  天圣九年(1031),欧阳修任西京留守推官,常与尹洙、梅尧臣等同游,并娶胥偃之女为妻。一年后,尹洙、梅尧臣相继离去,又一年后妻子胥氏病逝。欧阳修就在这个时候创作了这首《浪淘沙》。

  词作开篇写道:"把酒祝东风,且共从容",点化自司空图《酒泉子》中的"黄昏把酒祝东风,且从容"。正是因为在词中增加了一个"共"字,使得整个句子有了新意。一个"共"字,包含着两层含义:如果联系"把酒祝东风"来说,就是指风与人的关系,表达了作者爱惜好风之情,以此暗示要留住美好的光景,以便游赏之意;对人来说,就是希望人们慢慢游赏,感受这难得的相聚,珍惜这美好的时光。

此后点明了游玩的地点"垂杨紫陌洛城东",在洛阳城东边的道路上,他们在此"携手""游遍芳丛"。词的上阕基本上就是单纯的叙事,然而这份叙事之中蕴含着脉脉温情:东风带来了舒适天气,依依的杨柳在东风的吹拂下缓缓摆动枝条,花团锦簇中词人与同游的人儿手握手,眼前的景令人舒适,身边的人让眼前的一切变得更加美妙,所以词人才会沉浸其中,一个"遍"字表现出他们游玩的尽兴与忘情。

然而这份温情却因为"当时"一词,与现在形成了一道沟壑。良人与美景都属于彼时,回忆历历在目,而现实又是如何呢?这就为词人下片的转折做了铺垫,使得情感的过渡更加自然。

"聚散苦匆匆,此恨无穷",词人直接抒情,表达了对人生聚散的无限怅恨之情。那么诗人在怅恨什么呢?"今年花胜去年红"或许能告诉我们答案。这句说明作者今年又去赏花了,还强调了今年的花比去年开得更加繁盛鲜艳,这是以乐景写哀情。作者写的"今年"照应了上片的"当时",看到再次开放的花就重温了过去同游的欢愉。词人实际上是在对去年同游的人发出邀请,希望能再次同游。但是,词人看到了今年花比去年好之后,就没有下文了,下文只能通过读者想象的情感去填补,去年有共游的欢畅,今年除了花什么也没有,只有无限叹息与惆怅,同时也营造了一种顿挫之感。

然而这样的叹息和惆怅似乎还不是情感的终点,"可惜明年花更好,知与谁同"将情感更推进了一个层次。今年的花胜于去年,词人却无法与友人共同欣赏;而明年的花会更好,但是相聚的时刻还是遥遥无期。过去的欢愉,如今变为了惆怅,延伸向未来又演变成了遗憾。把别情熔铸于赏花中,将三年的花加以比较,层层推进,以惜花写惜别,构思新颖,富有诗意,是词中的绝妙之笔。

人们常常把这首词看作单纯的友人送别词,送别的人是曾与词人一起在当地任官的尹洙、梅尧臣,词人怀念与他们把酒、赏花、吟咏之趣,故而生发出难以再见知己的慨叹,这是空间上的聚散无常。然而此词亦是一首悼亡词。"可惜明年花更好,知与谁同"与杜甫《九日蓝田崔氏庄》的"明年此会知谁健,醉把茱萸仔细看"立意相近,只是杜诗意在伤老,此词意在惜别。结合该词的创作背景,当时正值欧阳修新婚妻子病逝之后,杜诗中的"健"仿佛也暗指惜别之人的身体状况,因为身体欠佳导致无缘再见"今年花",更遑论"明年花",这是一种天人永隔的离散之痛。

欧阳修对"明年花"的创造性改造,体现在他设置了过去、现在和未来的时空层次,"明年花"在"去年花"与"今年花"的基础上将情感推向了高潮。同时他借助"明年花"抒怀的对象并不单一,既可以是友人,也可以是亲人,表达了聚散无常、世事难料的无奈,甚至悲恸。

## 玩味诗词

1. 刘希夷在《代悲白头翁》中的"年年岁岁花相似,岁岁年年人不同",影响了后世一批人的创作,试试调动你的诗词库,看看哪些诗句也是从此衍化而成的。

2. 刘希夷在《代悲白头翁》中运用了哪些表现手法来抒发"悲己"的情思?

3. 欧阳修《浪淘沙·把酒祝东风》开篇写道:"把酒祝东风,且共从容"。结合词作内容,试解释"共"的含义。

4. 结合欧阳修《浪淘沙·把酒祝东风》全词内容,赏析"可惜明年花更好,知与谁同"。

(谢 宇)

# 第七讲　沦落与回归

## ▶ 引言

纵观苏轼之一生,共出任杭州官员两次。首次出任是在熙宁四年(1071),他自请外放,被任命为杭州通判,于熙宁七年(1074)离任,其间共作词36首,词中对前人诗句的化用有28处。按前人诗句被化用频率排次,前三皆为唐朝诗人。杜甫的诗句次数最多,共有4处,杜牧3处,白居易2处。苏轼第二次出任杭州在元祐四年(1091),任职约3年时间,创作了31首作品。在这些作品中,化用前人诗句21处,白居易与杜甫的诗句被化用频率仍占前二。由此,足见苏轼对白居易与杜甫二位诗人的欣赏。

本讲以苏轼首次任职杭州期间所作的《醉落魄·席上呈元素》一词为例。这首词是苏轼于熙宁七年(1074)十月所写的。此时的苏轼将从杭州离开转任密州太守,杨元素也要离杭回朝,二人在京口分别,苏轼作此词以送。全词八句,上阕以二人之经历来感慨人生,而下阕连续化用白居易的诗句2句,杜甫的诗句1句,来表达对友人的宽慰及归隐故乡的渴望。在本讲中,笔者将围绕此三处来对"苏轼如何化用白、杜二位诗人之作品写出自己的新意"这一问题展开具体分析。

## 醉落魄·席上呈元素

### 【北宋】苏轼

分携如昨。人生到处萍飘泊。偶然相聚还离索。多病多愁,须信从来错。

尊前一笑休辞却。天涯同是伤沦落。故山犹负平生约。西望峨嵋,长羡归飞鹤。

## ▶ 注释

元素:杨绘,字元素,绵竹(今四川绵竹)人。曾官翰林学士、御史中丞,当时任杭州太守。

分携:分手。

索:孤独。

故山犹负平生约:辜负了向来归隐故山的约定。

归飞鹤:东晋陶潜《搜神后记》卷一"丁令威":"丁令威,本辽东人,学道于灵虚山。后化鹤归辽,集城门华表柱。时有少年,举弓欲射之。鹤乃飞,徘徊空中而言曰:'有鸟有鸟丁令威,去家千年今始归。城郭如故人民非,何不学仙冢累累。'"。

## 琵琶行

### 【唐】白居易

元和十年,予左迁九江郡司马。明年秋,送客湓浦口,闻舟中夜弹琵琶者,听其音,铮铮然有京都声。问其人,本长安倡女,尝学琵琶于穆、曹二善才,年长色衰,委身为贾人妇。遂命酒,使快弹数曲。曲罢悯然,自叙少小时欢乐事,今漂沦憔悴,转徙于江湖间。予出官二年,恬然自安,感斯人言,是夕始觉有迁谪意。因为长句,歌以赠之,凡六百一十二言,命曰《琵琶行》。

浔阳江头夜送客,枫叶荻花秋瑟瑟。
主人下马客在船,举酒欲饮无管弦。
醉不成欢惨将别,别时茫茫江浸月。
忽闻水上琵琶声,主人忘归客不发。
寻声暗问弹者谁?琵琶声停欲语迟。
移船相近邀相见,添酒回灯重开宴。
千呼万唤始出来,犹抱琵琶半遮面。
转轴拨弦三两声,未成曲调先有情。
弦弦掩抑声声思,似诉平生不得志。
低眉信手续续弹,说尽心中无限事。
轻拢慢捻抹复挑,初为霓裳后六幺。
大弦嘈嘈如急雨,小弦切切如私语。
嘈嘈切切错杂弹,大珠小珠落玉盘。
间关莺语花底滑,幽咽泉流冰下难。
冰泉冷涩弦凝绝,凝绝不通声暂歇。
别有幽愁暗恨生,此时无声胜有声。

银瓶乍破水浆迸,铁骑突出刀枪鸣。
曲终收拨当心画,四弦一声如裂帛。
东船西舫悄无言,唯见江心秋月白。
沉吟放拨插弦中,整顿衣裳起敛容。
自言本是京城女,家在虾蟆陵下住。
十三学得琵琶成,名属教坊第一部。
曲罢曾教善才服,妆成每被秋娘妒。
五陵年少争缠头,一曲红绡不知数。
钿头银篦击节碎,血色罗裙翻酒污。
今年欢笑复明年,秋月春风等闲度。
弟走从军阿姨死,暮去朝来颜色故。
门前冷落鞍马稀,老大嫁作商人妇。
商人重利轻别离,前月浮梁买茶去。
去来江口守空船,绕船月明江水寒。
夜深忽梦少年事,梦啼妆泪红阑干。
我闻琵琶已叹息,又闻此语重唧唧。
同是天涯沦落人,相逢何必曾相识!
我从去年辞帝京,谪居卧病浔阳城。
浔阳地僻无音乐,终岁不闻丝竹声。
住近湓江地低湿,黄芦苦竹绕宅生。
其间旦暮闻何物?杜鹃啼血猿哀鸣。
春江花朝秋月夜,往往取酒还独倾。
岂无山歌与村笛?呕哑嘲哳难为听。
今夜闻君琵琶语,如听仙乐耳暂明。
莫辞更坐弹一曲,为君翻作琵琶行。
感我此言良久立,却坐促弦弦转急。
凄凄不似向前声,满座重闻皆掩泣。
座中泣下谁最多?江州司马青衫湿。

## 寄王质夫

**【唐】白居易**

忆始识君时，爱君世缘薄。
我亦吏王畿，不为名利著。
春寻仙游洞，秋上云居阁。
楼观水潺潺，龙潭花漠漠。
吟诗石上坐，引酒泉边酌。
因话出处心，心期老岩壑。
忽从风雨别，遂被簪缨缚。
君作出山云，我为入笼鹤。
笼深鹤残悴，山远云飘泊。
去处虽不同，同负平生约。
今来各何在，老去随所托。
我守巴南城，君佐征西幕。
年颜渐衰飒，生计仍萧索。
方含去国愁，且羡从军乐。
旧游疑是梦，往事思如昨。
相忆春又深，故山花正落。

## 卜　居

**【唐】杜甫**

归羡辽东鹤，吟同楚执珪。
未成游碧海，著处觅丹梯。
云障宽江左，春耕破瀼西。
桃红客若至，定似昔人迷。

# 穿越诗空

## 一、天涯"沦落"之伤

在《醉落魄·席上呈元素》一词中，"同是天涯伤沦落"一句化用了白居易在

《琵琶行》中所写的"同是天涯沦落人",二者相较,似是相同,实则相异。

从字面来看,两句话几乎完全一致,仅有一字之差,但也正是此一字,使得句子最后的落脚点发生了巨大的变化。原句"同是天涯沦落人",意为"我们都是天涯沦落的人",最后落脚于"人"这一名词上;而"同是天涯伤沦落",意为"我们都在天涯为着沦落而感伤"之意,最终落脚于"感伤"这一动词上。两字的词性之差,导致了两句话所表达出的效果不同。原句更为含蓄,仅对现状进行了客观陈述,"我"与"你"二人原本都来自京都,而如今又同处这偏远之地,"我们"遭遇相同,沦落至此,是一样的人,"我"能理解"你"此时的心情,但究竟是何情绪,在这句话中并未言明,可能是对对方的遭遇感到同情悲伤,也可能是为找到知音而欣喜,或以上二者兼而有之,没有定论。但经苏轼化用而成的句子,情感表达更为直接,以一个"伤"字告诉读者们,"我们"都为着沦落而感到悲伤,直白明确,无须猜测。

再从词义来看,"天涯"一词仅有"在天的边缘处,喻距离很远"的意思,在两首作品中皆相同。而"沦落"一词的释义主要有两个方面,一为被驱逐流落,二为陷入不良的境地。笔者将此两种意思分别代入作品中进行赏析,发现白居易所说的"沦落"倾向于第二种,而苏轼的"沦落"之意更侧重于第一种。

在《琵琶行》中,"同是天涯沦落人"一句是白居易听完妇人所奏之乐曲及其生平故事之后所发出的感叹。妇人所弹奏的琵琶声,并非欢快之曲,她通过演奏来抒发内心的悲伤之情。她的人生也并非一帆风顺。年少时,在京城繁华之地,她尚负有盛名,青年才俊皆争相听她弹曲。当时的她不把钱财放眼中,日日只知欢笑玩乐。然而,此种生活终非长久之景,随着容颜老去,追慕者日益减少,为维持生活,只能嫁给商人为妻。而经商之人,重利薄情,出门置货,留她一人独守船中,在梦中想到从前的光景,便倍感孤独失落,涕泪纵横。听完这些,白居易想到了自己的遭遇。去年被贬离京,住在浔阳江畔,疾病缠身。乡野之地,无处施展自己的抱负,亦无动听的乐曲可供欣赏,仅有杜鹃鸟与猿猴的悲鸣以及粗鄙的山歌、村笛萦绕耳畔,顿时悲从中来。二人虽都提到了离京来此偏远之地,但是他们所悲之事并非身处异乡,颠沛流离,而是自己不幸的生活经历,曾经的生活如此美好,然而现在却流落至此,无人问津,与"陷入不良的境地"一意更为接近。

而在苏轼的《醉落魄·席上呈元素》中,"同是天涯伤沦落"一句之后,紧跟着的是"故山犹负平生约","故山"也就是故乡,这句话连起来的意思便是"仍然违背了之前许下的回归家乡的承诺"。且在上阕中,苏轼强调的也是人生像无根的浮萍一样,四处漂泊,悲的是无法与友人时常相聚,而无感叹自己生活不幸之意。由此可见,这里的"沦落"是指"我们"还在异乡漂流,未有归日的意思。

根据以上分析,我们可知,苏轼在白居易诗句原有的基础上,虽仅变了一个字,但是在表达效果上却显得更为直接;虽同是"沦落",却选取了不同的意思进行表达,在情感上给予了读者不同的感受。

## 二、"平生约"之负

《寄王质夫》是白居易写给自己友人的一首诗,整首诗按照时间顺序叙述了二人从初识到现在的故事。起初,白居易因欣赏王质夫性格中不慕名利的品质而与之亲近。二人志同道合,一起游山玩水,谈话交心。然天下终无不散之筵席,他们因历官而分隔两地,无法相聚。如今他们都已年老无力,但仍为着生计而奔波,常常为离开家乡而感到忧愁。白居易回忆起过去游玩的场景,感觉就如梦境一般,过往的事情也好像就发生在昨天。整个故事从相聚到分离,最后站在现在的角度回忆往昔,表现了白居易对过往生活的怀念,想要结束如今这四处漂泊的生活,表达了他强烈的回乡归隐的愿望。

苏轼在《醉落魄·席上呈元素》中所写的"故山犹负平生约"一句,便化用了这首诗在叙述离别部分时所用的诗句"同负平生约"。从字面来看,苏轼在化用时,"负平生约"四字并无任何改动,故笔者将先从四字入手进行分析。"负"便是"辜负"的意思,而"平生约"则是"素来约定好的事情"之意,结合全诗(词)来看,平生约定好之事应是相同的。在《醉落魄·席上呈元素》一词中,苏轼的表达较为明显,将"故山"二字放在了"负平生约"之前,连起来便是"还是辜负了素来约定好要回归故乡这一事情",将答案直接放在了读者的面前。而白居易在诗中只说了"去处各不同,同负平生约",也就是他与友人去的地方各不相同,但都辜负了之前的约定,并未明说是何约。可结合全诗来看,便可得出此处的平生之约亦是指回乡隐居。白居易在诗的开头描绘的场景皆是二人在京城相聚时的欢乐时光,在这些诗句中并无官场之事,仅描写了他们共游山水之间、享受自然所带来的乐趣的场景。且在诗的末尾,诗人提到了深春时节,故乡的花儿也该落了。由此可见，整一首诗都在抒发诗人思念故乡、想要归隐山林之间的情感。且从两人的写作目的来看，都是在与离别或即将分别的友人交流，回忆过往，感慨如今生活的漂泊不定，内容结构也十分相似。

所以，两句话都是在表达无法实现归乡心愿的感伤，苏轼在此处仅是采取了更为外放的方式来进行表达，但未改变其核心。

### 三、飞鹤之"羡"

杜甫所写的"归羡辽东鹤"一句中所提到的"鹤"出自"化鹤归辽"这一神话典故。据陶潜的《搜神后记》中所述：辽东有一人，名为丁令威，其学道成仙后，化作白鹤回到了自己的家乡。家乡的景物依旧，但生活在此地之人，已皆不识他。后人用此故事来表达思恋故乡但久未归家之人在回乡后对于故乡的风景依旧而人世变迁很大所发出的感慨。苏轼的"长羡归飞鹤"就出自"归羡辽东鹤"句。

从诗句的表达来看，杜甫将"羡"字直接入诗，全然袒露自己对于白鹤所怀有的羡慕之情。所以，在杜甫的《卜居》一诗中，虽运用了"辽东鹤"这一典故，但是并未完全沿用其故事的寓意，而是把故事截断，将白鹤如愿以偿回到了自己的故乡作为故事的结局，将得道成仙、化为白鹤、成功归乡、看到了故乡美好景物的丁令威作为自己所羡慕的对象。再从苏轼的词来看，也出现了"羡"这一字眼，可见"长羡归飞鹤"一句所取的飞鹤之意乃为杜甫诗中的"辽东鹤"。苏轼在词中峨眉山上的美景是自己家乡的风景，以此表达自己对于白鹤能回到家乡、看到故土的羡慕之情。

但我们需要注意，两首作品中蕴含的情感虽相同，可强烈程度却是不同的。杜甫在诗中仅提到了对于辽东鹤能回乡的羡慕，至于羡慕到何种程度，并未点明。而苏轼在词中用了一个"长"字，表明了自己的这种情感不是偶发的，而是经常萦绕于心头、难以散去的。可见，苏轼对于归家的白鹤之羡慕程度之深以及渴望归乡愿望的强烈。

综合以上分析，我们可以看到，苏轼在化用前人的诗句时，可能会采用同样的字眼，却选择不同的释义，来表达不同的情感；而在表达的情感相同的情况下，也会转变表达的形式，使得情感的传递更为直接，或加深情感的强烈程度，来表现与前人的不同。

1. 根据《醉落魄·席上呈元素》一词的上阕，概括说说词人为何而"愁"？

2. 在《卜居》一诗中，"吟同楚执珪"与哪一成语有关？表达了作者什么样的情感？

3. 根据以上分析，苏轼《醉落魄·席上呈元素》中化用的诗句是为了表达自己什么样的情感？

(谢丽虹)

# 第八讲　闻音辨词情

> 引言

"捣练子令",词牌名,又称"捣练子""深院月""剪征袍"等。"练"是经捶打后能变得更为柔软的白色熟绢。"子"有小的意思,是词调的一种名称,任半塘对唐朝崔令钦所写的《教坊记》进行整理后发现:"六十五调皆为'子'名,显为小曲。""深院月"一名是因李煜所写的《捣练子令·深院静》中,以"深院静"开头,以"数声和月到帘栊"结尾而产生的,可见此词影响之广。

## 捣练子令·深院静
### 【南唐】李煜

深院静,小庭空,断续寒砧断续风。
无奈夜长人不寐,数声和月到帘栊。

## 更漏子·钟鼓寒
### 【唐】韦庄

钟鼓寒,楼阁暝,月照古桐金井。深院闭,小庭空,落花香露红。
烟柳重,春雾薄,灯背水窗高阁。闲倚户,暗沾衣,待郎郎不归。

## 闻　笛
### 【唐】赵嘏

谁家吹笛画楼中？断续声随断续风。
响遏行云横碧落,清和冷月到帘栊。
兴来三弄有桓子,赋就一篇怀马融。
曲罢不知人在否,余音嘹亮尚飘空。

> 注释

响遏行云:《列子·汤问》:"抚节悲歌,声振林木,响遏行云。"形容歌声嘹亮,此处泛指乐声嘹亮优美。

兴来三弄有桓子:南朝宋刘义庆《世说新语·任诞》:"王子猷出都,尚在渚下。旧闻桓子野善吹笛,而不相识。遇桓于岸上过,王在船中。客有识之者,云是桓子野。王便令人与相闻,云:'闻君善吹笛,试为我一奏。'桓时已贵显,素闻王名,即便回下车,踞胡床,为作三调。弄毕,便上车去。客主不交一言。"

赋就一篇怀马融:马融,东汉人,作《笛赋》。

# 穿越诗空

## 一、深院空庭话孤寂

李煜的《捣练子令·深院静》中,"深院静,小庭空"为全词之始。"庭""院"二字,如今常被连用,意指正房前的院子,也泛指院子;但在这首作品中,此二字并非同义词的反复,它们所代表的意思并不相同。

从字面来看,"深院"是"深邃的院子",而"小庭"则指"小小的院子",无论从横向来看,还是从纵向来看,"小"都无法与"深"画上等号。因此,笔者认为在这首词中,"院"的范围应远大于"庭"的范围。所谓"深院"应是指世家大族的宅邸,其中千重万落,深不知尽头在何处。欧阳修有词曰:"庭院深深深几许,杨柳堆烟,帘幕无重数",可见当时贵族的宅之深、院之大。而"小庭"则仅是这深宅大院中的一个部分,是在这大大小小的建筑物构成的府邸中,一个独立的小院而已。

从深院到小庭,这种范围的变化,让整个开头如电影镜头一般,从远观的全景切换到了近景。视野范围缩小,也使得描绘的画面具有一种逐渐推进的层次感。这种描写手法,并非李煜首创,而是化用了唐朝词人韦庄在《更漏子·钟鼓寒》中所写的"深院闭,小庭空"而得。

李煜直接引用了"深院"及"小庭"二词,将镜头转换的效果保留了下来,但是这两句也并非是对前人诗句的照搬照抄,他将韦庄诗句中的"闭"改成了"静",从而使两句词的侧重点产生了巨大的不同。

"深院闭"的"闭"字所强调的乃是空间上的封闭。这一个字,将院子里的世界和外面的空间切断,整个视野也随着一个"闭"字被封锁在了院墙之内,不可出,也无人进。就是在这深深的庭院之中,在一个小小的院子里,没有人陪伴在身旁,显出词中女子之孤单。当然,这里所说的"没有人"并非真的无人,在一个拥有深宅大院的家族之中,佣人是必不可少的,词人在此用一个"空"字来表示挂念之人不在身畔,从而显得整个院落都空空荡荡的,有一定的主观色彩。由此可见,"闭"和"空"二字主要是为突出整个画面之冷清,是为了逐层加强词中之女子的孤独与寂寞而设的。

但是在词中,捣衣声才是词人要重点描绘的对象,李煜将"闭"改为了"静",便使读者的注意力由对画面的感受转移到了对声音的感知上。他以院内之寂静来衬托远处所传来的捣衣之声,以无声显有声,使得随风而来的声音被放大,一下一下直击人心,心中的愁绪也随之愈来愈浓。"小庭空"在表现画面空旷的基础上,也添加了环境安静的意味,让读者感受到在这一场景中,不仅没有人填满画面,也没有声音充斥空间。这种孤寂之感与韦庄所写的场景相较更为强烈。

此外,上文我们已提到,"闭"字有密封之感,将院内与院外完全隔绝了起来。在李煜的词中,捣衣之声是从外界传来的,院墙内外需要有一定的流动,与"闭"字给人带来的感受相矛盾。而以"静"代之,不仅消除了这种隔阂之感,还营造了一种安静的环境,为凸显捣衣之声而服务。所以,在李煜的作品中,"静"字显然更为合适。

综合以上分析我们可知,在诗词之中,改一字便可牵动全意,便可使得句子融入新的词境之中,焕发新的光彩。

## 二、声声入耳人不寐

捣衣之声随着秋日的阵阵寒风,传入深院,飘入小庭,钻进帘栊,萦绕于耳畔,时断时续,似无还有,使得李煜发出了"无奈夜长人不寐,数声和月到帘栊"的感叹。可见词中所展现的断断续续、随风而来的寒砧声,并非词中之人想要听到的声音,此声所带来的唯有令人彻夜难眠的忧愁罢了。而这几句表达词人对寒砧声不满的句子,是化用唐朝诗人赵嘏对于优美笛声的赞扬而来的。

一样是夜间随风传来的断续之音,一样传入未眠人之耳,却出现了截然不同的情感。笔者认为,这种情感上的差异,可从作者所选取的意象入手分析,也可从字词的使用上找到缘由。

首先,从意象来看,无论是赵嘏所选用的笛声还是李煜所选用的寒砧声,皆有丰富的含义。

在中国古典诗词中,笛声常与思念之情相联系。"此夜曲中闻折柳,何人不

## 第八讲 闻音辨词情

起故园情"是李白在听完笛声后所发出的感叹。"羌笛何须怨杨柳,春风不度玉门关"中的笛声代表的是戍守边关的将士对于故乡的思念。此外,由于笛子制作简单,易于吹奏,所以常在描绘乡野风光的诗词中出现,"牧童归去横牛背,短笛无腔信口吹"便展现出了一幅充满妙趣的田园之景。同时,笛子本身音色的清丽优雅,使得它深得文人墨客们的喜爱。"短蓑独宿月明中,醉笛一声弄春风",将笛声与明月结合起来,营造出了安静雅逸的氛围。

由此我们可知,在笛声表思念的情况下,常伴随着直接抒情的字眼出现;在笛声表田园之乐的情况下,会跟随田园诗中常出现的"牧童""牛群"等意象。而在赵嘏的作品中,以上两种字词皆未出现,有的仅是对笛声的描绘——笛声嘹亮时,仿佛可横在碧蓝的天空上阻遏来往的浮云;笛声清和时,好像伴随着冰冷的月光照进了窗户中。在《闻笛》一诗中,仅有对清丽笛声的赞美,而无掺杂其他情感。结合以上分析,诗中的月亮意象也仅是为了与笛声相结合营造出超脱于尘世的清雅氛围而出现的,并无特殊的情感表达。

"寒砧声"在古诗中并没有纯粹作为声音而存在的现象,它常作为一种情感符号而出现。这种情感可以是征人之妻对远戍边关的丈夫之思怨,也可以是一般夫妇、情人之间的思忆,甚至可以没有具体的情感抒发对象、仅是某种令人忧愁的心理感觉。无论何种情感,皆非乐情。在词中,虽未言明是何种情感,但"无奈夜长人不寐"的"无奈"二字,便表明了"我"对于"寒砧声"的不满,对于院外那还在捣衣之人的不满,对自己到此刻还未入眠的不满,印证了"寒砧声"是"我"心中愁绪的触发物。寒砧声的情感记号使得在这句词中的月光亦带上了表示思念或离愁别绪的意义。这代表忧愁的声音与表达思念的光亮一同来到"我"的耳边、"我"的眼前,使得悲伤的情感更为浓烈。

其次,从遣词造句方面看,"清和冷月到帘栊"与"数声和月到帘栊"两句看似皆表达了声音伴随着月光照进了窗中,然而两者对于声音的修饰语并不相同。赵嘏笔下的声音乃是清越之声,赞赏之意显而易见。而李煜用的是"数声",即"几声"之意,无明显的情感指向,但是与"寒砧声"本身所具有的情感意象相结合,便有一种抱怨之意:一声不止,还有好几声传来,令人无法入眠。

由此可见,在化用诗句时,意象与字词的改动皆可改变诗词的情感走向,使前人的句子为自己所用。

综上所述,李煜的词中化用了唐朝韦庄与赵嘏两位诗人的作品,巧妙地通过意象与字词的改动,创作出了带有自己情感标记的作品,令人叹服。

### 玩味诗词

1. 请你说说,哪些诗句中的寒砧声表示的是征人之妻对远戍边关的丈夫之思怨之情?

2. 张若虚《春江花月夜》中的"玉户帘中卷不去,捣衣砧上拂还来"与李煜《捣练子令·深院静》的末尾两句"无奈夜长人不寐,数声和月到帘栊"都是借月表现人物的情感,你认为他们的表达方式相同吗?请说说你的理由。

3. 你还知道哪些通过声音来表达情感的诗词?列举一二。

(谢丽虹)

# 第九讲　鹧鸪声中说悲愁

> 引言

鹧鸪是我国南方的一种珍贵的禽鸟,形如母鸡,头似鹌鹑,背部和腹部黑白两色相夹杂,脚为黄色。《山海经·北山经》中写道:"东百八十里,曰小侯之山,明漳之水出焉,南流注于黄泽。有鸟焉,其状如乌而白文,名曰鸪鹳,食之不灂。"其鸣啼之声为"钩辀格磔",人们皆认为此声极似"行不得也哥哥"。

## 菩萨蛮·书江西造口壁
### 【南宋】辛弃疾

郁孤台下清江水,中间多少行人泪。西北望长安,可怜无数山。

青山遮不住,毕竟东流去。江晚正愁予,山深闻鹧鸪。

> 注释

清江:指赣江。

长安:此处借指北宋都城汴京。

## 山鹧鸪
### 【唐】白居易

山鹧鸪,朝朝暮暮啼复啼,啼时露白风凄凄。

黄茅冈头秋日晚,苦竹岭下寒月低。

畲田有粟何不啄,石楠有枝何不栖。

迢迢不缓复不急,楼上舟中声暗入。

梦乡迁客展转卧,抱儿寡妇彷徨立。

山鹧鸪,尔本此乡鸟,生不辞巢不别群,何苦声声啼到晓。

啼到晓,唯能愁北人,南人惯闻如不闻。

### 穿越诗空

一、鹧鸪意象分析

鹧鸪不仅体态、样貌在文学作品中留有记载,在诗词中也扮演着重要的角色。唐朝诗人郑谷就曾以"鹧鸪"为名,写下了令人赞叹并为时人广为传颂的诗篇,且因此诗得了个"郑鹧鸪"之名。在唐宋时期,以鹧鸪作为词牌名的词作亦不在少数,如:"山鹧鸪""鹧鸪天""瑞鹧鸪""瑞鹧鸪慢""鹧鸪词""鹧鸪引"等,共计可达近千余首。

在众多诗作中也多有以鹧鸪直接入篇的,构成了诗词中的鹧鸪意象。这些意象大致可分为两个大类:一是一种乐曲的名称,指抒发相思别恨或歌唱男女爱情的流行乐曲;二是实指鹧鸪这一动物。将"鹧鸪"作为一种动物入诗时,又可分为三个方面——以"形"入诗,以"声"入诗以及以"飞"入诗。其中最为文人所偏爱的可算是鹧鸪那独特的鸣啼之声了,这一啼声被赋予了丰富的内涵。

在释云的《偈颂二十九首·其一三》中所写的"鹧鸪啼处百花香"一句赋予了鹧鸪的啼鸣之声极强的生命力,令读者感受到了诗人在看到一派生机的美景时的欢愉与欣喜。但白居易在《山鹧鸪》中所作的"啼到晓,唯能愁北人,南人惯闻如不闻"以及辛弃疾在《菩萨蛮·书江西造口壁》中所写的"江晚正愁予,山深闻鹧鸪",则将"鹧鸪啼"与悲伤联系了起来,为其蒙上了一种凄凉的色彩。

乐府诗中就有"鹧鸪"的题目,内容上主要是表现愁苦之情,后世诗词也大多沿用这一意象的情感。且诗词中的"鹧鸪"意象并不是完全独立的,例如在上文中所提到的《山鹧鸪》与《菩萨蛮·书江西造口壁》中所写的"鹧鸪啼"便存在着相应的联系。

## 二、鹧鸪声声悲北人

日薄西山,黑夜降临,鹧鸪的声声啼鸣,穿透时间的洪流,传入了白居易的耳中,也打进了辛弃疾的心中。

在《山鹧鸪》一诗中,白居易以鹧鸪之声开篇,以鹧鸪之声结尾,中间亦穿插着其啼鸣之音。全诗共有7句,平均每隔两句就会出现对于鹧鸪鸣叫的描写,使得整首诗都充斥着"行不得也哥哥"的凄婉之声。这种结构,不仅生动地表现出了诗人在当时由于鹧鸪的叫声而心烦意乱,写作时无法集中精神进行思考,也使得读者仿佛身处被鹧鸪声所环绕的环境之中,一声又一声,一声复一声,营造了一个由声音构筑起来的密不透风的压抑氛围。

白居易在诗中为了证明不仅自己一人受这鹧鸪之声的影响而忧愁,还以他乡之客梦中辗转、抱儿寡母独立彷徨来证明此声悲凉,令人难以平静。以此为据,义正词严指责其有粟不食,有枝不栖,既不离巢又不别群,无忧亦无愁,却要终夜啼叫,说着"行不得也哥哥",勾起"我"这个离开家乡来到南方的"北人"的思乡之情。

而来自东北方的辛弃疾,在江西任提点刑狱时,看着夜幕中的赣江独自惆怅,听闻这鹧鸪之啼也愁入肝肠,悲伤之情难以抑制。正与白居易的"啼到晓,唯能愁北人,南人惯闻如不闻"相照应。

在宋代,白居易是当时的文人士大夫普遍企羡、仿慕的对象。辛弃疾虽不如苏轼那般"独敬爱乐天",但他也常在词中化用白居易的诗句、提到与白居易相关的典故,并且写有注为"效乐天体"的词三首。可见他对于白居易的诗研究颇深。因此,笔者认为,当他在江西江边听到鹧鸪的鸣叫时,脑海里难免会冒出《山鹧鸪》一诗,不自觉地对号入座,觉得自己便是诗中所写的"北人",透过历史,与乐天产生共鸣,使得自己心中的悲情更甚。且辛弃疾一句"山深闻鹧鸪",与白居易的诗题也有遥相呼应之感。

不仅如此,此二人对于鹧鸪鸣叫所产生的情绪是相同的。如上文所述,白居易对于鹧鸪是带有一种抱怨的情绪在的,辛弃疾亦然。在这郁孤台下,在这赣江水边,他极目眺望,欲见汴梁,目之所及却皆是青山,正愁绪满怀,鹧鸪还来添乱,声声悲鸣,直击人心,惹得心情愈发忧愁。

由此可见,辛弃疾写下的"江晚正愁予,山深闻鹧鸪"二句,应是受到白居易的影响而作的。

### 三、鹧鸪声中北人悲

虽说二人都来自北方,都客居江西,都在这南方之鸟的鸣叫声中感到了凄苦与悲凉,但是细究其情感,二者又极为不同。

白居易在诗中是借景抒情,借他人发己情。在整首诗中,诗人都极力地将自己当作一个观察者,一个独立于整个场景之外的局外人。

白居易通过营造清冷的画面来调动读者的感官,从而传递自己的情感。如"黄茅冈头秋日晚,苦竹岭下寒月低"两句,"黄茅冈"与"苦竹岭"两个地名皆暗含着颜色,黄茅冈为黄,苦竹岭为绿。再细探此两句,"黄茅冈头秋日晚",秋为黄,傍晚为黄,且"茅"乃草名,黄茅便是黄色的草,三种"黄"拼接在一起,秋日傍晚的萧瑟之景跃然纸上。而"苦竹岭下寒月低",竹本为绿色,绿色乃充满生机之色,但前用"苦"字修饰,此绿便被蒙上了灰色调,从而显得呆板、死气沉沉。在惨白的月光的照射下,整幅图景皆被冷色调所覆盖,更显凄凉。

诗人还通过他人听到鹧鸪声时的反应来表达自身的愁绪。那鹧鸪的啼鸣之声,传到楼上,飘入舟中,使得他乡之客辗转反侧,抱着孩子的寡妇独立寒秋、心神不宁。通过这些人物的情感描写奠定了全诗的情感基调,只字未提自己的感受,却能让读者看到他对于鹧鸪啼鸣的态度。

当然,诗人无论将自己隐藏得多好,总在诗中会露出些马脚。白居易在诗中所用的三个"何"字便在无意中让读者们抓住了他感情的蛛丝马迹。有东西吃为何不吃?有地方栖息为何不休息?非要在这里一声又一声地啼叫。有家回为何不回?有同伴玩为何不去玩?非要在这里一声又一声地啼叫。这里虽未出现诗人本人,但我们可以读出这几句中饱含着作者对鹧鸪的不满之情。

所以,从整首诗看,白居易极力想让自己从整个场景中脱离出来,逃避自己被鹧鸪啼叫影响而产生思乡之情的事实,但是他并未成功。

辛弃疾的处理方式与白居易截然不同。他将自己放入了词中,并且直接出现了"予"字,抒发了自己强烈的情感。在辛弃疾的诗中,鹧鸪的啼鸣对于别人来说怎么样,他并未做任何的描写,但是词人的心情确被它们的鸣叫声所扰。这种直接抒情的豪情是白居易所没有的。

二者由鹧鸪的啼鸣而产生的悲情也是不同的。白居易所表达的是思念家乡、思念亲人的个人情感,但辛弃疾所表达的是关乎国家的忧愁。这种区别从二人所用的意象中便能看出。白居易所用的意象,如"黄茅冈""苦竹岭""秋日""寒月"等,都是自然界的景物,与人的活动无关;而"迁客"与"抱儿寡妇"都只是对他们身份的客观描述,并不涉及朝政。可辛弃疾用的却是带有政治色彩的意象,如他在诗中所提到的"长安"便指的是曾经的首都汴京。作为一个山东人,他望的不是自己的故乡,而是故都,可见他的情感更为宏大。他忧的不是自己,愁的不是亲人,而是整个国家。

综上所述,一种鹧鸪两处悲愁,即使是同一种声音,同一种情感,不同的人具体的所思所感都是不同的。作为后来者,我们应仔细从诗词的字里行间进行推敲,感其情思。

**玩味诗词**

1. 《菩萨蛮·书江西造口壁》中"青山遮不住,毕竟东流去"两句,表达了词人怎样的情感?

2. 简述辛弃疾与白居易诗词的风格差异。

3. 辛弃疾词中用过哪些与白居易有关的典故?

(谢丽虹)

# 第十讲　流水东去愁难平

> 引言

向东奔流的春水，裹挟着千古风流人物的事迹，承载着人们的精神理想，倾听着世间说不尽道不完的悲欢离合。将刘禹锡的《竹枝词·山桃红花满上头》、李白的《金陵酒肆留别》和李煜的《虞美人·春花秋月何时了》相比较来看，会发现东去的流水之中，有着无穷的巧思与情味。

## 虞美人·春花秋月何时了
### 【南唐】李煜

春花秋月何时了，往事知多少？小楼昨夜又东风，故国不堪回首月明中！

雕栏玉砌应犹在，只是朱颜改。问君能有几多愁？恰似一江春水向东流。

> 注释

了：完结。

雕栏玉砌：雕花的栏杆和玉石砌成的台阶，这里泛指南唐宫殿。

## 竹枝词·山桃红花满上头
### 【唐】刘禹锡

山桃红花满上头，蜀江春水拍山流。

花红易衰似郎意，水流无限似侬愁。

> 注释

上头：指山的高处。

蜀江：蜀地的江，此指流经夔州一带的长江。

侬：女子自称。

## 金陵酒肆留别
### 【唐】李白

风吹柳花满店香，吴姬压酒唤客尝。

金陵子弟来相送,欲行不行各尽觞。

请君试问东流水,别意与之谁短长。

### 注释

压酒:米酒酿制将熟时,压榨取酒。朱谏注:"压酒者,酒熟而汁滓相将,则盛之以囊置槽中,压以重物,去滓而取汁也。"

金陵子弟:指李白在金陵结交的年轻人。

欲行不行:"欲行"指诗人自己,"不行"指金陵子弟。或解为形容诗人欲行而不忍行的情态。

## 穿越诗空

### 一、匠心独具的"以水喻愁"

李煜的一句"恰似一江春水向东流"以横空出世之态展现在世人眼前,多数人却不知其早已站在巨人的肩膀之上,而这位"巨人"正是以《陋室铭》一文来表明高洁心迹的刘梦得。

在读刘禹锡《竹枝词·山桃红花满上头》之前,我们很有必要先了解一下何为"竹枝词"。竹枝词是一种诗体,由古代巴蜀民间的民歌演变过来,具有"含思宛转,有淇濮之艳"的特征。经过刘禹锡的采用和润色之后,这一民歌形式变成诗体,对后代产生了很大的影响。诗人在夔州任刺史一职时创作了不少《竹枝词》,夔州在如今的重庆境内,因此刘禹锡的《竹枝词》中有大量的巴蜀元素,兼具民歌的特点。而对于此诗而言,其民歌的特点主要表现在"起兴"与"重情"之上。

"山桃红花满上头"一句中,用"红"且"满"示花开之盛,而"红"与"满"是一种达到事物状态巅峰的模样。然而在思妇的眼中,这其中暗含着"盛极必衰"的意思,为第三、四句的抒情做了铺垫。"蜀江春水拍山流"一句,写出了春水丰盈、活力四射的状态,给人以浓浓的生命之感。然而春景无重数,为何思妇偏偏将目光停留在了"春水拍山"之上?她实际上是以此自比,表现她坚持不懈的品质。对什么坚持不懈呢?一个女子对情郎忠贞不贰的优良品德。诗歌的前两句极力渲染了山恋水依的图画,这本应是无限美好的"乐景",却勾起了思妇无限的"哀情"。

以色彩缤纷、活力无限之景起兴,与"花红易衰似郎意,水流无限是侬愁"两句形成反差。而正是"花红"两句,让诗歌充满了新意。古人惯以"花"来喻女子短暂的美貌,如"花颜易逝";以"流水"来喻男子用情不专,如"落花有意,流水无情"。然而此处的诗句反其道而行,用"桃花易衰"来比喻男子的迅速变心,用绵绵流水来比喻女子的专情忠诚。"水流无限似侬愁"一句中,如流水般"无限"的是思妇对情郎亘古不变的爱,更是由这矢志不渝的爱得不到该有的回应而产生的无尽愁怨,以水流的有形之态来表现"爱"与"愁"的无形之态,是一种合乎"含思宛转"的绝佳表达,给读者留下了无穷的余味。

刘梦得的这首《竹枝词》比兴贴切,韵味悠远,读来眼前浮现出一位对爱情始终如一的思妇,她望着眼前匆匆而去的流水,给了我们一个愁怨的回眸。

## 二、青春豪迈的"以水喻愁"

李太白一生恣肆狂放,能够将一切细腻敏感的情感都化为豁达与豪放的诗句。不同于一般送别诗的缠绵幽婉,李太白在《金陵酒肆留别》中的送别之情充满了豪迈不羁与真切祝福。

读李太白的这首诗歌仿佛目睹了一张白纸成为一幅人声鼎沸的风情图的过程。画面中先呈现的就是一幅"杨花店家图"。以"风吹柳花满店香"起兴,"风吹柳花"能让人想象到风吹动着漫天柳絮翻飞的梦幻场景,"柳"为"留"之谐音,是经典送别场景的标准配置,然而"满店香"则让人开始费解,柳絮怎么会是香的呢?结合下一句的内容便可得知,香的并非"柳花",而是春风从远处带来的春花香气,还有就是酒家新酿造的美酒香气。眼前飘零的柳絮和鼻尖撩动的香气,都不禁让诗人感到"心香"。然而此番美景还略显寥落,"吴姬"的出现则打破了整幅画面的沉静,她一边压酒一边"唤"着。她唤什么呢?她是在热情地招呼客人。在另一个版本的《金陵酒肆留别》中"唤"字作"劝"字,试问吴姬如何做到一边压酒一边"劝客"?"劝"需要轻柔的语气和耐心的态度,是一种缺乏感染力的表达方式,然而吴姬的目的是为了客人能来"尝",因此"唤"能体现出一种大声吆喝的情态,塑造了吴姬的热情好客、大方直爽的人物形象。

酒家如此热情,使得来送别的金陵子弟不由地在此停驻了下来。此时画面中的人物又增加了,使得画面热闹了起来。此番胜景,此等良人,令人无法潇洒而去,因此只得"欲行不行",在觥筹交错之中感受彼此深厚的友谊。"各尽觞"中或许有送行人的喃喃低语,或许有祝酒人的慷慨陈词,或许还有畅快豪饮的声响,画面上不仅有人的增加,更有声音的喧哗,至此,画面的热闹情态被推向了一个高潮。读诗至此,我们有必要弄清楚一个问题:金陵子弟一行人为谁而来?结合诗歌的创作背景,此时正是诗人游弋扬州之时,这群"金陵子弟"正是李白在当地的一群朋友。他曾经在《上安州裴长史书》里说:"曩昔东游维扬,不逾一年,散金三十余万,有落魄公子,悉皆济之。此则白之轻财好施也。"李白性格豪爽,喜好交游,在扬州时既年轻富有,又仗义疏财,朋友自是不少,在金陵时也当如此。一帮朋友喝酒话别,少年意气,兴致盎然,少有伤别之意。

漫天飞舞的柳絮、热情奔放的吴姬、慷慨畅饮的送别人,逐渐构成了一幅明朗豪放的画面,同时画面的情绪逐步也在走高。如果诗歌到此为止的话,就仅仅是一首叙事颇佳的作品,不足为后人称道。然而太白却在最后两句的时候改变了整首诗歌的节奏,一路走高的情绪突然转了一个弯。句式上由陈述句转为了疑问句,问的问题也很有意思,是要跟连绵不绝的江水比一比,看在离情别绪上谁的情意更加深厚。严格来说,李白在此处并非"以水喻愁",更确切的说法应该是"与水比情长"。这"东流水"是极目远眺都难以穷尽的,然而太白敢于用自己的情长去与这"东流水"的长度进行比较,显然是有足够的自信,从而强调了他对友人的情感是无比深厚的,同时离别的愁绪是无比浓烈的。

李太白的愁绪是大丈夫的愁绪,自然与刘梦得诗中思妇的哀婉情绪截然不同,这提醒了我们,不同诗作在使用同一物象表达情感之时,其情感的内涵也许是截然不同的,需要我们联系整首诗的内容和作者的创作背景来探究区分。

### 三、幽深悱恻的"以水喻愁"

刘梦得与李太白的诗都足以让人称绝,却为何不敌李后主的"恰似一江春水向东流"呢?李后主词作宽阔广大的词境与浓烈深刻的哀思是理解《虞美人》的关键,弄清楚词的这两个问题,那么为何"恰似一江春水向东流"可以在此发出非同寻常的光芒,这一问题也就迎刃而解了。

此词为李后主的绝命词,有着非同一般的创作背景,在读诗之前有必要了解一下。《虞美人·春花秋月何时了》一词作于宋太宗太平兴国三年(978)。曾为九五之尊的帝王李后主亡国后被软禁于北宋都城汴京的一个庭院里，虽衣食无忧，身份却是阶下之囚。过往的帝王生活让他百感交集，悲不自胜。作此词后不久就被宋太宗杀害，结束了戏剧的一生。

　　"春花秋月"是人世间美好事物的代称，三月繁花、中秋之月，总能引发人无限的遐想和美好的祝愿，这般美好若能长存就是上帝的恩赐，然而李后主却道"何时了"，这一切美好在他看来都让人难以忍受，何故？词人下一句的疑问便道出了原因："往事知多少"。在"往事"中，他是高高在上的君主，呼风唤雨、为所欲为，过往的美好时光因为"春花秋月"而悉数浮现在词人的眼前。"知多少"突出的是过往的美好数不胜数，不断呈现的美好就如同匕首一样刺在他的心上，而如今的他只是一个任人宰割的阶下囚。两句词中有今昔对比、有乐景与哀情的对比、有实与虚的对比，增加了整首词作的深度与厚度。

　　如果说前两句的悲愁仅仅局限在个人身世之感上，那么第三、四句表现的就是他作为亡国之君的痛心疾首。"小楼昨夜又东风"中的"东风"在寻常人看来就是春的信息，然而在词人看来，这是从东边吹来的风。此时他被囚禁在汴州，而"东"乃故都所在之地，从东边而来的风勾起了词人对故国的无限思念。夜阑人静，明月晓风，幽囚在小楼中的不眠之人，不由凭栏远望，对着故国家园的方向，多少凄楚之情涌上心头，又有谁能忍受其中的煎熬？一个"又"字更是将这份煎熬推向了顶峰，东风一阵一阵地吹拂而来，每吹拂一次都是对后主心灵的鞭笞。因此"故国不堪回首月明中"，虽然"不堪"，但还是"回首"了，尽管"回首"痛苦无比，但依旧是牵挂难解之处。

　　思绪回到故国之后，便忍不住地将过往事无巨细地仔仔细细再回顾了一遍。宫殿中"雕栏玉砌应犹在"，那些曾经抚摸过的精致的雕花栏杆，那些曾经走过的玉石台阶，应该都还立在原处，以一种亘古不变的方式存在着。然而"只是朱颜改"，当年花容月貌的宫娥早已失去了往日的神采。这两句暗示着事物是永恒存在的，而人却不是。当时自己是在宫殿中高高在上的九五之尊，如今却沦落到了为世人所耻笑的地步。这一层悲愁是建立在物是人非、江山易主的无奈悲恨之上的，感慨深沉，富有哲理意味。

　　词作的前面六句，分三个层次三次运用对比，从个人层面上升到国家层面，再进一步上升到人生层面。如此多重对比，实际上是在进行情绪的堆积，自然逼真地传达出词人心灵上的波涛起伏和忧思难平。前面词人的情绪一直是隐而不发的,最后满腔幽愤终于再难控制,汇成了旷世名句:"问君能有几多愁?恰似一江春水向东流。"词人通过自问自答的方式,以具象的流水比喻抽象的愁怀,写出愁思之无边无际、无穷无尽、无休无止、无法遏制。此句为何在此词中发挥出独特的魅力?正如唐圭璋在《李后主评传》中指出的:"他身为国主,富贵繁华到了极点;而身经亡国,繁华消歇,不堪回首,悲哀也到了极点。正因为他一人经过这种极端的悲乐,遂使⋯⋯在悲哀的词里,我们看见一缕缕的血痕泪痕。"

### 玩味诗词

1.《竹枝词·山桃红花满上头》中诗人对"花""流水"的意象进行了怎样的创造性改造?

2.《金陵酒肆留别》"吴姬压酒唤客尝"一句中的"唤"改成"劝"好不好?为什么?

3. 李煜在《虞美人·春花秋月何时了》中抒发了哪几层愁绪?分别是什么?

4. 试分析《竹枝词·山桃红花满上头》《金陵酒肆留别》和《虞美人·春花秋月何时了》三首诗词中"以水喻愁"的情感的不同之处。

(谢 宇)

## 第十一讲　落花湿，美人泪

> 引言

《相见欢》与《曲江对雨》都是即景感怀的名作。同是春日雨绵绵中的带泪之红,在不同的时空的里,触发了杜甫和李煜的别样的情思。

### 相见欢·林花谢了春红
**【南唐】李煜**

林花谢了春红,太匆匆。无奈朝来寒雨晚来风。
胭脂泪,相留醉,几时重。自是人生长恨水长东。

> 注释

春红:春天的花朵。
胭脂泪:此处是指林花着雨,鲜艳颜色。
留:留给,给予。
重(chóng):再度相会。

### 曲江对雨
**【唐】杜甫**

城上春云覆苑墙,江亭晚色静年芳。
林花著雨燕脂落,水荇牵风翠带长。
龙武新军深驻辇,芙蓉别殿谩焚香。
何时诏此金钱会,暂醉佳人锦瑟旁。

> 注释

苑:此处指芙蓉园,唐玄宗时期权贵们寻欢作乐的地方。
年芳:美好的春色。
著(zhuó):附着,附加。
燕脂:同"胭脂"。

**水荇牵风翠带长**:唐杜审言《和韦承庆过义阳公主山池五首(其二)》:"牵风紫蔓长。"水荇,植物名,多年生水草。

**谩**:通"漫",不切实,散漫。

**金钱会**:《旧唐书》卷八:"己卯,宴王公百僚于承天门,令左右于楼下撒金钱,许中书以上五品官及诸司三品以上官争拾之。"

## 穿越诗空

### 一、春雨霖霖胭脂泪

谭献在《词辨》中评价李煜的《相见欢·林花谢了春红》为"濡染大笔"。如何"濡染"?"大"在何处?且先看"林花谢了春红"这句。"林花"这一说法十分宽泛,泛指树林中缤纷盛开的花朵,着眼于树林中整体的花,此为一"大";"春红"一词通俗易懂,以"红"这一色彩指称春日里姹紫嫣红的花,着眼于整个春日里的花,此为二"大";然而这成片成林的花朵却"谢"了,仿佛眼前缤纷的世界就此蒙上了灰调,此为三"大"。落英缤纷"匆匆",一方面在说春日之花的花期短暂,昙花一现,"太"这一虚词表达了词人深切的叹惋之情;另一方面,花的凋零太突如其来,太令人意外,这样的"意外"也撩拨了词人本就不宁而敏感的心。此句的写法也十分精妙,先出"林花",全不晓究竟何林何花,继而说是"谢了春红",乃知是春林之红花,而花已凋谢!随手直写,一波三折,全凭天然。

然而词人曲折有致的写法还不止于"林花"句,他借助"林花"句又埋下了一个谜面,即为何"林花""太匆匆"地"谢"了?"无奈朝来寒雨晚来风"做出了解答。"朝"与"晚"、"雨"与"风"互文见义,从白天到夜晚,风伴随着雨一直在春日里张狂不停息,因而加速缩短了花期,春花仿佛与词人只有一面之缘便从此不复相见。"无奈朝来寒雨晚来风"中的"晚",一本作"晓",然"晓"字则令风雨的狂狷粗疏之态大减;且"晓"与"朝"同意,则难以形成互文,词的意思也变成了整个早晨都在刮风飘雨,这如何能与从早到晚都在禁受风雨侵袭相比?"朝来寒雨晚来风"的强度不言而喻,"春红"经历的强烈侵袭就是"匆匆""谢了"的原因。

那么"春红"在风雨中有挣扎吗?又是否痛苦?"胭脂泪"三个字就将春红凋谢的凄美展现得淋漓尽致。"胭脂泪"原指女子的眼泪,女子脸上搽有胭脂,泪水流经脸颊时沾上胭脂的红色,故而流下红粉之泪。古来素有以花喻美人的习惯,此处则是以美人泪来喻春花之态,春花在春雨的湿润与浸染下显得格外明艳动人,水珠在花瓣上流连,仿佛是美人脸颊上滑落的泪水,这泪水大概是在祭奠难以改变的命运。

"胭脂泪"一词如此传神,原因在于它站在前人创作的基础上。作为杜甫的"资深粉丝",李煜熟读杜诗,将杜诗《曲江对雨》中的"林花著雨燕脂落"点化后为己所用。而《曲江对雨》亦为即景抒情的佳作,亦从春日之景写起。

首联"城上春云覆苑墙,江亭晚色静年芳",由整体入手,为读者勾勒出一幅春城的全景图。"城上春云覆苑墙",春日雨云密布低沉,覆盖在芙蓉园的墙头,积压在整个皇城之上,首联第一句便以春云压城为全诗奠定了阴沉压抑的基调。"江亭晚色静年芳"为我们描绘了一幅夕阳江亭图,斜晖脉脉,江亭寂寂,暮霭沉沉,芳草萋萋,可叹的是景中毫无人的气息,一"静"到底,呈现出一派荒凉与落寞。"覆"以动态衬托出"静"景之沉寂,透露出深重的人世苍凉之感。

颔联"林花著雨燕脂落,水荇牵风翠带长"的描写则从全景的"面"转入对细部"点"的描绘,聚焦曲江胜景。"林花"句写出了芙蓉园中落英缤纷,经过春雨的润泽花儿显得愈发娇艳可人。"燕脂"写出了雨后花色如女儿的胭脂一般娇媚,"落"写娇花随着春风飘散的动态美景。回顾李煜点化而成的"胭脂泪",则在杜甫诗本意之上又增添了一丝哀愁和灵动,其灵动之感便来自"胭脂泪"的比拟意味,春花着雨仿佛在雨中哭泣。李煜将诗句加以消化、提炼,一个"泪"字使它青出于蓝胜于蓝,全幅因此一字而生色无限。"水荇"句则意味着诗人的关注点从林间花转到了水中荇。此句脱胎于杜审言的"绾雾清条弱,牵风紫蔓长"。本是风吹水荇,杜甫却在祖父诗的基础上反道"水荇牵风",将水荇拟人化,水荇如同长长的翠带,温柔地伸出手挽留清风,仿佛水荇也难耐这无人问津的寂寞。虽"著""落""牵"一系列动词使得画面富有动感,但是物之动感都能令人察觉,人的动感却已不再,此消彼长,昔日的盛唐景象已经一去不复返。

## 二、身世茫茫何所依

那么《相见欢·林花谢了春红》中的"胭脂泪"究竟在为谁人而落呢?大概是为动荡的身世吧。对李煜熟悉的人都知道他是亡国之君,亡国带给他的冲击究竟有多大是大多数人难以想象的。我们来看看李煜在被俘前后的诗句对比,去探寻他极度悲愁的心路历程吧。

南唐灭亡以前,李煜的一首《玉楼春·晚妆初了明肌雪》尽显了生活的绮丽奢靡:"晚妆初了明肌雪,春殿嫔娥鱼贯列。凤箫吹断水云闲,重按霓裳歌遍彻。临风谁更飘香屑,醉拍阑干情味切。归时休放烛花红,待踏马蹄清夜月。""明肌雪""歌遍彻""醉拍阑干""马蹄清夜"都在极言当时宫廷生活的纸醉金迷与放浪随性,这仿佛就是天上人间。但是在南唐灭亡后,李煜沦为了阶下囚,受尽羞辱,风光不再。于是李煜后期的词中就有一个被反复使用的意象,那就是"梦",如"多少恨,昨夜梦魂中""往事已成空,还如一梦中""梦里不知身是客,一晌贪欢",一个恍恍惚惚不知梦里梦外的形象从纸端透了过来。这前后的巨大反差是词人难以承受的,于是诗人每夜都在梦回前朝,就在这似是而非的状态中等来了宋太宗的一杯毒酒。

既然李煜点化杜甫的诗歌,那么必定是与杜甫有同病相怜之处。杜甫在撰写《曲江对雨》之时正值安史之乱爆发之后,山河破碎,身世漂泊,繁华成泡影。曲江是杜甫长安诗作的一个重要题材。劫前,他写曲江游玩,讽刺杨家的豪奢放荡。劫中,他潜行曲江,抒发深重的兴亡之感。安史之乱前后杜甫的人生际遇、唐朝的国运发生了巨大的滑坡,故杜甫能够成为李后主的半个知音,只不过帝王的亡国悲愁并非一般臣子所能及。

### 三、即景生情话悲愁

在亡国遗恨的心境之下,李煜看到的是"胭脂泪",他在其中"相留醉",因为他与这经受风雨摧残的花儿一样,经受着朝代更迭的摧残,也即将迎来既定的可悲命运——背负骂名在异乡含恨而终。此时李煜似乎也只能与这林中将谢的花儿同病相怜,故而产生了深深的惋惜之情,发出"几时重"的感慨。他期待着能和这"胭脂泪"再度重逢,但是这一发问从一开始便是枉然,他们再也没有重见的可能。思虑至此,不禁发出"自是人生长恨水长东"的人生感叹。此句运用叠字衔联法,使"长恨""长东"前后呼应,写出了人生的本质——人生就是由无数遗恨组成的,遗恨就如长江水一般奔流不息,永无止境。此句中词人的情绪犹如突然决堤的汹涌江水,这是从词人肺腑中倾泻而出的感情激流,这是词人深深的哀叹,亡国的怅恨余音绕梁,不绝于耳。

而杜甫枯坐在一片荒凉、满目疮痍的曲江畔,想到的又是什么呢?"龙武新军深驻辇,芙蓉别殿谩焚香。"遥想玄宗当年,曾率领龙武禁军,一路上车轮辘辘,旌旗蔽日,直趋芙蓉园。芙蓉殿内香气弥漫,人头攒动。而现今,龙武新军何在?辇车废弃,殿门深锁,无人焚香,戒备森严,取而代之的是一片颓然。曲江畔的今昔对比使得世事的沧桑无常呼之欲出。

尾联中,诗人在冷寂的惨象面前谱写了一首狂想曲——"何时诏此金钱会,暂醉佳人锦瑟旁。"《旧唐书》载:"(开元元年九月)己卯,宴王公百僚于承天门,令左右于楼下撒金钱,许中书以上五品官及诸司三品以上官争拾之。""金钱会"即为唐鼎盛时期穷奢极靡的象征,诗人渴盼朝廷重开"金钱会",于宴会中倚靠在歌姬身旁享受这令人留恋的温存时刻。诗人意在描绘一个君臣同欢、歌舞升平的盛世人生。然而"何时"一词仿佛一盆冷水,浇醒了诗人的一场好梦。诗人在无法扭转的现实前仍愿梦回盛唐,可见对过往繁华的无限眷恋,狂想与惨象的交织使得悲愁动人心魄。

## 玩味诗词

1. 如何理解谭献在《词辨》中评价李煜《相见欢·林花谢了春红》为"濡染大笔"?

2. 李煜《相见欢·林花谢了春红》中的"胭脂泪"三字,相比杜诗"林花著雨燕脂落"妙在何处?

3. 《相见欢·林花谢了春红》与《曲江对雨》两首作品表达的情感有何不同?

(谢 宇)

## 第十二讲　车如流水马如龙

> 引言

《后汉书·皇后纪上·明德马皇后》中记载,马皇后为汉明帝之妻,生活简朴,不喜争名夺利。汉明帝去世后,太子汉章帝即位,尊马皇后为皇太后。公元76年,汉章帝欲封其舅舅(马皇后之兄弟)为侯爵,遭马皇后劝阻,作罢。次年大旱,有臣子进言,说此乃未封外戚之故。马皇后听闻此事,下诏谴责这种欲通过讨好自己来谋求荣华富贵的臣子,并以历史上因皇帝之宠爱而横行,最终招致灭族之祸患的外戚为例,阻拦汉章帝分封外戚,又用"车如流水,马如游龙"来描述马家门外前去问安的权臣之车马络绎不绝的情景,进而表达了自己的担忧。

后世不少的诗人与词人将"车如流水,马如游龙"引入自己的作品中,以此来描绘热闹繁华的景象。最早化用此句的当属唐朝诗人苏颋,但最为有名的化用还是李煜所作的"还似旧时游上苑,车如流水马如龙"。

在本文中,笔者将对苏颋与李煜所作的两首作品进行探究,来看看二者笔下的车水马龙之景有何相似与不同。

### 望江南·多少恨
#### 【南唐】李煜

多少恨,昨夜梦魂中。还似旧时游上苑,车如流水马如龙。花月正春风!

### 夜宴安乐公主新宅
#### 【唐】苏颋

车如流水马如龙,仙史高台十二重。
天上初移衡汉匹,可怜歌舞夜相从。

> 注释

仙史:记载神仙事迹的史籍。
衡汉:北斗和银河,此泛指星辰。

### 一、车水马龙之盛况

在苏颋和李煜的作品中,皆出现了"车如流水马如龙"的句子。此句是对出自马皇后的"车如流水,马如游龙"进行简化之后而成的,其意为"车子络绎不绝,宛如流水一般;马儿首尾相接,好像游龙一样"。这句话运用了比喻的手法,将排着长队的车子比作流动之水,将拉车的马儿比作游动的龙,以此向我们透露了两个方面的信息。

首先,从喻体的形状入手来进行分析,无论是水流还是游龙,皆呈弯曲细长之状。若车辆数量稀少便无法称其为流水,马匹数量不够则亦不似游龙之长,故车马的数量定不在少数。

其次,从喻体的状态来看,水非静止之死水,龙非休息之卧龙,而是处于动态之中的流水与游龙。可见,门前之车马亦处于不断的流动之中,有人来,也有人走,但其数量不曾改变,与静止停靠的车马相比,更增添了一份热闹与人气。

古时拥有车马的人家定非平民百姓,这是官宦商贾等富裕之家才会拥有的财产,能使如此多有权有势有财之人趋之若鹜的地方,定是权势极大之人所在之地。马皇后口中的车水马龙之地为自己的娘家,是当朝太后的亲属所居住之场所,在苏颋的诗中描述的车水马龙之景则是出现于公主宅邸的门前,而游上苑的李煜更是当时的一国之主。由此可见,这种车水马龙的盛况背后所隐含着的还有主人的高贵地位。

但是苏、李二人与马皇后描述车水马龙的情景时所怀有的心情是不同的。在马皇后的口中此种门庭若市的热闹景象,是自己看到的、与政治权力斗争有关的"热闹",令她产生了族人可能会因恃宠而骄导致覆灭的担忧。可在苏颋与李煜的作品中所展现的盛况与政治并无关系,乃是他们置身其中、亲身体会的游玩之景,使人愉悦与快乐。

在《夜宴安乐公主新宅》一诗中,苏颋主要描绘了在安乐公主新宅中所举办的宴会。公主新居门前停满了车马,旧宾客刚走,新的宾客便又来到。宅内的高台楼阁一幢又一幢,富丽又堂皇。歌姬舞女亦整夜不息,陪伴在客人的身旁。整个场面热闹非凡,此中的人们无需为什么而烦恼,只需寻欢作乐,尽享宴游之欢便可。而在李煜的词中,记叙的是自己作为帝王时于上苑游玩之事。彼时上苑门前的车马不息,是李煜帝王身份的象征,他处在一呼百应的地位上,所以在他出门游玩时才会造成群臣簇拥、嫔妃相随之盛况。而上苑内花开正好、春风拂面,也使得身处其中的李煜心旷神怡。

综上所述,"车如流水马如龙"一句无论在何种情况下,描绘的都是门前宾客往来不绝的景象,而苏颋与李煜作为这种盛况的亲历者,通过此句传达出来的情感更为相似。

## 二、车水马龙之差异

虽说在苏、李二人的作品中,都是通过车水马龙的盛况来表达宴游之乐的,但是此种景象在两首作品中一为现实之景,一为虚幻之梦。将此句放在全诗中理解,它所起的作用也相去甚远。

首先,从现实与梦幻的角度入手进行分析。苏颋的诗正如其题所述,作于安乐公主在新居所举办的夜宴之上。根据现世所存的多篇《夜宴安乐公主新宅》来看,无论是阎朝隐所作的"凤凰鸣舞乐昌年,蜡炬开花夜管弦",还是岑羲笔下的"衔欢不觉银河曙,尽醉那知玉漏稀",抑或是刘宪所写的"层轩洞户旦新披,度曲飞觞夜不疲",皆反映了当日宴会之上众人觥筹交错、纵情歌舞、乐而忘返之场景。由此可知,这一宴会是真实存在的,当时参与宴会的文人应是约定同题作诗,以记叙此件乐事。所以,苏颋所写的《夜宴安乐公主新宅》可能就是按照游玩的顺序对宴游之所见进行的叙述。他来到公主新宅,率先看到的便是门口的车水马龙,之后才是宅内的高台楼阁,以及楼中的莺歌燕舞。全诗是对现实的宴饮之欢所进行的描述,是在记叙当下所发生的事情。

而李煜所述的车水马龙之盛况是从前在上苑游玩的经历于脑海中所留下的记忆在梦中的复现。李煜昨夜之梦中,他还是万人之上的君主,能去上苑打猎游玩。上苑门前车来马往,上苑之内春风拂面,一派其乐融融的景象。然而无论梦中之景象如何繁华,如何欢乐,如今的自己已是敌人的阶下之囚,富贵荣华已成过眼云烟,失去权力与自由才是眼前的冰冷冷的现实。

其次,从作用来进行分析。苏颋诗中的"车如流水马如龙"居于诗首,开篇便营造了一种车来马往的热闹景象,一下将读者拉入了繁华的闹市中,交代了此次参与宴会之人的数量之多及身份之尊贵,为下文讲述高台楼阁的建筑以及歌舞相伴整夜的奢靡场景奠定了基础。

在李煜的词中,以"恨"开篇,以恨作为全诗的情感基调讲述昨日之梦。按理来说,梦中"车如流水马如龙"的美好快乐景象与"恨"字全然无关,反给人欢愉之感,此句的出现似乎毫无道理。可若从整首词的写作背景来看,这种因美梦而悲恨的情绪便显得合理得多。李煜此时正被囚禁在远离故国的地方,老卒守门,不可与外人接触,整日只得以泪洗面。在如今的情境下,梦到从前去上苑游玩时群臣簇拥、美人在旁的热闹,园中春风和煦、花开艳丽的美景,让人心生此景才是现实的期许。然而,梦终会醒来,冰冷的现实与梦中的美好相比,形成巨大的落差,怎不令人悲从中来?因此,在李煜的词中,乃是以昨日游玩时"车如流水马如龙"的景象来凸显眼下境况之凄凉,以乐景衬哀情,写出梦醒之后的悲恨。

从以上两个方面的分析,我们可知,虽同是"车如流水马如龙"七个字,情境不同,所起的作用也各不相同。

综上所述,苏颋与李煜皆选取了马皇后所说的"车如流水,马如游龙"的字面意思,描述热闹繁华之景象。但二者对此景采取了不同的处理方式,使得此句传递出的情感也产生了变化。相较之下,苏颋的处理更为简单,以乐写乐,以门庭之热闹写宴饮之欢,简单又直白。而李煜则采用了对比的手法,以乐写悲,以虚对实,显得悲情更甚,现实更为冰冷。

### 玩味诗词

1. 你还知道哪首诗中引用了"车如流水马如龙"这一诗句?
2. 请从艺术手法运用的角度对《望江南·多少恨》做简要的赏析。
3. 如今什么成语出自"车如流水,马如游龙"?

(谢丽虹)

## 第十三讲　乌衣巷中说兴亡

> 引言

学生时代曾赴南京游玩，兴冲冲地来到的乌衣巷，本以为能于此处感受到昔日的繁华与热闹，但是眼前所见之景却令人倍感失望。那幽黑的小巷，静静地伫立在被灯火点缀着的秦淮河旁，相比之下显得格外寂寥。于笔者，是这样；于刘禹锡，是这样；于周邦彦，亦是此感。

### 西河·大石金陵
#### 【北宋】周邦彦

佳丽地。南朝盛事谁记。山围故国绕清江，髻鬟对起。怒涛寂寞打孤城，风樯遥度天际。

断崖树，犹倒倚。莫愁艇子曾系。空余旧迹郁苍苍，雾沈半垒。夜深月过女墙来，伤心东望淮水。

酒旗戏鼓甚处市。想依稀、王谢邻里。燕子不知何世。入寻常、巷陌人家，相对如说兴亡，斜阳里。

> 注释

佳丽地：南朝齐谢朓《入城曲》："江南佳丽地，金陵帝王州"。
髻鬟：此处形容山的样子如女子的发髻。
风樯：张着帆的船。
莫愁艇子曾系：南朝民歌《莫愁乐》："莫愁在何处？莫愁石城西。艇子打两桨，催送莫愁来。"

### 金陵五题·石头城
#### 【唐】刘禹锡

山围故国周遭在，潮打空城寂寞回。
淮水东边旧时月，夜深还过女墙来。

## 乌衣巷

**【唐】刘禹锡**

朱雀桥边野草花,乌衣巷口夕阳斜。
旧时王谢堂前燕,飞入寻常百姓家。

> 注释

朱雀桥:桥名,南朝皇宫朱雀门外秦淮河上的桥梁,从皇城过桥就是乌衣巷。

> 穿越诗空

### 一、乌衣巷与王谢堂前燕

乌衣巷位于南京市秦淮河边、夫子庙旁,是中国历史上最为著名的古巷。虽说如今看来已无特别之处,但是在晋代时这里却盛极一时,乃世家大族的聚居之地。

乌衣巷之名,有人说是因此地曾为三国时东吴的禁军驻地,当时禁军身着黑色军服,所以此地俗语称乌衣巷。还有一种说法是因王谢两族的子弟喜欢穿乌衣以彰显身份高贵,故而此地得名乌衣巷。

在《世说新语·雅量》中,刘孝标注引晋山谦《丹阳记》云:"乌衣之起,吴时乌衣营处所也,江左初立,琅琊诸王所居",指出了王氏的私宅在乌衣巷。《宋书·谢经弘微传》云:"谢混风格高峻,少所交纳,唯与族子灵运、瞻、曜、弘微并以文义赏会。尝共宴处,居在乌衣巷,故谓之乌衣之游,混五言诗所云'昔为乌衣游,戚戚皆亲侄'者也。其外虽复高流时誉,莫敢造门。"这里明确了谢家宅邸也在乌衣巷。

王谢二族在晋代乃是名门望族,是东晋四大家族中的两族。此二族人才辈出。王氏显贵,从"卧冰求鲤"的王祥及其兄弟王览开始,到王戎、王衍,家族子弟陆续登上历史舞台。从权势上来看,有"不以王为皇后,必以王为宰相"之说。东晋时,王氏家族曾先后出过8个皇后,与皇室公主联姻的有20多人。在军事上又多掌握兵权,政治地位不可动摇,对整个东晋王朝影响至深。不仅如此,著名的书法大家王羲之和王献之也出自此族。谢氏一族的发迹从谢安一辈开始,谢安的堂兄谢尚、弟弟谢万出仕后,家族才开始兴旺,到谢安任相时期达到顶峰。

从文化上来看,山水派鼻祖谢灵运便出自此家,还有被人们称为"咏絮才女"的谢道韫也是此族之人。由此可见,此二家不仅在政治军事上拥有绝对的权势,在文化领域也有很高的成就。

随着时代变迁,到了唐朝,此地已不再是权贵的居所。诗人刘禹锡也因此而写下了"旧时王谢堂前燕,飞入寻常百姓家"的感慨。在这两句诗中,作者描绘了在乌衣巷上空飞翔的燕子,飞入如今居住在此的普通百姓家中这一现象,以"旧时"二字,将现实与历史联系起来,体现时事之变迁。

而在周邦彦的这一词中,化用了刘禹锡这一句,变成了"想依稀、王谢邻里。燕子不知何世。入寻常、巷陌人家,相对如说兴亡,斜阳里。"将纯粹的对于自然景物的描写人格化,赋予了燕子人物的动作——"相对如说兴亡"。这实际上是诗人借由燕子之口,抒发自己的兴亡之感。与刘禹锡将历史兴亡意识隐藏在纯然的景物中相比,周邦彦词用"说兴亡"三字,更凸显了历史沧桑感。

当然,以上二者也有共同之处。从意境上来看,都营造了一种悠闲宁静的意趣;从情感上来看,都表达了对于历史兴衰的感叹。

## 二、国与城

冬去了,春又至,旧时之燕飞回,看这乌衣巷间物是人非。而那南城金陵兴盛繁荣的情境,如今还有谁记得呢?

无论多么长寿之人,至多也不过百岁,然而无论历史如何变化,人事如何变迁,自然之景概不会变。故而周邦彦又将视角转向了江岸边的山峰、江中不断涌起的大浪,写下了"山围故国绕清江,髻鬟对起。怒涛寂寞打孤城,风樯遥度天际"的词句,描绘了环绕着江岸的髻鬟似的山峰相对耸立,长江的大浪长年累月扑打这座孤独而寂寞的古城,张着风帆的船正向遥远的天边驶去的壮阔之景。其间只字未提对于历史变迁的感叹,只是对自然景物进行了描述,但是与前文联系起来,我们可以读出其中隐藏的深深的情感。那繁华盛世,大概这山知道吧,大概这水知道吧。

这样的描写,也不是周邦彦的独创,实则也是化用了刘禹锡《金陵五题·石头城》中的"山围故国周遭在,潮打空城寂寞回"。这两句的意思为"群山依旧,环绕着废弃的故都;潮水如昔,拍打着寂寞的空城"。周邦彦更直接地将群山之如故以及潮水拍岸之不变表达了出来,与国之变、城之变的对比更加鲜明,使得诗人的情感更为外放。

  周邦彦在化用时,抓住了刘诗之中的精髓。国为故国,城是空城,至于国为何而亡,城为何而空,在此国此城究竟发生了什么,则都没有说,留给了我们无尽的想象。但此旁的山峰,此间的潮水,它们从远古而来,矗立至今,流淌至今,见证了国兴国衰,见证了城满城空。以天地之不变,反衬世间万物之变、国家之变,抒发自己的感慨。

### 三、明月

  明月在我国诗歌中拥有许多不同的寓意。它象征着美好的事物,同时也是表达思念的载体,不仅承载着恋人间的相思,还有人们对故乡和亲人朋友的怀念。而在郁郁寡欢者的笔下,月亮又有失意的象征,因为月亮本身具有安宁与静谧的情韵,能创造出静与美的审美意境,引发了许多失意文人的空灵情怀。高悬于天际的月亮,也能引发人们的哲理思考,这时的月亮又是永恒的象征。

  在刘禹锡的《金陵五题·石头城》以及周邦彦的《西河·大石金陵》中,都提到了明月这一意象,但是二人的处理却各不相同。

  刘禹锡在诗中称明月为"旧时月"。它从远古以来,在金陵还繁盛之时就一直挂在天空之中,从秦淮河东升起,将自己的光洒在这矮墙上,洒进这城墙中。在这里,月亮像是一位老者,泰然安详地看着人世的变迁,是作为脱离于世的客观的第三者来看这世界的。这里的月亮代表着永恒,诗人将月亮的不变与城墙内的变对比起来,来表达情感。

  而在周邦彦的词中,所表达的意思大致相同,也是描写明月升起,越过女墙。但是与刘禹锡不同的是,他不需要任何其他事物的比较,只需一轮明月便足矣。而且这里的月亮是从女墙之内升起,将月光往外洒去,与刘禹锡诗中所写的方位完全相反。这样的改变,显得月亮像是一位原本就身在宫闱之中的美人,饱经风雨与混战,看着曾经自己热闹的家园冷冷清清,由墙内往外东望秦淮河畔,那歌舞升平之景也云烟消散,不复存在,使其有了浓厚的主观色彩。

  由此可见,周邦彦在化用之时,更多地融入了自己的情感,使之具有独特性。

张炎说:"美成词只看他浑成处,于软媚中有气魄。采唐诗融化如自己者,乃其所长。"(《词源》卷下)至近代,梁启超更进一步针对这首《西河·大石金陵》词指出:"张玉田谓清真最长处,在善融化古人诗句如自己出,读此词可见此中三昧。"而我们通过以上三方面来看,周邦彦的一首词中,便有三处化用了刘禹锡的诗句,但是在运用时又加以加工,融入了自己的情感和思考,使其打上了周邦彦的烙印,形成了个人独特的词风,令人叹服。

### 玩味诗词

1.《西河·大石金陵》开头一句"佳丽地"化用了南朝齐谢朓《入城曲》诗句"江南佳丽地,金陵帝王州",为什么作者要用"佳丽地"而不用"帝王州"呢?

2."莫愁艇子曾系"一句中,"莫愁"所指为何?出自何处?

3.周邦彦的《西河·大石金陵》和刘禹锡写金陵的诗,你更喜欢哪一种写法?为什么?

4.你知道还有哪些描写金陵的诗词吗?列举一两首。说说它们与《西河·大石金陵》有何不同。

(谢丽虹)

# 第十四讲　扬州城内话兴衰

> 引言

　　谈起"扬州",那真是个历史文化古城。其建城时间可上溯到公元前486年,在历史上曾被称为广陵、江都以及维扬。这样一座历史古城,静静地伫立在中华大地之上,经历着朝代变化,见证着世事变迁。

## 扬州慢·淮左名都
### 【南宋】姜夔

　　淳熙丙申至日,予过维扬。夜雪初霁,荠麦弥望。入其城,则四顾萧条,寒水自碧,暮色渐起,戍角悲吟。予怀怆然,感慨今昔,因自度此曲。千岩老人以为有黍离之悲也。

　　淮左名都,竹西佳处,解鞍少驻初程。过春风十里,尽荠麦青青。自胡马窥江去后,废池乔木,犹厌言兵。渐黄昏,清角吹寒。都在空城。

　　杜郎俊赏,算而今、重到须惊。纵豆蔻词工,青楼梦好,难赋深情。二十四桥仍在,波心荡、冷月无声。念桥边红药,年年知为谁生!

> 注释

淳熙丙申至日:指淳熙三年(1176)冬至。

维扬:扬州的别称。

弥望:满眼。

竹西:竹西亭,扬州名胜。

胡马窥江:宋高宗建炎三年(1129)金人初犯扬州,其后绍兴三十一年(1161)再次侵犯扬州。

杜郎:指杜牧。

## 题扬州禅智寺
### 【唐】杜牧

　　雨过一蝉噪,飘萧松桂秋。

青苔满阶砌,白鸟故迟留。
暮霭生深树,斜阳下小楼。
谁知竹西路,歌吹是扬州。

## 赠别(其一)

【唐】杜牧

娉娉袅袅十三余,豆蔻梢头二月初。
春风十里扬州路,卷上珠帘总不如。

▶ 注释

娉婷袅袅:形容体态轻盈柔美。
卷上珠帘总不如:谓珠帘之下,虽美女如云,但都不及赠别者。

## 遣 怀

【唐】杜牧

落魄江湖载酒行,楚腰纤细掌中轻。
十年一觉扬州梦,赢得青楼薄幸名。

## 寄扬州韩绰判官

【唐】杜牧

青山隐隐水迢迢,秋尽江南草未凋。
二十四桥明月夜,玉人何处教吹箫。

▶ 注释

迢迢:遥远貌。
玉人:美人,风流俊美的才子。此指韩绰。

一、扬州、杜牧、姜夔

　　扬州地处京杭大运河和长江的交汇之处,汇集着来自全国各地的商人以及从路上丝绸之路和海上丝绸之路来的胡商。这一优越的地理位置,极大地促进了扬州的繁荣。到了唐朝后期,已有"天下之大,扬为首"的说法。因此,提起扬州,唐朝的诗人们都满溢着赞扬之词。其中,以杜牧与扬州的渊源最为深厚,甚至有"扬州成就了杜牧之诗名"的说法。

  杜牧在扬州虽只生活了短短的三四年,但是扬州的山水、扬州的文化、扬州的生活都在他身上打下了深深的烙印,他以此为背景写下了不少脍炙人口的诗篇,例如《寄扬州韩绰判官》《题扬州禅智寺》《赠别(二首)》等。这些诗篇,使人们对于繁盛、热闹的扬州,产生了无限的向往之情,也使一生自比于杜牧的姜夔产生了无限的感慨,并写下了《扬州慢·淮左名都》一词。

  1176年冬至,姜夔怀着无限的期待,来到了曾经繁华绝世的扬州,但是此时正值南宋,国家不时受到外族侵犯,政局动荡不安,在这一风雨飘摇的时代,扬州繁盛之景已荡然无存,那歌舞之声,那美人美酒只留在了历史长河之中,留在了文人墨客的诗篇中,如今的扬州已只存荠麦叶草一片青青,废池乔木一片荒凉。与昔日载歌载舞之盛况相比,不禁让人倍感悲伤。因此,在其序中,他不仅表达了自己的悲怆,还引用了千岩老人的评价作为佐证,认为此为"黍离"之悲。在其词作中,姜夔还大量化用了杜牧的诗句,通过现实和历史的对比,从纵向的时间上将此反差充分表现了出来,借此表达自己的思想情感。

## 二、历史与现实的变与不变

### (一)"竹西佳处,春风十里"之变

  "竹西佳处"中的"竹西"即指竹西亭。扬州禅智寺前官河北岸的道路名为竹西路,此路上建了一座亭子,名为竹西亭。在此词中,词人并未来过扬州,但以"竹西佳处"四字开头,由此可见他对于扬州之行有着满满的期待。而这期待的源头便是杜牧所作的《题扬州禅智寺》一诗。其中写有"谁知竹西路,歌吹是扬州",此二句意为"谁知这条寂静的竹西路,竟通向那笙歌繁华的扬州"。杜牧在此处用连接热闹的扬州和僻静的禅寺的竹西路为媒介,将有声与无声连通起来,以扬州歌舞之热闹反衬此时禅寺之寂静,以此来表达自己只能在禅智寺凄凉度日的伤感。姜夔通过这两句诗对于歌舞升平的扬州城产生了深深的向往之情,想要一睹其风采。这条通往梦想之地的竹西路,这座坐落于竹西路上的竹西亭,

如何不能算是一处佳处呢?

杜牧还在《赠别(其一)》诗里写道:"春风十里扬州路,卷上珠帘总不如。"十里扬州路上,春风骀荡,珠帘翠幕中的佳人姝丽都比不上她。在这里,诗人用十里扬州路上的众多佳人的容貌来衬托赠诗对象的美貌,同时我们也可从中看到当时此地的繁华。

然而,当姜夔来到了竹西亭时,却没有听到歌舞喧闹,没有看到繁华街市,那曾经春风十里的繁华街道都已消逝不见。目之所及,只有青青的荠草和麦子长满旷野,还有那被废弃的池苑和经历了战争的古老树木;耳之所闻,仅有黄昏时吹响的号角还回荡在这座空城之上。其失落,其伤感,可想而知。所以,他觉得"废池乔木"仿佛都不想再回忆起那几场造成这一切的战争。在表面上,这里运用了拟人的手法,通过无生命的事物来含蓄地表达自己的情感,将自己的情感与这些无生命的事物的感受等同起来。但是,若是再细细思考便可明白,诗人此时内心所经历的痛苦远胜于他所举的事物。草木无心,城池无感,但就是这样无心无感的事物,都不愿再去回忆那残酷的摧毁了一切的战争,更何况有情有感,并且对于扬州城满怀期待、满怀"爱慕"的"我"呢?

(二)"豆蔻词工,青楼梦好"之不变

"豆蔻"是一种草本植物,农历二月是其长出花苞、含苞待放的时候。杜牧在《赠别(其一)》诗中写道"娉娉袅袅十三余,豆蔻梢头二月初",以豆蔻花比喻轻盈柔美的十三四岁的少女。全诗读来雅致清新,将少女的神韵表现得淋漓尽致。后人以为精妙,如今以"豆蔻年华"比喻十三四岁的少女,即源于此。

"十年一觉扬州梦,赢得青楼薄幸名。"①(《遣怀》)此二句则是杜牧在回想自己在扬州的时光时所发出的感慨。此二句中,"十年"和"一觉"相对,十年表明时间之长久,但是一觉又表明时间极快,一慢一快形成了鲜明对比,更加显示出了诗人的欲遣之怀之深。而他所遣之怀又可全然由"梦"字表达:在过去的日子里,沉迷于歌舞酒色,表面上热闹非凡,但内心却无比烦闷,无处疏解,这里有回忆的痛苦,又有醒悟后的伤感……倏忽之间,十年过去,在扬州的生活仿佛就如大梦一场。最后连自己曾经日日流连的青楼也给自己冠上了薄情寡信之名,何其痛

---

① "十年",宋本皆作"三年",杜牧在扬州度过的时间也不过三年,"十年"或为明人所改。

哉!"赢得"二字,运用了自嘲的手法,写出了自己的无奈与心酸。此二句表面读来轻松幽默,实则饱含着作者的抑郁烦闷之情,非细心品读,不可得其深意。此处的表达,展示了杜牧高超的诗歌才能。姜夔所写的"青楼梦"三字则是对这两句诗的高度概括,将杜牧想要表达的感慨精准地表达了出来。

  我们都说当一个人情绪达到顶点时,语言便失去了其功能,任何语言都不能表达自己的心情。在此词中,词人又将这种"说不出"做了进一步提升:"纵豆蔻词工,青楼梦好,难赋深情。"纵使拥有能写出豆蔻芳华这样绝妙比喻的精工词采、拥有歌咏青楼一梦的绝妙才能的杜牧还在,如今再游扬州,看到此情此景,也不能找到合适的词语来表达自己的悲伤。由此不变,从侧面写出了如今扬州之景的变化之大,令人感伤。

  (三)"二十四桥"之变与不变

  关于二十四桥的传说,坊间说法各一。一种说法为盛唐时扬州城中有二十四座相邻的桥,人们将这二十四座桥合称为二十四桥;另一种说法是,唐代扬州有座吴家砖桥,曾有二十四位美人于桥上吹箫,故称二十四桥;还有一种说法为隋炀帝的游船到了扬州西郊,隋炀帝看到一座小桥,问其名,无人知晓,后由其一宠妃根据后宫人数取名"二十四桥"。这"二十四"究竟是实指有二十四座桥,还是只是一座桥的名字,我们不得而知,但是无论是在杜牧的《寄扬州韩绰判官》中还是在姜夔的《扬州慢·淮左名都》中,二十四桥所指的应都是同一座,故此二十四桥在时空上是不变的。

  但是,从其四周之景来看,此桥已非彼桥。

  在杜牧的诗中,将二十四桥与明月、吹箫的玉人组合在一起,整幅画面柔和、安宁而又美好,耳畔仿佛还飘荡着悠扬的旋律。而在姜夔的词中,二十四桥仍在,但是相伴随着的却是冷冷的月光以及在这月光下的寒冷水波,整幅画面寂静无声,美丽的吹箫人和美妙的箫声都消散无踪,暗示着曾经的繁华早已不见。

  这便是战争给二十四桥所带来的变,不禁令人叹息。

## 三、小结

  在姜夔的整首词中,共引用了杜牧的四首诗为典故,将扬州在历史上之繁盛与现实之凄凉进行了鲜明的对比,让我们在对比中感受到诗人从刚开始的期待到后来的失落最后发展到无法言说的悲伤这一系列情感的变化。全词除序之外,并没有直接表达自己的悲伤,只是通过无生命之物以及杜牧现在倘若还能再游扬州这一假设,将自己的深情包含其中,含蓄但又有力。以上二者,皆为诗人匠心之所在。

## 玩味诗词

1. 姜夔在《扬州慢·淮左名都》的词前小序中写道:"千岩老人以为有黍离之悲也。"在此词中,"黍离之悲"是为何悲?

2.《扬州慢·淮左名都》中,"过春风十里,尽荠麦青青"一句采用了"以野生植物的繁盛来反衬扬州城的荒凉破败"的手法。你知道类似手法还在哪里出现过吗?请列举一二。

3. 将《扬州慢·淮左名都》一词中所写的"二十四桥仍在,波心荡、冷月无声"与杜牧所作的"二十四桥明月夜,玉人何处教吹箫"放在一处相较,我们可以看到姜夔在化用时将有声变为了无声,通过声音的变化巧妙地写出了环境的变化。你能说说还有哪些诗词亦通过对之前此处所具有的声音进行改变来表示环境变化的吗?

(谢丽虹)

## 第十五讲　长江滚滚之"来"与"流"

> 引言

2001年,在《汕尾日报》上曾刊登过《猜题趣话》一文,文中写道:"陈老师果然身手不凡,他用四句现成诗句出了四道模拟题,一是'不尽长江滚滚流'(唐诗句)。"在这里,编者将"不尽长江滚滚流"注为唐诗,绝对是错误的。此句乃出自宋代豪放派代表词人辛弃疾所作的《南乡子·京口北固亭有怀》一词。

虽说一个编者犯下这样的错误,实在是令人觉得可笑,但是这也确实情有可原。辛弃疾这一句"不尽长江滚滚流"是化用了唐代诗人杜甫所作的《登高》一诗中的"不尽长江滚滚来"而来的。两句之间仅一字之差,也无怪使人混淆,可也正是这一字之差,造成了截然不同的两种感觉。

### 南乡子·登京口北固亭有怀
#### 【南宋】辛弃疾

何处望神州?满眼风光北固楼。千古兴亡多少事?悠悠。不尽长江滚滚流。
年少万兜鍪,坐断东南战未休。天下英雄谁敌手?曹刘。生子当如孙仲谋。

> 注释

京口:地名,今江苏省镇江市。
北固亭:在今镇江市北固山上,下临长江,三面环水。
神州:这里指中原地区。
兜鍪(móu):原指古代作战时兵士所带的头盔,这里代指士兵。

### 登　高
#### 【唐】杜甫

风急天高猿啸哀,渚清沙白鸟飞回。
无边落木萧萧下,不尽长江滚滚来。
万里悲秋常作客,百年多病独登台。
艰难苦恨繁霜鬓,潦倒新停浊酒杯。

## 第十五讲 长江滚滚之"来"与"流"

▶ 注释

渚:水中小洲。
回:回旋。
萧萧:风吹叶动之声。
浊酒:浑浊的酒,指烈酒。

### 一、来

杜甫《登高》中的"无边落木萧萧下,不尽长江滚滚来"这两句诗,脍炙人口,为千古之佳句。

从意象安排上来看,在首联中杜甫提到了很多的意象,仅第一句便涉及"风""天""猿"三种,使人在朗读时情不自禁加快节奏。但到颔联时,诗人却一下缓和了下来,两句诗只提到了两种意象——"落木"和"长江"。这样的安排,使人仿佛一下子从一个拥挤的通道挤出,来到了开阔之地,在朗读中感受到文字所想表现的"无边"和"不尽"。

再从画面上来看,这一联诗构制了出两幅图画。无边无际的树木萧萧地落下了枯叶,望不到头的长江之水不断地奔涌而来。"无边"和"不尽"为直接描写,用此二词,极言林之大、江之长;而"萧萧"和"滚滚"则间接地通过调动读者听觉以及视觉上的感受,来使"无边""不尽"更加具体化、形象化。

最后,便是"下"和"来"二字的妙处。乍一看,这两字似乎并无多大的意义,树叶下落乃是自然现象,江水流去乃是世界法则,诗人只是将客观的、在我们生活中习以为常的事件搬到了纸张之上而已。但是,真的只是如此吗?

"我"站在地面上,抬头望天,无数片落叶向着地面,向"我"落来;"我"站在水流的下游,滚滚长江波涛汹涌,声势浩大,向"我"奔来。落叶如此之多,水势如此之大,而"我"疾病缠身,毫无反抗之力;天地如此之大,而"我"如此渺小……这就形成了鲜明的对比,正是如此渺小而又无力的"我"要与那庞大而又凶猛之物正面抗争,无法躲藏,这是多么大的无奈,亦是多么的悲壮!

综上所述,若是没有"下"与"来"二字,前面用再多的笔墨对落木的无边以及长江之不尽进行铺陈叙述,此联诗的味道终是不足的。

而从用词的独特性角度来看，二字之中还是"来"字更能显示诗人之匠心。落叶往下落，我们在平时的写作中也会这样进行描写，不足为奇；但大多数人想到流水时，会更多地将自己作为一个旁观者，杜甫却用一个"来"字，将自己置身于长江的流动轨迹中，具有一种极强的代入感。这是我们所做不到的，也是杜甫之所以是杜甫的原因。

## 二、流

要了解辛弃疾《南乡子·登京口北固亭有怀》这句"不尽长江滚滚流"的妙处，必须了解"流"的意思。首先，我们给"流"这个字组个词，使之成为一个名词。毋庸置疑，答案多种多样，例如人流、车流、水流等等。而这所有能称之为"流"的，都有一个共同特征，那便是其中内容所包含的数量极多，并且朝着一个方向前进，此走向亦不可轻易被外物所改变。那么，究竟是什么走向呢？让我们再把"流"放到语境中，使之带有方向性。最快跳入我们脑中的大概为"流走"或者"向什么地方流去"，它们所表示的都是不断离开我们所在的位置，并且越来越远，再难复返。

以上是"流"字自身所隐含的意思，现在，让我们将其放置于词句中来看。"不尽长江滚滚流"，只有长江的水滚滚东流，流也流不尽。在此词中，辛弃疾把"长江"之水与"千古兴亡"之事进行了比较。

若从数量和总体流动方向上来看，这两者实际上具有很强的相似性。长江之中，水多得无法度量；在历史的长河中，国家兴衰、朝代更替频繁又频繁。长江之水，直向东流，无法改变；历史之中，新的朝代不断产生，旧的朝代不可复来，只能渐渐被遗忘。从这总体趋势来看，诗人所想重点强调的应是"不尽"二字。历史就像长江之水一样，一直流淌着，不断奔流而去，这种流淌带有一种永恒性。但若是将千古兴亡之事分解开来看，没有一个朝代是可以长久地统治中国的。自古至今，统治时间最久的朝代便是周朝，约800年左右。而就在这800多年过去之后，历史行进的轨迹改变了。那些年代久远的故事，早已被埋没在时间之中，被人们所抛诸脑后，从这一角度来看，千古兴亡之事在时间的洪流中早已干涸。这又与长江形成了鲜明的对比。

在这里，辛弃疾借用长江东流之不变来反衬世事之变，抒发自己的感慨，讽刺朝廷失地难收之无能。

### 三、可化用的缘由

在我国的诗歌史上,"流水"这一意象运用得十分广泛,其含义也极为丰富。诗人们有的借此抒发自己的相思之苦,有的用它来感慨人生之短暂、生命之渺小,有的借流水来比喻人生如梦、岁月流逝,还有的以此来表达对未来积极的向往和追求……而其中最为广泛的运用,便是用流水来抒发愁苦之情。杜甫的《登高》和辛弃疾的《南乡子·登京口北固亭有怀》用的流水意象皆处于这一范畴,其总体感情基调是相同的,故辛弃疾直接引用杜甫的诗句也无可厚非,不会产生特别大的违和感。

从细节上来看,辛弃疾将一个"来"字改为"流"字之后,将上文所述的杜甫所具有的独特性消除了。但是无论是"流"还是"来",都是要放置于具体的诗境中去分析、去体味的,其好坏不能一概而论。

在《南乡子·登京口北固亭有怀》一词中,辛弃疾是整个儿将自己包裹起来的,借景抒情、借历史抒情,非常含蓄地表达了自己的感情。在这样的语境中,若是用"不尽长江滚滚来"这样让人极富代入感的诗句便与整体不合。而在杜甫的《登高》中,是用炽热的语言非常直接地表达自己的情感的,若是用"流"这样非常客观的描述字眼,则削弱了全诗的情感强度。

综上所述,此化用很好地运用了两位诗人情感之间的共性,也看到了自己和前人之间所要表达的不同,为此做了适合自己词风的修改,是非常成功的案例。

### 玩味诗词

1.《南乡子·登京口北固亭有怀》一词中,除了化用了唐诗中的"不尽长江滚滚来"一句之外,还引用了哪些典故？其作用是什么？

2.《南乡子·登京口北固亭有怀》用了三个问句,请你用自己的话加以概括,并说说其作用。

3.你同意"生子当如孙仲谋"这一观点吗？说说你的理由。

(谢丽虹)

## 第十六讲　万物皆空，万事如梦

▶ 引言

"人生如梦，一樽还酹江月。""世事一场大梦，人生几度新凉。""聚散细思都是梦，身名渐觉两非亲。"……在苏轼的词中，"梦"是极其重要的一个意象。这一意象是他经历了人世沧桑后的感悟，甚至可以说，梦意象凝结了他一生思想的精华。这次，就让我们一起走进他所写的《西江月·平山堂》一词，来对这首词里的"梦"一探究竟。

### 西江月·平山堂
【北宋】苏轼

三过平山堂下，半生弹指声中。十年不见老仙翁，壁上龙蛇飞动。

欲吊文章太守，仍歌杨柳春风。休言万事转头空，未转头时皆梦。

▶ 注释

平山堂：位于扬州大明寺侧，系欧阳修所建。

半生：苏轼作此词时，已四十九岁，所以说"半生"。

十年不见老仙翁：苏轼于熙宁四年(1071)曾专程去颍州拜见欧阳修，距作此词已十三年，这里说"十年"是取其整数。老仙翁，指欧阳修。

壁上龙蛇飞动：平山堂壁上有欧阳修墨迹，笔势飞腾，如龙蛇翻舞。

"欲吊"二句：欧阳修《朝中措·送刘仲原甫出守维扬》："手种堂前垂柳，别来几度春风。文章太守，挥毫万字，一饮千钟。"这两句说本要凭吊欧阳修，却听到歌女又唱起欧词。

### 自　咏
【唐】白居易

须白面微红，醺醺半醉中。

百年随手过，万事转头空。

卧疾瘦居士，行歌狂老翁。

仍闻好事者，将我画屏风。

## 第十六讲　万物皆空，万事如梦

**穿越诗空**

### 一、"梦"的意蕴

"梦"是构成我国文学宝库的一个重要部分，也是中华民族审美文化中极有特色的类别。

古往今来，"梦"都是诸位文人墨客所青睐的描写对象。从庄周梦蝶到杜甫的"故人入我梦，明我长相忆"，再到陆游的"夜阑卧听风吹雨，铁马冰河入梦来"，梦的意蕴在历史的洪流中被不断地丰富和发展。

唐宋时期的词作是梦文学的一支重要分叉。在这些词中，梦被分为了多种多样的主题。

自晚唐五代到北宋中前期，梦的主题大多与爱情相关，写梦的词作整体呈现出一种香艳、柔媚的词风，作者大多以女性视角来表达对远行的夫君的思念，梦境常带有较强的情节叙述，通过一幅凄美的画卷，表达词人的相思之情。温庭筠的《更漏子》中所写的"红烛背，绣帘垂，梦长君不知"便是此种主题的一个典型代表。

北宋中后期，政局面临危机，民族灾难深重，于是梦意象逐渐摆脱了儿女情长，被赋予了深刻的人生感悟，这些词作能表达出词人的忧思。

南渡之后，梦的意象又得到了进一步的发展，围绕着抗敌报国这一主题，词人们创作出了一系列以国家为中心的优秀作品。如豪放派的代表词人辛弃疾所作的"梦回吹角连营"一句，即此时期写梦词句之一。此外，梦意象也延伸出了归隐之梦和伤痕之梦。悲壮、悲愤是此时期梦意象的情感基调，词人一方面通过梦抒发光复山河的豪情壮志，另一方面用梦委婉抒发对祖国的忧思。

在诸多写梦的词人中，苏轼之"梦"数量可观且内容丰富。首先，从种类来看，其对"梦"的表述异彩纷呈，有论梦、记梦、视现实为梦等。其次，梦中所含情感也复杂多样，他通过不同的梦抒发不同的情感，比如对离世之妻的思念、对于分隔两地的友人的想念、对人生的感慨等等，有的词作还将现实生活中无法实现的理想寄于梦中。有时，苏轼的词中可以出现不止一个梦。在《西江月·平山堂》一词中，"休言万事转头空，未转头时皆梦"便是先以"空"字代梦，再直接给出"梦"字，二重梦相叠加，发人深思。

## 二、万事转头空

"万事转头空"是白居易在其《自咏》一诗中所提出的观点。白居易一生中写了不少自咏诗,直接以"自咏"二字为诗题的便有十四首,而以自咏涵义相似的词命名的诗歌,如"自觉""自问""自叹"等,共有四十一首,合计五十五首。再加上吟咏自己肖像的写真诗以及对镜自照时因自己早生华发而感到悲伤的抒情诗,其自咏诗数量已超过了六十多首,远远超过其他诗人。而这些自咏诗根据内容可分为以下三种:一是描绘自身外貌来抒发对岁月流逝的感叹;二是表达自己对诗歌的喜爱以及夸耀自身的赋诗才能;三是知足知止之心性的表现。我们所要讨论的《自咏》一诗,则属于上述的第一类。

在此诗中,诗人一开始便将一个须白面红又半醉的老翁形象展现在了我们的面前。在颈联中对自己的形容又是"瘦居士"和"狂老翁"。"瘦居士"一词乍看未带任何情感色彩,似乎只是诗人对自己容貌的一个客观描述,但是联系背景来看,一个"瘦"字实则蕴含着白居易对自己外貌的不满。"瘦"常让人联想到"病""贫",瘦居士实则是丑居士的代名词。若说"瘦居士"是一个需要联想才可解开的谜题,"狂老翁"则直接将诗人对自己的自嘲表达了出来。首联和颈联的四句,将一个古怪可笑的老头儿带到了读者的面前,也将诗人对于自己容颜逝去的失落表现得淋漓尽致。

在尾联,白居易对画自己像的画工进行了指责,称其为"好事者",好似自己不喜欢被画一般。其实,白居易一生有过好几次写真体验,并且会常常站在已经完成的画作前仔细揣摩,同时产生自珍、自爱、自恋之感,进而为自己的画像题诗,是中国诗史上已知最早吟咏自己画像的诗人。但此时的白居易却不愿被画了,容颜已老,风采不在,只剩一个百病缠身、形容枯槁的老者,他不愿面对这样的自己,不愿自己以这样的容颜永存于画作之中。

这六句让我们得知白居易此时的心境,再看"百年随手过,万事转头空"一联便容易得多。时光匆匆而过,华发已生,俊朗的容颜已被埋葬在过往,全都成空,皆如一梦。用"万事"这一大词,来表达容颜已逝这一小主题,凸显了白居易极重外表的性情,显得有趣。

更有意思的是北宋时期,苏轼在创作自己的词时选用了"万事转头空"这一句诗,且加了"休言"二字,看似不赞同此说法,但结合全词来看,他所要表达的并非是反对,而是在认同的基础上对这句诗加以了发展。发展之一便是苏轼对"万事空"的内涵进行了丰富和扩充。

《西江月·平山堂》是苏轼在第三次经过平山堂时所作。此堂是欧阳修在扬州时所建,位于大明寺的旁边。欧阳修是苏轼的恩师,苏轼在作此词时,欧阳修已去世十二年了,且距离苏轼最后一次见到他已过去十三年了。再次路过老师所建的平山堂,再次看见老师所题之诗,难免会产生无限怀念之情,回想起过往的点点滴滴。

在十三年前的最后一次会面中,苏轼与弟弟苏辙、老师欧阳修三人,畅游西湖。苏轼作了《陪欧阳公燕西湖》一诗来纪念此事。诗中描绘欧阳修精神矍铄,三人饮酒甚乐,相谈甚欢,苏轼甚至"插花起舞为公寿",欧阳修也自觉能活到百岁。可就在这场狂欢后的第二年,欧阳修逝世了。

纵然如欧阳修成就之高,在其逝去之后还留下了平山堂,墙上那遒劲的文字还能引起后人的追思,可又有何用呢?这些他都已无法感知,无法接收了。对于欧阳修而言,万事皆已成空,如梦似幻。而对于苏轼而言,恩师所修建的建筑还在,恩师所题之诗还在,可人已无处可寻,当日一起宴饮的兄弟也分隔千里,物是人非,十多年前的欢愉如一场大梦,似有还无。

由上文所述,苏轼与白居易的"万事转头空"虽皆是从时间流转的角度出发来描述事物的变化,但是与白居易因容颜逝去而忧伤的主题相比,苏轼感叹世事变迁的主题显得更为宏大,以着眼于人生的忧愁取代了小家子气的伤悲。

### 三、未转头时皆梦

苏轼不仅发展了"万事转头空"的内涵,并且在此基础上提出不仅过往之事如烟如梦,眼前所经历的也不过是梦一场罢了。

这一观点,与苏轼自身的经历密切相关。

这首词作于元丰七年(1084),此时的苏轼结束了在黄州五年的贬谪,走在赶往汝州的路上。虽说五年时间在一个人的一生中并不算非常漫长,但是在此期间,苏轼经历了和之前完全不同的人生境遇,从年少成名到险遭杀头再到有官无权,如此大的人生变故使得他的精神世界面临重重危机,为了寻找出路,他开始转向佛老之道。而在佛教中有"三生"的说法,今生是梦,前生、来生仍然是梦。

故在他看到白居易的"万事转头空"一句时,立马能结合自己的知识进行反应,辩证地、多方面地来进行思考,从而得出"未转头时皆梦"的结论。

此外,仕途的不顺和生存的险阻更使他意识到,人生中许多的事情并不是自己能掌控的,在人的主体之外,还存在着许多影响因素威胁着自身的生存,而这些可怕的威胁会始终伴随自己,摆脱不得,无法可解,这愈加令他感受到了人生之苦以及生活的虚幻。"人生如梦,一尊还酹江月",人生的虚无,令苏轼感到无力。

但从另一方面来看,将当下的生活比作一场大梦,何尝又不是对自己的一种劝慰呢!世事皆如大梦一场,以超然物外的角度看待人生,方能消解世上的愁绪,从而获得精神上的自由,导向旷达与超脱。

梦,是一把钥匙,可帮助我们触到词人最柔软的内心。

### 玩味诗词

1. 《西江月·平山堂》一词中,"文章太守""杨柳春风"化用了哪首词的语句?两首词中的"文章太守"分别指的是谁?
2. 除苏轼外,还有哪个词人的梦意象令你印象深刻?
3. 结合诗词,谈谈你对"梦"的理解。

(谢丽虹)

## 第十七讲　诗酒泪烛会深意

> 引言

黄庭坚在《小山词》序中谓晏几道云："乃独嬉弄于乐府之余,而寓以诗人之句法,清壮顿挫,能动摇人心。"其词之所以能拥有这样清丽婉约的特点,一个重要的原因就是他在作词的过程中,化用了许多唐人的诗句。

在晏几道写下的260首词中,化用前人的诗句共计117次,涉及的诗人也很多:大李杜、小李杜、王维等皆是诗歌史上赫赫有名的人物。在这些诗人中,诗句被化用次数最多的诗人当属白居易了,次数高达19次;其次是李白,被化用了10次;杜牧的次数也不少,共计6次……

由此可见,晏几道的词不仅是值得细细品读的佳作,也是一条能带我们梦回唐朝、探寻唐诗的时光隧道。接下来就让我们以晏几道所写的《蝶恋花》为入口,走进唐诗与宋词相交融的世界。

### 蝶恋花·醉别西楼醒不记
#### 【北宋】晏几道

醉别西楼醒不记,春梦秋云,聚散真容易。斜月半窗还少睡,画屏闲展吴山翠。

衣上酒痕诗里字,点点行行,总是凄凉意。红烛自怜无好计,夜寒空替人垂泪。

> 注释

"春梦"二句:北宋晏殊《木兰花·燕鸿过后莺归去》:"长于春梦几多时,散似秋云无觅处。"唐白居易《花非花》:"来如春梦不多时,去似朝云无觅处。"

吴山翠:指画屏上描绘的江南风景。

### 故衫
#### 【唐】白居易

暗淡绯衫称老身,半披半曳出朱门。

袖中吴郡新诗本,襟上杭州旧酒痕。
残色过梅看向尽,故香因洗嗅犹存。
曾经烂熳三年著,欲弃空箱似少恩。

## 赠别(其二)

【唐】杜牧

多情却似总无情,唯觉樽前笑不成。
蜡烛有心还惜别,替人垂泪到天明。

> 注释

蜡烛有心:蜡烛中有烛芯,如人有心。
垂泪:指烛泪下垂。

## 穿越诗空

**一、白居易的诗酒化用**

宴会之上,推杯换盏,酒湿衣襟,弥久留香。饮酒乐甚,吟诗作对,挥洒毫墨,欢愉至极。古时人们相聚,总少不了诗、酒二事。酒是诗的灵感,诗也似一盘可口的下酒菜。

可惜,这种纵情畅饮的时刻总是短暂的,我们无法将其永久地留下,但是在宴会之上所穿的那一件被酒打湿了的衣服,衣服上留下的酒痕,却能让人感到恍惚间又回到了那一场极乐之宴。所以当白居易穿着陪伴了自己三年的旧衫时,不免百感交集。

一件红衫,穿了三年,上有酒污,颜色暗淡,但是仍不忍将其束之高阁。促使白居易写下一首诗来歌咏这件旧衫的,不是他有多喜欢这件衣服,而是这件衣服上所承载着的他对于杭州生活的怀念。比较明显地表达了他这一情感的便是"襟上杭州旧酒痕"一句,而暗含此情的则是"残色过梅看向尽,故香因洗嗅犹存"。

为何要将衣服的颜色与梅花的颜色相比呢?此处所提到的故香又是什么香呢?此处实则暗含诗人的回忆。白居易在杭州时,常与诗友、歌姬在杭州的梅园雅集聚会,谈论诗文,饮酒作乐。但此时身在苏州的他,梅花的香气依旧弥漫在身畔,但是相伴赏梅的人已不知何处去;宴饮时所穿的衣服的袖子中放着新作的诗集,此时却不知同何人共享……悲伤落寞之情,溢于言表,但未言明,回忆的是何处何景,自己产生的是何情,一切都需读者自己去思考、去寻找。

而晏几道在《蝶恋花·醉别西楼醒不记》一词中,所流露出的情感更为直白。晏几道直接告诉读者"我"是在怀念西楼之上的宴会,并且在看到在西楼之上所留下的酒痕和诗句时,自己感到的是无限凄凉之意。无需猜测,无需解密,只需静静感知情感便可。

晏几道在化用"袖中吴郡新诗本,襟上杭州旧酒痕"这两句诗时,还做了一个改变。在白居易的诗中,袖中所藏的诗集是一个人在苏州新作的诗,将现在与过去宴会上大家一起吟诗作对、相谈甚欢的场景相比较,来传达自己此时的怅然若失。而在晏几道的词中,他所提到酒痕是在西楼上所留下的酒痕,他所看到的诗也是在西楼之上所作的诗,用诗和酒这两件事物一起将读者拉回到了西楼之上饮酒作乐的场景,整个儿沉浸在了对过去的追忆和怀念中,从而接下来能够顺理成章地抒发自己的情感,写下"点点行行,总是凄凉意"的感慨。

综上所述,在这两首作品中,酒痕是同一物,诗亦是同一物,但是将它们放置在不同的空间中,所表达出来的效果却是截然不同的。一个是比对之后方得深意,一个则是用两者共筑场景,各有所长,各有用意。

## 二、杜牧的泪烛化用

"烛"这一物象在生活中很普遍,也是诗歌的描写对象,且经历代沉淀,如今已被赋予了特定的含义。通过检索可得,唐诗、宋词、元曲里,涉及"烛"的就有967首之多,宋诗里则有1 145处,这还是不完全的统计。

在宋词中,出现频率较高的还有"泪烛"。例如晏殊的《撼庭秋》中就写到"念兰堂红烛,心长焰短,向人垂泪"。柳永的《安公子》中也有"惟有床前残泪烛,啼红相伴"的描写。其实,婉约词中的"泪烛"都是自唐朝诗人杜牧所写的《赠别(其二)》中"蜡烛有心还惜别,替人垂泪到天明"演变而来的。从情感上来看,这些词句都用蜡烛垂泪来暗喻离别相思之苦。再就构思角度而言,在杜牧之后所化用的词句,大多没有多少新意。但是将泪烛作为一个人来写,一经转化入词,它所参与营造的意境就更加缠绵婉转,故泪烛这一意象深受宋朝婉约派词人的喜爱。

晏几道作为婉约派的重要词人,也不可免俗地在《蝶恋花》中也化用了杜牧的泪烛这一意象,但却给人以不同的感受。和其他词句一样,晏词中"泪烛"的使用与杜诗十分相似,他们都将红烛拟人化,用红烛替人垂泪,来表达自己的凄楚孤苦之感。但是细细品味便可知,它们的相似之中仍有不同。

在杜牧的诗中,蜡烛是作为一个旁观者而存在的,它在看到"我"与心爱的人即将离别时,心头仿佛也升起了悲伤之感。"我"在面对心爱的"你"时,所表达不出的情感,这一蜡烛都为"我"表达出来了,那一滴滴的蜡油,是它为"我们"的离别而流下的泪水,也表达着"我"的难过、感伤。此处的蜡烛,是作为对"我"感同身受的安慰者而存在的。而在晏几道的词中,"红烛"则宛若主人公自己的化身,烛与"我"融为一体。"自怜"二字,使得"红烛"形象一整儿柔弱了不少,让读者仿佛看到了一个楚楚可怜的痴女子为着必须离别而迷茫,而彷徨,但又无计可施,只能独自垂泪,表达悲伤。

且杜牧在诗中是从时间维度出发来进行描写的,用"到天明"来表现时间流逝的过程,天色由一片漆黑,慢慢地开始变化,太阳一点一点升起,天空一点一点变亮,时间一点一滴逝去,一切的变化都显得缓慢难熬,而这一切又都被"我"看在眼里,从而表达痛苦之感。而晏几道的词中,时间不变,也定格在深夜,转而从空间维度入手来进行创新。但是他也不是以空间的转移变化来描写的,只是加入了对于这一环境的感官感受。此刻独处之时,所感受到的夜晚是寒冷的,而就在这寒夜中,无人关心,也别无他法,唯有默默流泪。以一幅静态的画面,来展现离人的悲伤和凄苦。

综上所述,同是"泪烛",同是离别之情,所运用的词语不同,所表达的维度不同,带给读者的感受也各不相同。

化用诗句的手法多种多样,晏几道在此词中,只采用了间接化用这一方法,仿效原诗人的用意来进行化用,以相同的物象给人以不同的体验,可谓匠心独具,令人惊叹。

### 玩味诗词

1. 在《蝶恋花·醉别西楼醒不记》中,晏几道不仅化用了唐诗,还化用了唐

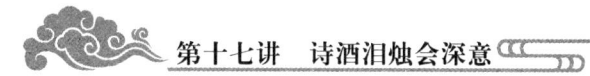

词。你能找出化用了唐词的句子吗?说说化用的是哪位诗人的哪一首词。

2.唐圭璋评《蝶恋花·醉别西楼醒不记》曰:"'红烛'两句,用杜牧之'蜡烛有心还惜别,替人垂泪到天明'诗,但'自怜''空替'等字,皆能于空际传神。"你同意这个说法吗?为什么?

3.《蝶恋花·醉别西楼醒不记》是一首怀旧词,请分析下阕是如何表现"凄凉意"的。

(谢丽虹)

# 第十八讲　悲情中的乐观与豁达

> 引言

晏殊现存词作中共有两首《浣溪沙》，从历代词选家选录词作的情况来看，《浣溪沙·一曲新词酒一杯》在多个版本的词集中均有出现，而《浣溪沙·一向年光有限身》一词在今人词集中却仅被陈耀文《花草粹编》、朱祖谋《宋词三百首》以及唐圭璋《唐宋词简释》收录。可见前者受到的关注远大于后者。但吴梅在《词学通论》一书中写道："惟'满目山河空念远，落花风雨更伤春'二语，较'无可奈何'胜过十倍，而人未尽知之，可云陋矣。"此语虽有夸张的意味，但吴梅对这两首词抱有的态度已十分明显，其对《浣溪沙·一向年光有限身》一词的喜爱较《浣溪沙·一曲新词酒一杯》更甚。

在本文中，笔者将对晏殊所作的《浣溪沙·一向年光有限身》中的诗句化用情况进行分析，我们一起来看看此词中暗含着哪些诗人的身影。

## 浣溪沙·一向年光有限身
### 【北宋】晏殊

一向年光有限身，等闲离别易销魂。酒筵歌席莫辞频。

满目山河空念远，落花风雨更伤春。不如怜取眼前人。

> 注释

一向：片刻。向，同"晌"。

等闲：平常。

销魂：谓心灵震荡，如魂飞魄散。形容极度哀愁感伤。

## 汾阴行
### 【唐】李峤

君不见昔日西京全盛时，汾阴后土亲祭祀。

斋宫宿寝设储供，撞钟鸣鼓树羽旂。

汉家五叶才且雄，宾延万灵朝九戎。

柏梁赋诗高宴罢,诏书法驾幸河东。
河东太守亲扫除,奉迎至尊导鸾舆。
五营夹道列容卫,三河纵观空里闾。
回旌驻跸降灵场,焚香奠醑邀百祥。
金鼎发色正焜煌,灵祇炜烨摅景光。
埋玉陈牲礼神毕,举麾上马乘舆出。
彼汾之曲嘉可游,木兰为楫桂为舟。
櫂歌微吟彩鹢浮,箫鼓哀鸣白云秋。
欢娱宴洽赐群后,家家复除户牛酒。
声明动天乐无有,千秋万岁南山寿。
自从天子向秦关,玉辇金车不复还。
珠帘羽扇长寂寞,鼎湖龙髯安可攀。
千龄人事一朝空,四海为家此路穷。
豪雄意气今何在,坛场宫馆尽蒿蓬。
路逢故老长叹息,世事回环不可测。
昔时青楼对歌舞,今日黄埃聚荆棘。
山川满目泪沾衣,富贵荣华能几时?
不见只今汾水上,唯有年年秋雁飞。

▶ 注释

昔日西京全盛时,汾阴后土亲祭祀:指汉武帝巡行河东、祭祀汾阴后土。

汉家五叶:指汉朝以来高帝、惠帝、文帝、景帝、武帝五代君主。

柏梁赋诗:指汉武帝在柏梁台上与群臣赋七言诗联句作乐。

醑:美酒。

向秦关:指汉武帝驾崩。传说老子出函谷关升仙,秦关即函谷关。

鼎湖龙髯:西汉司马迁《史记·封禅书》:"黄帝采首山铜铸鼎于荆山。鼎既成,有龙垂胡髯,下迎黄帝。黄帝上骑,群臣后宫从上者七十余人。龙乃上去,余小臣不得上,乃悉持龙髯,龙髯拔堕,堕黄帝之弓。百姓仰望黄帝既上天,乃抱其弓与胡髯号,故后世因名其处曰鼎湖,其弓曰号。"

四海为家:天子占有全国。东汉班固《汉书·高帝记》:"且夫天子以四海为家。"

## 告绝诗

**【唐】元稹**

弃置今何道,当时且自亲。
还将旧来意,怜取眼前人。

### 一、山河满目之悲

　　计有功《唐诗纪事》中记载,唐玄宗登勤政楼,闻梨园弟子演唱《汾阴行》,竟至怆然涕下,谓"峤真才子也"。可见,唐代诗人李峤所作的《汾阴行》一诗在当时便极受人喜爱。在《浣溪沙·一向年光有限身》中,吴梅极力赞扬的"满目山河空念远"一句正是化用了《汾阴行》中"山川满目泪沾衣"一句而成的,皆讲述了山河满目时所产生的悲伤,但两种悲情又各不相同,悲伤的程度也大不一样。

　　首先,从悲伤的种类来看,李峤所作的《汾阴行》抒发的是世事无常、盛衰难料的感伤之情。其诗共可分为两个部分。在第一部分中,记叙了汉武帝去河东巡游的景象。那时,地方长官亲自布置,迎接武帝的到来。全河东万人空巷,百姓们倾城而出,想要一睹天子之容颜。而汉武帝在祭祀行礼后,又于汾河之上游玩,不仅群臣享受到了宴游之乐,平民百姓也分到了牛肉与佳酿。这一部分将君民同乐的盛况描写得纤毫毕现。第二部分则是诗人的议论。在汉武帝逝去之后,曾经的繁华闹市都成了蒿蓬与荆棘的聚集之所。世事变化如此之快,令李峤不禁想到自然万物固然不变,然人世之事却瞬息万变。如今的天下是唐朝之天下,如今的富贵荣华是吾辈之富贵荣华,然而明天又将如何?曾经有多么欢乐,衰败之后就有多令人叹惋。所以,诗人在满眼皆是大好河山时,才会泪流满面,甚至哭湿了衣衫。

　　若说李峤的"山川"指的是他主动看到的自然景物,那在《浣溪沙·一向年光有限身》中,晏殊所写的"山河"则是一种迷人眼的障碍物,是他极目眺望时被迫印入眼帘的屏障,是阻隔他与远行之人相见的屏障。晏殊的词,开首便告诉人们,人的这一生所拥有的时间是有限的,离别也是经常会发生的,所以不要以参与酒席太过频繁为借口来推脱见面。下阕则主要讲与其等到离别后伤心怀念,不如现在就珍惜正在眼前之人。"满目山河空念远"是描述离别之后的无可奈何,意为"在分别之后,即使你登高望远,也只能看见满眼的山川与河流,而不见远行亲友的踪迹了。再如何想念,都无济于事",使人惆怅。此种悲,是求而不得之悲。

其次,从悲伤的程度来看,李峤在看到"山川满目"之后便接以"泪沾衣"三字,使自己强烈的情感跃然纸上。所谓"丈夫有泪不轻弹,只是未到伤心处",反过来说便是"到了伤心之处,即使是男子也会泪流满面的"。此时的李峤不但流泪了,而且眼泪流得把衣服都打湿了,可见悲伤之深。而晏殊在化用时将"泪沾衣"改为了"空念远"。"空"即为"白白地,没有结果地"之意,"念远"则是"怀念远行之人"的意思。"白白地怀念远行之人"更强调的是对所作之事徒劳无用的惆怅,而非直入人心、情难自已的悲痛。

## 二、眼前人之怜

"怜取眼前人"意为"怜爱近在眼前的人"。此句出自唐代元稹所写的《莺莺传》,是书中人物崔莺莺所写的诗句。在元稹的诗中,此句所表达的乃是对男子喜新厌旧的鄙弃,而晏殊在词中则反用其意,强调珍惜佳人。

《莺莺传》是唐传奇,原名《传奇》,后收入《太平广记》时改名为《莺莺传》。全文讲述了寒门子弟张生与没落贵族小姐崔莺莺相爱,但最终将她抛弃的故事。二人的故事开始于蒲州普救寺,当时发生兵乱,寺中的崔莺莺一家陷入危难,正逢张生旅居于此,出力营救,大获成功。为答谢张生,莺莺之母郑氏设宴款待,也正是通过这一晚宴,二人得以相识,张生对莺莺一见钟情。二人互通书信,几经周折后,终于花好月圆。后张生赴京科考落第,滞留京师,继续同莺莺保持着书信往来,且互赠信物以定情。可张生最终还是变了心,且为证明自己"始乱终弃"的正确性,将莺莺比作令纣王亡国的妲己、使周幽王失去江山的褒姒,令人心寒。就这样,二人分开了一年多后,莺莺另嫁他人,张生也迎娶了美娇娘。一次,张生从莺莺家门口路过,想要以表兄的身份与莺莺再次相见,遭到拒绝。几日后,张生离开,莺莺赠诗道:"弃置今何道,当时且自亲。还将旧来意,怜取眼前人。"将当时之绝情与今日之纠缠置于一处进行对比,嘲笑张生之可笑;同时,"旧来意"

与"眼前人"中暗含着"旧"与"新"的对照,劝诫他用曾经对待自己的情感,来怜惜如今陪伴在身侧的美人,对其进行了嘲讽,可见莺莺对张生的所作所为的失望与不耻。

而晏殊在化用时,加上了"不如"二字,将"怜取眼前人"与"分离之后登高望远,思念亲友"以及"花落之后,为春光的逝去感伤"两个情景放在一起进行了比较,得出了怜爱眼前之人才是最佳选择的结论,将元稹诗中暗含的谴责之意全然消除,反使其成了值得发扬之事。从表面来看,词的上阕是劝人在有限的生命里不要总是为着离别而感伤,应多多参加酒宴,开怀畅饮;而下阕则是让人不要去想远去的人,亦不要去想逝去的春光,怜爱眼前的美女、及时享乐才是值得之事。但晏殊作为一朝宰相,他不会因痛苦的怀思而沉沦,亦不会沉浸在纸醉金迷的生活中无法自拔。所谓的"眼前人"不只是指酒宴之上歌舞助兴的歌姬舞女,更是指当下的时间、当下的欢乐、当下所拥有的一切,其中所蕴含着的是晏殊对于生活所持有的豁达与乐观的态度。

根据以上分析,我们可以看到晏殊将元稹原句所含有的意思完全推翻,以"不如"二字,开辟了一番新的天地,令人叹服。

综上所述,晏殊在化用诗句时,将其中所含有的悲伤或埋怨的消极情绪进行了弱化或反用,将自己的旷达的人生态度融入了诗句中,使得其焕发了新的生命力。

## 玩味诗词

1. 吴梅力赞"满目山河空念远,落花风雨更伤春"两句。杨慎在《词品》一书中则对"无可奈何花落去,似曾相识燕归来"两句评价极高,说:"'无可奈何'二语工丽,天然奇偶。"你更喜欢哪两句?说说你的理由。

2. 《浣溪沙·一向年光有限身》中蕴含着丰富的情感,请你说说除了"珍惜当下的所拥有的事物"之外,晏殊在其中还表达了哪些情感?

3. 请你选择一个方面说说《莺莺传》与《西厢记》的区别。

(谢丽虹)

# 第十九讲　萋萋芳草中远去的王孙

> 引言

　　白居易的《草》在孩提时代就已经挂在我们的嘴边。每当逢年过节、走亲访友时似乎都要作为表演节目露一手给爸妈长长脸。然而我们耳熟能详的这首《草》并不完整,仅仅是《赋得古原草送别》的上半段,真正切题的内容在于全诗的下半段。

## 点绛唇·金谷年年
### 【北宋】林逋

金谷年年,乱生春色谁为主？余花落处,满地和烟雨。

又是离歌,一阕长亭暮。王孙去,萋萋无数,南北东西路。

> 注释

金谷:即金谷园,西晋富豪石崇在洛阳建造的一座奢华的别墅。因王诩回长安时,石崇曾在此为其饯行,而成了指送别、饯行的代称。

## 苏幕遮·露堤平
### 【北宋】梅尧臣

露堤平,烟墅杳。乱碧萋萋,雨后江天晓。独有庾郎年最少。窣地春袍,嫩色宜相照。

接长亭,迷远道。堪怨王孙,不记归期早。落尽梨花春又了。满地残阳,翠色和烟老。

> 注释

墅:田庐。

杳:幽暗深远,看不到踪影。

庾郎:庾信,南朝文士,使魏被留,被迫仕于北朝。这里借指离乡宦游的才子。

窣地春袍:穿起拂地的青色章服,指踏上仕途。

嫩色宜相照:指草色与袍色互相辉映,显得十分相宜。

## 赋得古原草送别

**【唐】白居易**

离离原上草,一岁一枯荣。
野火烧不尽,春风吹又生。
远芳侵古道,晴翠接荒城。
又送王孙去,萋萋满别情。

离离:浓密茂盛貌。
侵:迫近。
晴翠:阳光映照下翠绿的草。
荒城:指友人所往的远处的城。
"又送"二句:《楚辞·招隐士》:"王孙游兮不归,春草生兮萋萋。"萋萋,草生长茂盛貌。

## 穿越诗空

### 一、"萋萋芳草中的王孙"从何而来?

最初将"萋萋芳草"与"王孙"联系起来的作品出现于西汉时期。当时的淮南王刘安门下有一批门客,其中部分人组成了一个团体唤作"淮南小山"。由于刘安博雅好古,淮南小山便仿照屈原的《楚辞·招魂》创作了辞赋《招隐士》。

顾名思义,"招隐士"就是召唤那些藏匿在深山密林中的高洁之士。《招隐士》中极力描绘、渲染了深山荒谷的幽险和虎啸猿悲的凄厉,创造了触目惊心的场景,末了说上一句"王孙游兮不归,春草生兮萋萋"。此处的"王孙"并非指世家贵胄,而是对丛林中的隐士的尊称。"萋萋"是草木繁盛的样子,这些草木并非"长"出来而是"生"出来的,"生"体现出不受人为干预而自然生发的状态,强调了春草蓬勃的生命力,春草能够以蓬勃状野蛮生长从侧面反映出了此地的人迹罕至与幽深僻静。

隐士,专指才学过人,为保持独立人格而放弃高官厚禄之人。隐士游弋于荒僻之所而与世隔绝,淮南王求贤若渴,以拳拳之心招徕杰出门客。一个"归"字,意蕴深远,隐士投入淮南王门下充其量只能称之为"来",而"归"给人的感觉是本就属于此处,最终还是要回到此处,强调了一种归属之感。而后又以"王孙"尊称之,其中包含着浓烈恻且急切郁结的招才企盼。

　　从这里开始,"王孙"与"萋萋芳草"的联结就产生了巧妙的艺术效果,凝结成浓郁的萦回之思和惆怅之情。

## 二、唐诗里"萋萋芳草中的王孙"

　　白居易的《赋得古原草送别》以"腰斩"的形式,作为咏物诗家喻户晓。"离离"形容的是草木繁盛的样子。古原上的草茂盛非常,但终究难违规律,在一年中既迎来"荣"的赏赐也接受"枯"的命运。然而作者对"枯荣"词序的设计匠心独具,先"枯"而后"荣",虽在一年之中枯荣交替的规律无法更改,然而希望也蕴含其中——结果总是欣荣的。当突破一年的时间期限时,古原上的草则一扫被"一岁枯荣"命运支配的无奈,即使野火的侵袭与吞噬,也不能扼住其命运的咽喉,只要春之时节降临,古原草就会迸发无穷的生机。从永恒的时间范围来看,古原草拥有永生的力量。"野火烧不尽,春风吹又生"讲的就是草的这般顽强与生命力。也正是因为这联诗,白居易在当时获得了一片赞誉,前辈诗人顾况在初次见白居易之名时,就开玩笑道:"长安米贵,居大不易。"然读至此句,乃动容曰:"有句如此,居天下有甚难!老夫前言戏之耳!"足以见得白居易的才情过人。

　　以上我们都在讨论《赋得古原草送别》的前两联,然而考其题目可知,此乃一篇送别诗,然而前半截几乎就是一首咏物诗,也难怪它能够在很长一段时期以半截诗的形式存在。这时我们或许就该考虑这样两个问题:作者是怎样写送别的?又为何要用大篇幅咏草?

　　"远芳侵古道,晴翠接荒城"中的"远芳"与"晴翠"实际上都是指草,但是诗人对草的称呼却十分考究。"远芳"是从整体着眼对草的形态进行描述,春草蓬勃生长,从脚底下蔓延到道路的尽头。一个"侵"字将草拟人化,仿佛气势汹汹,这些草儿密密地生长着,占领了古道的每一寸土地,将道路覆盖,这是从纵向的视觉上描绘的。"晴翠"则着重表现春草在阳光照耀下青葱美好的样子,以"翠"来借代草,突出强调了草色的浓郁与苍翠。"接"字则生动地写出了春草生长的高度非常高,用稍显夸张的手法来将之与荒城比较,甚至荒城都埋没在了茂密的草中。颈联明面上仍旧在写草,但与草相联系的意象为何是"古道"与"荒城"呢?正是这两处意象的出现让情与景开始交融,这首诗就不再是单纯的咏物。草源于自然,其长势蓬勃无限;然而"道"是古老的,"城"是荒芜的,象征人类社会的道与城是一派衰败景象。诗人极力去描绘草势的繁盛,实际上就是为了反衬此地的荒芜与人迹罕至,这就是所谓的"草盛人稀"吧。

  面对此番衰败之景,诗人经历了"又送王孙去",自然就"萋萋满别情"。白居易在此处巧妙地化用了《招隐士》中的"王孙游兮不归,春草生兮萋萋"两句。他将此作中"王孙"的内涵进行了创造性的改造。白居易写的"王孙"指的就是他所要送别的友人,一个"又"字点明了他送别此人已经不是第一次,而友人的去所并不如意,从其"古道"与"荒城"的表述中就可见一斑。此去前路难测,过程不免艰辛,基于此背景,诗人不禁产生了绵稠的情绪,情绪的浓烈程度诗人无需刻意营造,借助于所化用的原句就足以令人动容,此情中包含着对友人前程的担忧,"又"一次的相送的行为也可见对友人的依依不舍。

  虽然送别中担忧、不舍等相对消极的情绪占据了上风,然而在读诗过程中并没有让人感觉到悲伤与沮丧,甚至还怀着一丝希望与激励。友人此去命途难测,然而作者却大谈草之生命旺盛,尤其是其"春风吹又生"的坚韧与顽强,一个"又"字暗合了"又送王孙去"。"又送"乍看有令人无奈之感,但其中寄托了诗人坚定的信念,他相信他们有朝一日终会重逢,友人会回到原本属于他的地方。离愁别绪中充满了来日可期的积极调性,使得此作在送别诗中具有独特的魅力。

### 三、"萋萋芳草中的王孙"走向宋词

  林逋的这首《点绛唇·金谷年年》按照卓人月《古今词统》中的说法是"压卷"之作,原因在于"终篇不出草字"。全词的咏诵对象草,在字面上完全没有出现,然而句句紧扣草。"乱生春色","春色"从何而见?为何是"乱生"?"乱生"即野蛮生长,既能野蛮生长,生命力无限,又可以体现春的颜色,那么这很有可能就是草。然而还不能完全确定。"满地",大面积生长在地上,"和烟雨",还能够与蒙蒙的细雨云雾相融合,那么基本上就可确定为草。词的上阕通过对草的特征

传神的描绘,明确了咏诵的对象。词的下阕直截了当点出词眼——"离",同时也出现了不少离别时的经典意象,比如"长亭"。古时的中国乡村大约每十里设一亭,亭有亭长,负责给信使提供馆舍、给养等服务,其性质就类似于我们现代的车站、机场等。有"长亭"也基本上会伴随着送别曲"离歌",这都不难理解,令人费解的是词人如何将咏草与送别完美结合呢?白居易的诗歌将草与送别结合在了一起,以草的蓬勃旺盛来寄托其别样的送别之情。首先,林逋承袭了他将两者结合这一点。其次,林逋咏草所寄托的情感与白有很大的不同,他借草表达的是一种缱绻缠绵之情。送君千里,终须一别,当无法再相送时,看着"萋萋"生长的草遍布"南北东西路",仿佛就是用自己的思念铺就了远去的道路,这些草也成了词人自己的化身,陪伴着"王孙"山水一程又一程,可见这份不舍是如此之深厚。这就是林逋对唐诗的继承与发展。

宋词中的咏草绝唱中还有一首梅尧臣的《苏幕遮·露堤平》。"乱碧萋萋"将诗歌的吟诵对象送至眼前。"窣地春袍,嫩色宜相照",宦游少年穿上青绿色的官服,登上仕途;"嫩色"既是指官服,也是在强调草色的青葱与年轻美好的状态。此处实为借物喻人,暗示宦游少年正处在青春无限、风华正茂的状态之中。然而"堪怨王孙,不记归期早",远去的少宦人却并不在抒情主人公的身边与之享受这般青春年华,于是主人公就情不自禁地埋怨远方的人儿不早早归来,他再不归来就要"翠色和烟老"了。这既是指春之将尽,草色将退,也是指主人公即将人老珠黄。草色和着烟雾必然是水雾茫茫一片,茫茫的还有主人公的双眼,他在泪水中含恨老去。梅尧臣不是简单地因袭对白居易诗歌的点化,他还对其进行了艺术性的创造,即借物喻人,其表达的情感也不再是送别之情,而是由思念转化成的哀怨之情,既怨怼远人,也感叹容颜易老、时光易逝。

## 玩味诗词

1."萋萋芳草"与"王孙"的组合最初来源于何处?对此处"萋萋芳草"与"王孙"的内涵进行阐释。

2.白居易的《赋得古原草送别》作为一首送别诗,为何要用大篇幅进行咏草?

3.林逋《点绛唇·金谷年年》对白居易《赋得古原草送别》的继承与发展分

别体现在何处？请进行简要阐述。

4. 刘熙载《艺概》："'翠色和烟老'，此一种，似为少游开先。"试问刘熙载为何如此评价？

（谢　宇）

# 第二十讲　"别"是一般滋味在心头

> 引言

秦观,字少游,北宋婉约派词人,被称为婉约派的一代词宗。其词最大的特点是"专主情致",这一特点在《八六子·倚危亭》中,表现得十分明显。全词描绘了词人与心爱的歌女离别时的场景,回忆了二人往昔的美好生活,感叹分别后时光的难熬,围绕着"离恨"展开,情感直白。

在这首词中,有两处词句化用了前人的诗句来表达自己的情感。第一处是借白居易诗中的萋萋芳草来表达离别之恨,第二处是借杜牧的"春风十里"与"珠帘"表现了自己与心爱之人相会时的美好时光。在本讲中,笔者主要根据以上两处诗句化用,展开具体分析。

## 八六子·倚危亭
### 【北宋】秦观

倚危亭。恨如芳草,萋萋刬尽还生。念柳外青骢别后,水边红袂分时,怆然暗惊。

无端天与娉婷。夜月一帘幽梦,春风十里柔情。怎奈向、欢娱渐随流水,素弦声断,翠绡香减,那堪片片飞花弄晚,蒙蒙残雨笼晴。正销凝,黄鹂又啼数声。

> 注释

"恨如"二句:南唐李煜《清平乐·别来春半》:"离恨恰似春草,更行更远还生。"刬(chǎn),铲除。

红袂(mèi):红色衣袖。

怆然:悲伤的样子。

娉婷:姿态美好的样子。

素弦声断:意谓分别后无心弹琴。

翠绡香减:意谓分别后懒于修饰。

"正销凝"二句:唐杜牧《八六子·洞房深》:"正销魂,梧桐又移翠阴。"销凝,因感伤而凝思出神。

## 赋得古原草送别

**【唐】白居易**

离离原上草,一岁一枯荣。

野火烧不尽,春风吹又生。

远芳侵古道,晴翠接荒城。

又送王孙去,萋萋满别情。

### 注释

离离:分披繁茂貌。

远芳:绵延无际的芳草。

晴翠:阳光照耀下的绿草。

"又送"二句:《楚辞·招隐士》:"王孙游兮不归,春草生兮萋萋。"萋萋:草盛貌。

## 赠别(其一)

**【唐】杜牧**

娉娉袅袅十三余,豆蔻梢头二月初。

春风十里扬州路,卷上珠帘总不如。

## 穿越诗空

### 一、秦观与白居易的春草"别情"

《赋得古原草送别》一诗是白居易的成名之作,是其于16岁那年应考之时所写下的作品。诗题中的"赋得"二字常用于试帖诗中。"赋得"诗主要分为两类,一类是用前人的已成的诗句来作为自己的题目,如骆宾王的《赋得白云抱幽石》,这一诗题中的"白云抱幽石"便取自谢灵运的《过始宁墅诗》。另一类是咏物诗。无论是以上哪一类"赋得"诗,其中都有很多是用来表送别时的不舍之情的。而白居易的这一首《赋得古原草送别》便是表达与友人离别时不舍情感的咏物诗。在诗中,白居易以"又送王孙去,萋萋满别情"二句将依依惜别之情与萋萋的芳草相结合,以草的长势之盛,来表达自己与友人之间的情感之深。

以草来写别情,在白居易后又有李煜、秦观等人在他的基础上进行了借鉴与发展,但是这并非白居易的首创。《楚辞·招隐士》中,便有"王孙游兮不归,春草生兮萋萋"两句来表达作者在看到繁盛的草木后,产生的对远游未归之人的思念。白居易的创新之处在于将此二句中的触景生情改为了草木亦有心。诗人全篇未直言自己面对离别时的忧伤,他运用了拟人的手法,通过萋萋芳草所怀有的离情别绪来表达自身的情感。

  而秦观的《八六子》运用了比喻的手法,把离别时的愁情比作春天的野草。这一转变,一改白诗的含蓄,情感外放,使得读者对于作者的情感有了一个直观的感受。在他的词中,还借用了白居易以草的无法可除来表现其生生不息的旺盛生命力的构想。"萋萋刬尽还生"一句中,"刬尽"与"还生"二词,形成了鲜明的对比,明明已将春草全都清理干净,不留一点痕迹,可它们还是重又从地里钻了出来,正如白居易诗中所说"野火烧不尽,春风吹又生"。他们二人描绘出的春草的强劲生命力是相同的,可二人的目的却截然不同。白居易的诗中,对野草的顽强进行刻画是为了赞美其乐观积极、无法打倒的品质,从而与后文的"萋萋满别情"形成鲜明的对比——乐观向上如春草,面临"我们"的分离也免不了伤心悲叹,足见"我们"的情谊之深厚。而秦观则是将这种无法毁灭的生长力与自己心中的离恨等同起来,使得读者感受到了其内心的挣扎,他虽尽力地清除心中与心爱之人离别而产生的忧愁,但终还是无法铲清,那愁绪仍在心中不断地生长、蔓延,无法摆脱。

  除此之外,这两首作品虽然都是在离别的背景下所产生的,但是所处的时间节点是不同的,所代表的群体是不同的,从而表达出来的情感也各不相同。白居易是处在友人还未离开的场景之下,作为送他离开的人,心中充斥着的是不舍的情感;而秦观则是处于离别之后,独自一人回忆分别时刻的场景之下,他代表着的是远行的游子对于家乡亲人或心上人的思念。

  综上,我们可以看到,虽同是用春草来表达心中的别情,但不同时间、不同群体通过不同的修辞手法,所呈现出来的情感与效果是截然不同的。

**二、秦观与杜牧的扬州"别情"**

  扬州历来繁华,十里长街市井相连的热闹,女子似天女下凡般的美貌,引得无数文人墨客为其写下了优美的诗篇。"天下三分明月夜,二分无赖是扬州""人生只爱扬州住,夹岸垂杨春气薰""人生只合扬州死,禅智山光好墓田"……扬州的魅力,可见一斑。

而曾两次与扬州结缘的杜牧,更是在此留下了"春风十里扬州路,卷上珠帘总不如"的千古佳句。他两次在扬州任职,《赠别(二首)》是他第一次离开扬州时为自己喜爱的女子所作的诗篇。《赠别(其一)》是为了表达对对方美貌的赞扬,第二首才表达了自己在面对离别时的不舍。"春风十里扬州路,卷上珠帘总不如"便出自《赠别(其一)》,意思为十里扬州路上春风骀荡,卷起珠帘看里面的女子,没有一个比得上她的美貌。如今盛传的"春风十里不如你"的浪漫情话,就是化用了这两句诗。

而秦观在自己的《八六子·倚危亭》中亦化用了此二句。这首词也是秦观为了自己心爱的歌女而写的,离别的地点也是扬州,但是他做了两处改变。第一处是帘后的人发生了变化。"夜月一帘幽梦"中,帘后的人是"我们",描绘的是秦观与心爱的女子一同在月夜里进入帘中,共做美梦的场景,说的是两人在相聚时共度的美好时光;而在"卷上珠帘总不如"中,帘后之人是其他的女子,是用来与杜牧喜爱的人相比较的女子。第二处不同便是在春风的吹拂下,看十里街市之人的数量不同。秦观的词中,是二人一起体验春风拂面,共赏这街市的繁华,体会对方给的柔情;而杜牧的诗中,是自己一人走完繁华的街道。

如此分析,我们可知秦观的词中虽借用了杜牧的"春风十里"和"珠帘"的意象,但是二者想要呈现的情景是不一样的。秦观更侧重于表达二人相会时的温馨场面,是对二人美好过往的回忆。而杜牧侧重的是一种比较,即使扬州十里长街上繁华若此,即使帘中女子如此之多,她们与你相比,都显逊色,为的是极言对方的相貌之美。

秦观对杜牧的诗句进行这种改编的原因,可能与二者的写作时间有关。杜牧的诗作于二人尚未分离之时,离愁别绪没有那么的深,他写《赠别(其一)》的目的,是为了表达对她美貌的夸赞,引起惜别之意;而秦观的词是在二人离别多时之后所写的,在词中对往昔情影成双的时光进行追忆,是为了同现在独自一人孤身在外的凄凉形成鲜明的对比,与杜牧的心情相比较,多了一份愁苦与思念。

写作时间的不同,导致了情感上的巨大差异,也导致了对意象使用的目的不同,展现出的效果也各不相同。

综合以上分析,笔者认为,秦观在对前人的诗句进行化用时,都会注意到自己与前人所处状态的不同,借用他们诗中的主要意象来进行自己的创作,使之与自己的心境自然地融合起来。改编后的词句所表现出来的情感与前人相较,也更为浓烈、外放,将词的抒情性特点表现得淋漓尽致。

## 玩味诗词

1. 根据上文,概括说说《楚辞·招隐士》《赋得古原草送别》与《八六子·倚危亭》中春草与别情的关系有何不同。

2. 说说你还知道杜牧写了哪些与扬州相关的诗歌,选择一首进行背诵。

(谢丽虹)

# 第二十一讲　江头风波恶，人间行路难

> 引言

俞陛云在《唐五代两宋词选释》中评价辛弃疾的《鹧鸪天·送人》："此阕写景而兼感怀，江树尽随天远，好山则半被云埋，人生欲望，安有满足之时。况世途艰险，过于太行、孟门，江间波浪，未极其险也。"词人从送别不舍，笔力突转谈及人世艰险，此为送别词中的"异军突起"。

## 鹧鸪天·送人
### 【南宋】辛弃疾

唱彻阳关泪未干，功名余事且加餐。浮天水送无穷树，带雨云埋一半山。

今古恨，几千般，只应离合是悲欢？江头未是风波恶，别有人间行路难。

> 注释

彻：完。

阳关：送别曲《阳关三叠》。

功名余事：以功名为次要的事。

加餐：多吃饭，注重健康。《古诗十九首·行行重行行》："弃捐勿复道，努力加餐饭。"

"浮天"两句：岸树随着江水伸向远方，远山却被浓云遮去一半。

"今古"三句：自古恨有千种，岂能只是离别。

"江头"两句：江头风波虽然险恶，哪有人间行路艰难。

## 梦李白二首（其二）
### 【唐】杜甫

浮云终日行，游子久不至。

三夜频梦君，情亲见君意。

告归常局促，苦道来不易。

江湖多风波，舟楫恐失坠。

出门搔白首，若负平生志。

冠盖满京华,斯人独憔悴。
孰云网恢恢,将老身反累。
千秋万岁名,寂寞身后事。

## 注释

告归:指李白之梦魂辞别归去。

苦道:再三地说。

冠盖:达官贵人的冠帽和车盖,借指达官贵人。

京华:京城。

斯人:指李白。《论语·雍也》:"斯人也,而有斯疾也。"故"斯人"一语在运用时每含赞叹追思之意。

憔悴:困顿不得志。

恢恢:广大貌。

将老:李白时年五十九,故云"将老"。

## 穿越诗空

### 一、阳关泪未干

对于绝大部分词作而言,上阕多叙述事件、描绘图景,下阕多抒情感怀、议论言志。而稼轩的《鹧鸪天·送人》一改词的一般写法。在标题中用"送人"两字便将事件和背景干净利落地交代清楚,如此简洁的表达实际上也暗示了词作的重点并非在"送别"。那这首词写的到底是什么,让我们且细细品读。

词作开篇即从抒情入手,畅叙离愁。"阳关"是当时在离别时分时常唱响的离歌,即《阳关三叠》。用歌声送别这一仪式的影响十分深远,持续至今,为人所熟知的就是民国乃至现在都会在毕业之时响彻的《长亭送别》与《友谊地久天长》。一曲《阳关三叠》牵动了稼轩内心的众多思绪,"唱彻"之后竟难以自拔,导致了"泪未干"。骊歌的哀伤曲调中,我们看见了稼轩双眼迷蒙、潸然泪下的模样,歌与泪的叠加令人顿感无限伤感。

熟悉稼轩的人都知道,稼轩之词被称为"词中之龙",豪放恣意,慷慨激昂。见词如见人,其性格如此刚毅豪爽,怎么会这般哭哭啼啼,呈现忸怩之态?"功名余事且加餐"道明了原因。稼先的祖父辛赞在经历过靖康之变、宋室南渡后，因家族庞大难以南迁，最终被迫成为金国朝臣。然而辛赞始终不改回宋之心，他常常带着辛弃疾"登高望远，指画山河"，回顾北宋原本的版图，嘱咐收复失地的夙愿，而稼轩也不断目睹汉人在金人统治下所受的屈辱与痛苦。这一切使辛弃疾在青少年时代就立下了恢复中原、报国雪耻的志向，养成了燕赵奇士的侠义之气。可是对于这样的人，怎么会"功名余事"呢？建功立业就意味着为国杀敌，明明是心中所求，怎么会多余呢？稼轩起义反金，擒拿叛徒，深受时人的钦佩和宋高宗的器重，高宗便任命他为江阴签判，从此任职于南宋。然而金国依旧盘踞北方，稼轩不断上奏，主张伐金，换来的却是朝廷冷淡的态度。另外，"归正人"的尴尬身份也阻拦了他仕途的发展，最高官职也仅仅是从四品龙图阁待制。在南宋当官，稼轩恢复失地、报仇雪耻的锐气无从施展，故而此等"功名"实属多余，表达了词人对朝廷的极度不满和壮志难酬的悲愤。稼轩亦在送别的景况中触发了内在最深的隐痛，他平日堆积在胸中的，对仕途、世事的感慨一直难以排解，此时适逢一个情绪出口便全部宣泄了出来。"且加餐"运用了《古诗十九首》"弃捐勿复道，努力加餐饭"之句，既然无法实现自己的理想抱负，那就当个"酒囊饭袋"吧。词人正话反说，也是愤激之语。

　　分离的时刻总会到来，曲罢，友人最终还是远去了。词人不直接写友人远去，而是写自己的视角推移向远处，实际上是作者的眼光随着友人远去，远景便尽收眼底——"浮天水送无穷树，带雨云埋一半山"。渺远的苍穹、荡漾的流水、无穷无尽的绿树，天、水、树在远处交汇成一条线，三色合一，笔力雄浑；然而友人在此景中逐渐远去，联系到自身的经历，也不禁让词人为自己的前程所担忧。"带雨云埋一半山"，远处的乌云沉沉压来，斜风带雨，来势汹汹，将青山吞噬大半。"埋"字充满了强势，即使是伟岸的青山也依旧难以抵抗乌云的遮蔽，实际上是在为自己被奸邪之人排挤和压制而意难平。

　　上阕由抒情而起，进而借景抒情，情感过渡自然，只字未提"恨"，却遗恨无限，充满含蓄的意蕴。

**二、思君意拳拳**

　　稼轩送友人的词作表达了对友人的忧思，远在唐朝的杜甫也表达了对自己的"偶像"李白的拳拳忧思。天宝三载(744),李杜初会于洛阳,杜甫本就对李白仰慕已久,随即二人成为深交。此后,李白因参加永王李璘的幕府而受牵连,被流放夜郎,后被赦免。杜甫远在北方只知李白流放,不知其被赦还,忧思拳拳,久而成梦,因而写下《梦李白》。

"浮云终日行,游子久不至。"李白被流放,如同漂浮不定的云朵一般一直悬在空中,每每都被迫漂泊,很长时间都无法归家归京。只要一想到自己的挚友处在这般境地中,就"三夜频梦君,情亲见君意"。"三"泛指多次,诗人得知挚友的处境之后就为之成宿成宿睡不着觉,也许在梦中见到友人漂泊的落魄貌,就令人心痛不已。总也惦记,在对友人殷切的牵挂中,萌生了再见到友人的期盼。

那么诗人究竟梦到了什么呢?自"告归"起的六句,都是诗人梦中片段的重现,表现了诗人对李白的担忧。从"告归常局促,苦道来不易"写起,描绘了李白行色匆匆的模样,他在路上跋山涉水、愁苦不堪的神态被简笔勾勒了出来;"江湖多风波,舟楫恐失坠"二句则是以"独白"的形式写出了李白的心声,在路上经历了江河湖海的阻隔,遭遇了汹涌澎湃的波浪,站在颠簸的船只上唯恐自己失足掉落,李白犹如无所倚靠的浮萍一般憔悴不堪。无独有偶,刘禹锡在《竹枝词》中也写道:"瞿塘嘈嘈十二滩,人言道路古来难。长恨人心不如水,等闲平地起波澜。"另外,李白在《行路难》中写道"欲渡黄河冰塞川,将登太行雪满山",悲愤无比;白居易《太行路》的"行路难,不在水,不在山,只在人情反覆间"亦是如此。这便是有相同经历之人产生了共鸣。而辛弃疾也有相关的经历,于是便在《鹧鸪天·送人》中进行了点化。那我们接着来谈李白在杜甫梦境中的模样。"出门搔白首,若负平生志"是通过动作和外貌描写塑造了一个猛抓白发、悲愤郁闷的老翁形象,沧桑与凄凉的处境尽显。

梦中李白的形象与处境令诗人担忧不已,愈思愈愤懑,愈想愈不平,于是满腔悲愤无处藏匿,发出"冠盖满京华,斯人独憔悴。孰云网恢恢,将老身反累"的感慨。长安城里身居要职之人何其多,为何偏偏容不下他一人,让他独自承受无尽的凄凉?他被放逐,失去了实现理想抱负的自由,生前如此困苦,那么作古之后的功名又有什么意义?沉重的嗟叹之中,遥寄了杜甫对李白的深切同情与无尽忧思,也寄托了他对李白的拳拳情意。

### 三、江湖多险恶

我们重新将目光放回到《鹧鸪天·送人》上。词的上阕稼轩从离愁中联想到了朝廷的波诡云谲,含蓄地透露出了自己愤懑,到了下阕,诗人感叹道:"今古恨,几千般,只应离合是悲欢?"这里的"离合"和"悲欢"是偏义复词,由于"今古恨"已经奠定了整个下阕的情感基调,同时上阕又是"送人"的内容,所以这一句的理解上我们只取"悲"和"离"来理解。一句反问将自己的情绪尽数说出。古往今来的遗恨有千种万种,难道只有离别这一种吗? 自然不是,词人的这一反问将原本的情感进行了进一步的开拓,于是便又似呼喊又似哽咽地道出了心声:"江头未是风波恶,别有人间行路难。"此二句点化了杜甫《梦李白》的"江湖多风波,舟楫恐失坠"。李白的一路上,波涛滚滚,风浪涌动,只有一叶扁舟,随时都会坠落,处境十分危险窘迫。稼轩觉得自己目前的处境比当时的李白还要凶险,因为他面临的凶险不在明处而在暗处,所谓明枪易躲,暗箭难防,朝廷中的尔虞我诈、勾心斗角形成了一股"恶"的"风波"。稼轩将自然环境的凶险开拓到了朝廷中的波诡云谲和人心险恶,是一种推陈出新。词的最后两句,用语含蓄、情致淋漓,展现了词人的心路历程,也展示了更广阔、更令人惊心动魄的艺术境界。

### 玩味诗词

1. 辛弃疾主张为恢复中原而建立功名,但词的第二句却说"功名余事且加餐",这是为什么?

2. 《鹧鸪天·送人》中"带雨云埋一半山"一句运用了什么写作手法,有什么作用?

3. 《鹧鸪天·送人》中"江头未是风波恶,别有人间行路难"二句点化了杜甫的"江湖多风波,舟楫恐失坠",试分析点化之妙在何处。

(谢 宇)

# 第二十二讲　阳关情几许

## 引言

山东大学教授刘乃昌评价《渔家傲·送张元康省亲秦州》:"东坡友情词,多为送别、念旧、寄远、赠答而写,但与一般的应酬之作不同,它很少陈词浮调。然而就在东坡这质朴平实的语言中流露出了最朴素和真挚的愿望。"

## 渔家傲·送张元康省亲秦州
### 【北宋】苏轼

一曲阳关情几许,知君欲向秦川去。白马皂貂留不住。回首处,孤城不见天霖雾。

到日长安花似雨,故关杨柳初飞絮。渐见靴刀迎夹路。谁得似,风流膝上王文度。

## 注释

省亲:探望父母。

几许:多少。

皂貂:指黑貂制成的袍服。

霖雾:飘拂的云雾。

靴刀:此处指穿靴带刀全副戎装欢迎的官员。

风流膝上王文度:《世说新语·方正》:"蓝田爱念文度,虽长大犹抱著膝上。"东晋王述(字蓝田),爱其子王坦之(字文度),王坦之虽已成年,王述仍常常将他抱在膝上。突出天伦之乐。

## 送元二使安西
### 【唐】王维

渭城朝雨浥轻尘,客舍青青柳色新。

劝君更尽一杯酒,西出阳关无故人。

## 注释

元二：即元常。"元"是姓，"二"是其排行。

安西：地名，今新疆库车县境内，是唐代安西都护府的治所。

渭城：地名，今陕西咸阳市内。唐时从京城去西域，常在此送别。

浥：沾湿。

阳关：关名，是通往西域的要道，因在玉门关南面，故称"阳关"。故址在今甘肃敦煌县西。

### 一、西出阳关无故人

明人敖英在《唐诗绝句类选》曾评价王维这首《送元二使安西》："唐人别诗，此为绝唱。"那么一首送别诗可以极致到什么程度，姑且走进《送元二使安西》。

解诗第一步需要从诗题入手，"送元二使安西"一题中点明了送别的对象，"元二"。"元二"这一称呼很特别，这种命名的方式比较朴素，唐人常以"姓氏＋排行"作为人名称呼，文题中的"元二"就是一个典型，说明他在家族中排行老二。元二名常，即元常，那么诗人为什么要称呼他为"元二"呢？在古代只有关系甚笃、联系甚密之人才会称呼对方排行，直呼其名反而显得生疏。因此，诗人摩诘就是送自己的挚友离开，他要去遥远的"安西"。"安西"是安西都护府的治所，为唐朝管理西域地区的军政机构，地方偏远。一个"使"字也表明了元常此去并非贬谪，实为为国效力。当时的唐朝国力强盛，疆域辽阔，边关绵延数万里，需要大批的士兵和官员去镇守以保卫国家，元常正是担负着保家卫国的光荣使命出使安西的。

诗歌的第一联"渭城朝雨浥轻尘，客舍青青柳色新"点明了摩诘送别元常的地点、时间和自然环境。"渭城"即秦代咸阳古城，是古来通往西域的重要通道，摩诘将元常送至此处，也许是已经送了一程又一程了。然而送君千里终须一别，便在这"渭城"的"客舍"告别。此时正值清晨，细密的"朝雨"在空中纷纷扬扬，丝丝缕缕的雨"像牛毛，像花针，像细丝"，这缠绵的雨仿佛就是人细腻敏感情思的外化表现，摩诘对元常的不舍蕴含其中。一个"浥"字精准地描绘了彼时的雨，平日里西去的大道上车水马龙，尘土飞扬，这清晨的雨轻轻柔柔地抚慰了胡乱飞动的尘埃,朝雨沾湿了"轻尘",使之服服帖帖地伏在西去的道路上,空气也随即变得清新无限。这"朝雨"仿佛通晓人性,雨儿丝丝缕缕的状态道名了摩诘与元常之心,在适当的时机雨又停了,它为远去的人儿掸去纷扬的尘埃却不打湿旅人。仿佛是天遂人愿,这何尝不是上天的送来的一份礼物,也仿佛是摩诘对友人的不舍中包含的一份真挚的祝福。

清晨雨洗过的天地澄澈清新,连"客舍"与"柳"都焕发出别样的活力。通常来说,"客舍"是人马暂时停留休憩之所,承载了旅途所有悲欢离合的心事,是羁旅愁思的中枢,总也弥漫着离别的伤心与惆怅;而"柳"谐音"留",古人折柳送行的文化高度凝结成了一种文化符号,更是浓缩了离愁别恨的载体,"客舍"与"柳"一同出现基本都会呈现出黯然销魂的情调。但是在摩诘的诗中,我们的"客舍"竟是"青青","柳色"竟是"新",这都与那一场通人性的"朝雨"有关。天降"浥轻尘"的细雨,不仅洗净了地上的尘土,也洗净了西行道旁柳树上的尘土,使之重新露出柳之本色,细密的雨珠又停留在碧绿的柳叶之上,让柳叶拥有了一幅晶莹翠绿的面孔,这便是"柳色新"。从渭城西行的道路上必然有柳树一路相送,清新翠绿的柳树矗立在道旁,焕发出明丽的色彩,让镶嵌在柳树之中的"客舍"也染上了"青青"的色彩。雨后明媚的天空、湿润洁净的道路、染上青色的客舍、翠绿晶莹的杨柳,共同构成了一幅清丽明朗的画面,让人不禁暗暗赞叹,"摩诘之诗,诗中有画",果然名不虚传。此等明丽胜景之下,让这场本应充满羁愁别恨的送别,充满了轻快和希望。

此诗根据"起承转合"的结构技巧来写,诗至第三句出现了明显的转折——"劝君更尽一杯酒",一句话实现了两个转变。第一个转变体现表达方式上,前两句以状景为主,第三句则转为了叙事。第二个转折是具有跳跃性的,直接就描绘了摩诘向元常劝酒的场景,既然有劝酒,那势必就有设宴饯行、殷勤话别等一系列活动,但是摩诘却将其余的送别活动一概略过,独独突出了劝酒这一场面,给人留下了深刻的印象。"更"字表明在此之前,王、元二人已经饮酒良多,但是摩诘仍旧希望元常能再多喝一杯。男子汉大丈夫难为忸怩之态,羞于泣涕沾巾,叮嘱千万,因此只能就饱满浓烈的情感寄托在这酒盏之中,每喝一杯,情意便更深一层。"尽"字则表明二人每一次举杯都会一饮而尽,这是男儿率直与真挚的表现。"更"与"尽"表达了二人的情之真、意之切,也将送别推向了情感的高潮。

尽管此去有无限前程,但仍旧令人放心不下——"西出阳关无故人"。"阳关"处于河西走廊西端的尽头,与北面的玉门关相对,从汉代以来,一直是内地出向西域的通道。阳关以西,风物与内地大不相同,元常此去必定会经历困苦的跋涉、旅途的孤寂以及艰难的适应过程,可见,"劝君更尽一杯酒"中除了对友人的挽留之情和不舍之意,更有对他远行路上的深情关心和前路珍重的殷勤祝愿。情深词不达,唯有饮酒表情。

正是这份真挚的挂念、不舍与祝福,将人送别时复杂的心情尽数说出,产生了穿越时空的共鸣,因而此诗被谱成歌曲演唱,成了离筵别席上的送行之歌,称为《阳关曲》,又名《阳关三叠》。

## 二、西出阳关"有"故人

歌唱《阳关三叠》是古人送别的标配,也是他们的共同记忆,每逢送别此曲总不会缺席,即便是东坡居士亦用"阳关"表情达意。

从词题入手,"送张元康省亲秦州"点明了送别的对象以及其目的地和离开的原因。张元康即将前往离"阳关"不远的故乡秦州,回家探望父母,送别事由的交代为整首词作定下了"留恋"与"羡慕"的情绪基调。

词的上阕开篇就点化了王摩诘的"劝君更尽一杯酒,西出阳关无故人",紧扣词题,写出了当下的离别之情——"一曲阳关情几许"。摩诘诗中传递的是对友人远去的不舍、关心和祝福,然而东坡在《阳关曲》中蕴含的感情则不尽相同。此词约作于宋仁宗嘉祐七年(1062)三月,苏轼时年27岁。是时,苏轼在凤翔签判任上,与监承事张元康交情甚笃,是亲密无间的伙伴,初来乍到的东坡承蒙张元康的照顾才得以迅速适应当地的生活,元康此去省亲,将会有很长一段时间难以相见,所以送别自是充满了不舍与悲伤。此外,好友得以归乡探亲,自己却只能独守于此,与家人分隔,不觉愁绪升腾,对张元康充满了艳羡之情。因此"情几许",东坡用《阳关曲》表达的是自己对友人的恋恋不舍和羡慕之情,情意绵绵。

"白马皂貂留不住"写出了张元康归家前夕,将所有的好物都收拾得妥妥当当,打算带回去赠予父母。"白马"指良马,是古代极佳的交通工具。"皂貂"是黑貂皮制成的袍服,是上乘的御寒之物。人生四要的"衣食住行"中,"食"与"住"无法携带,"衣"和"行"中,只要是便于携带、质量上乘的,张元康一律带回家,足见其孝顺顾家。如此纯良之人，难怪东坡如此不舍。

"回首处，孤城不见天霖雾"，回想送别之时，东坡送了一程又一程，直到不能再相送，回过头来才发现凤翔城消失在了视线之中，只能看到阴沉漂浮的雨云，正如东坡此时与张元康分别的失落、悲伤与难舍。"孤城"强调的是少了张元康的凤翔城令人找不到归属感，孤独与身世漂泊之感便涌上心头。东坡对张元康的情感至真至切，令人动容。

词作下阕，东坡放飞思绪，想象了张元康到家之时的四个场景："长安花似雨"写出了元康到家之时适逢暮春时节，满城的落花随风飞舞盘旋，如同花瓣雨一般如梦似幻；"故关杨柳初飞絮"则写了古老的关隘口杨花初盛，轻轻柔柔地在空中飘浮，一柔一刚，浪漫无比；"渐见靴刀迎夹路"写出了众多戎装的武士英雄们，排列成整齐的队伍站立在道路两旁，恭迎大驾，威武壮观；"风流膝上王文度"并非对场景进行正面的刻画，而是运用了王文度的典故，《世说新语·方正》记载，王文度的父亲王蓝田"爱念文度，虽长大犹抱著膝上。"当时的王文度已到了娶妻的年纪，但父亲仍然对他如此亲昵，苏轼用此典体现了父慈子孝的和睦景象，一如张元康归家后与至亲相处的和美幸福，让我们仿佛能够看到张元康给家人发礼物的热闹场景、给父母请安的场景、秉烛夜谈的场景，自是一派天伦之乐，典故的运用给人留下了无限遐想的空间。四个场景罗列的用意何在？"谁得似"道破东坡心曲：即便长安落花媚，故关柳絮美，靴刀列队威，都比不上阖家团聚的天伦之乐，此为人世间最为珍贵的情景。东坡借对张元康归家情景的想象，表达了自己对合家团聚、天伦之乐的期盼和追求，在朴素中见真性情。

### 玩味诗词

1. 《送元二使安西》中的"客舍青青柳色新"一句妙在何处？

2. 试从"炼字"的角度赏析《送元二使安西》中的"劝君更尽一杯酒"。

3. 苏轼《渔家傲·送张元康省亲秦州》中的别情与王维《送元二使安西》中的别情有何差异？

（谢　宇）

# 第二十三讲　一个"情"字解人难

> 引言

　　草木无心,人却有着七情六欲。自古以来,人都被一个"情"字所扰。诗词歌赋,满篇也都是一个"情"字,亲情、友情、爱情、家国之情……这些都是骚人墨客所讨论的亘古不变的主题,也是人们永远都参不透的一个谜题。

## 忆秦娥·别情
### 【南宋】万俟咏

　　千里草,萋萋尽处遥山小。遥山小。行人远似,此山多少。

　　天若有情天亦老,此情说便说不了。说不了。一声唤起,又惊春晓。

## 金铜仙人辞汉歌
### 【唐】李贺

　　魏明帝青龙元年八月,诏宫官牵车西取汉孝武捧露盘仙人,欲立置前殿。宫官既拆盘,仙人临载,乃潸然泪下。唐诸王孙李长吉遂作《金铜仙人辞汉歌》。

　　　　茂陵刘郎秋风客,夜闻马嘶晓无迹。
　　　　画栏桂树悬秋香,三十六宫土花碧。
　　　　魏官牵车指千里,东关酸风射眸子。
　　　　空将汉月出宫门,忆君清泪如铅水。
　　　　衰兰送客咸阳道,天若有情天亦老。
　　　　携盘独出月荒凉,渭城已远波声小。

> 注释

咸阳道:此指长安城外的道路。

一、天若有情天亦老

　　唐朝诗人李贺所写的"天若有情天亦老"一句一出,便被众多诗人所喜爱,并纷纷化用于自己作品中,传达自身之"情"。

北宋欧阳修以此来表达离愁别绪:"伤怀离抱,天若有情天亦老。"认为老天若是有感情,也会因离别而衰老。同时代的孙洙也在其所作的《何满子·秋怨》中写道"天若有情天亦老,摇摇幽恨难禁。惆怅旧欢如梦,觉来无处追寻。"以此来道出天的无情与人的多情,认为天若有情感也会和凡人一样为情所困而变老,表达了他的秋日别情之怨。在这两首词中,所谓的"情"都是离别之情。

贺铸的《行路难·缚虎手》,不仅引用了"天若有情天亦老",还将"衰兰送客咸阳道"也用进了其词中,抒发自己怀才不遇、不得已而奔走风尘的沧桑。

而金代的元好问写下了"天若有情天亦老,世间原只无情好"的感叹。诗人感慨,苍天倘若怀有情思,为世事所羁绊,也会衰老,那人不也是如此吗?他对于出仕与归隐两者选择的矛盾徘徊,曾经国泰民安到现今山河破碎的变化,未筹的壮志与孤独苦闷的情思,似乎都可用"无情"来消解。这样的一种失落和悲伤实际上正是元好问对自身无助的宣泄。

元朝的姚燧则写道:"天若有情天亦老,且休教少年知道。"全曲都以"愁"字统领,诗人力求借酒消愁,若是上天知道愁也会变老,而那不知愁滋味的少年,还是不要让他们知道了,因为他们并无法理解。以天、少年和"我"进行比较,抒发自己的愁之深。

"天若有情天亦老,月如无恨月长圆。"在这两句词中,石延年将不变的天与每日都在变化的月亮进行对比,认为"老天如果有感情,有喜怒哀乐,那么它会老;月亮如果没有感情,也就没有阴晴圆缺"。

在众多诗句中,我们最为熟悉的应是毛泽东的"天若有情天亦老,人间正道是沧桑"。毛泽东引用李贺诗句,表达若是"天有情",知道了国民党反动派的黑暗统治,也要因感到痛苦而衰老。

综上所述,我们可知,同一句诗句,用在不同的场合中,所表达的情感都是截然不同的。且在不同的诗词中,其整体感觉或细腻,或豪迈,风格也是不尽相同的。

而此次,我们主要来探究作为"天若有情天亦老"这一诗句的源头的李贺的"情"以及北宋词人万俟咏引用这一诗句所想表达之"情"。

## 二、李贺之情

据朱自清的《李贺年谱》推测,《金铜仙人辞汉歌》一诗大约写于公元813年,此时虽距离唐朝灭亡尚有九十余年,但自从安史之乱爆发以后,唐王朝的统治便一蹶不振,此时的社会更是动荡不安。唐宪宗虽号称为"中兴之主",但实际上他在位期间,国家并不安定。藩镇叛乱不断,西北边陲屡起战火,国土被侵占,国家千疮百孔,所见之处满目疮痍,人民生活无所依傍。诗人那"唐诸王孙"的贵族之家也早已没落衰微。面对这样残酷的事实,诗人急切地想要建功立业,振兴国威,同时恢复家族的荣耀和地位。但是没有想到进京以后,报国无门,四处碰壁,最后不得不含愤离开。这首诗便是在李贺因病辞去奉礼郎职务,由京赴洛途中所作。

在此诗中,李贺所说的"情"大概可分为三层。

第一层是通过金铜仙人来表达的。"金铜仙人"是汉武帝为了长生不老、炼丹求仙而造的。魏明帝在公元237年命人迁徙铜人,将它搬离长安。首四句便是借铜人的视角来感叹时移事迁,世事无常。中四句则用拟人化手法来写金铜仙人离开汉宫时心情之沉重,国家衰亡带来的痛和被迫离开故土的悲跃然纸上。尤其是"酸""射"两字,把主观的情感和客观的外在事物完全融合在一起,含义丰富,回味无穷。而末四句写的是出城后途中的情景。熟悉的事物皆已远离,离开已成为不可改变的事实。在这里,诗人实则是借"金铜仙人"对于离开长安的不舍来表达自己被迫离开长安的无奈和悲痛。才华还未施展,理想还未实现,就要与此地告别了。

第二层"情"是对国家的担忧之情。铜人乃是汉武帝所铸,而此时运其离开的是魏国的统治者,汉王朝已不复存在。国家的改朝换代是导致金铜仙人被迫离开的一个直接原因。而此时的唐朝,统治者昏庸奢靡,朝中无真正有才之人,宦官当道,整个国家摇摇欲坠,李贺面对这样的国家却无法展示自己的才华,并且还要被迫离开。对此他怎能不担忧?

第三层则直指当朝的统治者。"金铜仙人"是汉武帝求仙求永生的产物,而当时的统治者亦是求仙问药,幻想着长生不老。在此,诗人是通过写汉武帝的史实巧妙而又含蓄地对当朝统治者的荒唐行径进行了批判。

由此,李贺发出了"天若有情天亦老"的感慨。

### 三、万俟咏之情

万俟咏乃是北宋末南宋初的一位词人。他每出一词,第二天便盛传都下,为人们所传唱。在《忆秦娥·别情》一词中,词人与其他引用"天若有情天亦老"的词都不同,他所要表现的不是宏大的人生悲叹,也不是家国之忧,而是情人间的离别之苦。

万俟咏在表达这种感情时的表现手法也极为独特。他没有刻意去渲染情人分别时难分难舍的哀伤,也没有如柳永一样写下"执手相看泪眼,竟无语凝噎"这样的情人间相对哭泣的场景,而是通过在延绵千里的春草旁久久伫立、默默凝望的形象,将深深的依恋之情、沉痛的离别之情表现了出来。此时的无声与平静,更显情思的悠远与绵长。下阕则借用了李贺的"天若有情天亦老"来承上启下,打破上文的含蓄表达,准备直抒胸臆,但是这感情想说却又不知如何来说才能真切地表达出来。辗转难眠,好不容易暂时摆脱了别情的困扰,朦朦胧胧将要入梦,但是天已破晓,一声鸡鸣将人惊醒,离情又涌上心头。词人以无声眺望开篇,以一声鸡啼作结,而这声鸡鸣也是全词唯一的声音,不仅唤醒了词中所写之人,也将读者从词中唤醒,让人有如梦初醒之感。

在这首词中,词人还运用了反复的手法,"遥山小"与"说不了"分别出现了两次,以句式结构的延长,表现了情思之绵长,读来更能打动人心。

综上所述,我们可知即使是同一诗句,在不同的作品中,随着作者想要表达的主题的不同,所展现出来的情感也是截然不同的。我们在品读诗词作品的时候,要从作者的生平、朝代以及写作背景等出发,来细细品读,来体味蕴含于其中的作者的真心。

## 玩味诗词

1. 你认为在《忆秦娥·别情》一词中,"此情说便说不了"一句改为直接描写词中所写之人滔滔不绝地表达自己的情思好吗?为什么?

2. 《金铜仙人辞汉歌》中,李贺直呼一代帝王汉武帝为"刘郎",这表现了李贺什么样的性格和精神?

3. 在上文中所提到直接引用"天若有情天亦老"一句的诗词中,你最喜欢哪一首?请说明理由。

(谢丽虹)

## 第二十四讲　不知筋力衰多少

> 引言

清代陈廷焯在《白雨斋词话》中评价《鹧鸪天·鹅湖归病起作》云:"余所爱者,如'红莲相倚浑如醉,白鸟无言定自愁。'又,'不知筋力衰多少,但觉新来懒上楼。'……之类,信笔写去,格调自苍劲,意味自沉厚,不必剑拔弩张,洞穿已过七札,斯为绝技。"稼轩词的两大特色——巧妙用典与创新点化,尽在这首《鹧鸪天》之中。

### 鹧鸪天·鹅湖归病起作
**【南宋】辛弃疾**

枕簟溪堂冷欲秋,断云依水晚来收。红莲相倚浑如醉,白鸟无言定自愁。

书咄咄,且休休,一丘一壑也风流。不知筋力衰多少,但觉新来懒上楼。

> 注释

枕簟溪堂:铺着休养用的枕头和凉席的水边屋子。簟,竹席。

断云:片断的云烟。

浑:简直,几乎。

书咄(duō)咄:表示失意和不平的感叹。东晋殷浩被废职后,心中愤愤不平,终日用手指在空中划"咄咄怪事"四字。书,写。咄咄,表示惊怪的意思。

且休休:暂且去寻求美好的退隐生活。唐末司空图隐居山西中条山王官谷,建造了一座"休休亭",并作《休休亭记》,其中说:"休,美也。既休而美具。"

### 秋日书怀寄白宾客
**【唐】刘禹锡**

州远雄无益,年高健亦衰。

兴情逢酒在,筋力上楼知。

蝉噪芳意尽,雁来愁望时。

商山紫芝客,应不向秋悲。

## 第二十四讲　不知筋力衰多少

▶ 注释

白宾客：即白居易，因任太子宾客，故称。
商山紫芝客：指秦末汉初著名的四位隐士"商山四皓"。

### 穿越诗空

**一、"筋力上楼知"，悲愁从何解？**

稼轩《鹧鸪天·鹅湖归病起作》一词对刘禹锡的《秋日书怀寄白宾客》进行了点化，欲知点化之妙，须得了解点化出处的全诗情致。

"诗缘情"，意欲解诗，了解诗人之情也是不可或缺的一步。刘禹锡与柳宗元曾是故交，又一同在永贞年间参与了王叔文的革新运动，在朝堂之上掀起了一股改革热潮。但是由于改革触犯了藩镇、宦官和大官僚们的利益，在保守势力的联合反扑下，这场改革很快宣告失败。为首的王叔文、王伾均被贬不久而死，刘禹锡等人也遭到了贬谪，其中刘禹锡先被贬为边远州的刺史，随后又贬为边远州的司马，同时贬为边远州司马的共八人，史称"八司马"，这就是历史上的"二王八司马事件"。后来刘禹锡几经迁官，又先后担任过连州刺史、夔州刺史，晚年任太子宾客，后世称"刘宾客"。

从"秋日书怀寄白宾客"这一题目说起，"秋日书怀"表明此为秋日状景抒怀之作，诗歌真情流露，情意拳拳。

诗人此时深陷被贬谪的苦闷之中，于是开篇便直抒胸臆——"州远雄无益，年高健亦衰"。此处的"州"实际上泛指梦得所贬谪就职之处，这些"州"在当时都是远离朝廷的"蛮荒之地"，物资匮乏，治安混乱，民众顽冥不化，在这样的地方如何能够实现自己的人生抱负呢？因此说"雄无益"，即使有平天下的雄心也无济于事。壮志难酬已令人唏嘘，另外"年高健亦衰"，此时的自己年事已高，身体的状况亦一天不如一天，精力大大衰退。一个满腹哀愁、年老力竭的老翁形象跃然纸上。

在这郁闷之时是否有值得高兴的事呢？"兴情逢酒在"，还好酒可以给予梦得一丝慰藉，与美酒相逢便有了欢畅的兴致。然而酒带来的欢乐是短暂的，"筋力上楼知"，开始爬楼梯才想起来自己的精力已经大不如前，剩下的这点精力仿佛警报，时刻提醒着梦得他的力不从心。年老体衰的事实如同一记闷棍打来，将一时的欢愉驱逐殆尽,一趟楼梯便知自己仍旧身处苦难之中。这暂时忘却又重新袭来的无力感,或许在梦得的生活中已经循环往复不知多少次了,愁怨无限延伸。

缓缓,慢慢,徐徐,梦得终于爬上了高楼,举目远眺,秋景尽收眼底——"蝉噪芳意尽,雁来愁望时"。聒噪的蝉声响个不停,噪声喧天,这是秋从听觉上发来的萧索的讯息。在蝉声的催促之下,芳华也尽数凋零,晴空中南飞的大雁划过,这是秋从视觉上传达的悲凉的感受。花落代表着青春不再,雁过代表着时光流逝,种种秋景都勾兑起了无限的哀愁。联系首联和颔联的内容,快乐是如此的稀少,而愁怨却纠缠不休,如何摆脱这般困顿与无力?或许只有向那些隐士们学习了吧——"商山紫芝客,应不向秋悲"。"商山紫芝客"指的就是大名鼎鼎的"商山四皓"。传说秦代四位高人为避秦始皇暴政而隐居商山,汉高祖晚年,四位老人受张良邀请前往长安,扶助太子刘盈,使其免于被废,这就是"商山四皓"。又传说他们作《紫芝曲》,所以刘禹锡把他们称为"紫芝客"。商山四皓在年老体衰之时尚且能够得到伯乐赏识,梦得以此告诫自己没有必要为这秋景,为自己暂时的处境而自怨自艾,委婉地表达了自己虽然年老体弱但是仍旧在等待为君效力、报效国家的豪迈之情。回顾"筋力上楼知",这一句或许不尽是悲伤,也许梦得身体上的精力与壮年时已经不可同日而语,但是报效祖国的决心和热情有增无减,只有在找到展示自己的舞台之时,才能知道"精力"足与不足。诗歌开阔疏朗、高扬向上,不愧为"诗豪"。

## 二、断云依水收,红莲白鸟愁

同样是望秋抒怀,稼轩词中的所见所感则大有不同。此词作于稼轩被贬谪之时,适逢稼轩身体抱恙,便在鹅湖修养。一日起身时有感,于是作成此词,故开篇从切身的体感写起——"枕簟溪堂冷欲秋",垫在脑后的枕头,睡在身下的竹席向本就极度敏感的病体传来凉意,临溪的堂舍里凉风盘旋,亦增添了寒冷之感,方知秋凉即将来临。景"凉"、体"凉"牵动着挤压在心底的愁思,将心绪中的凉意悉数外射。

起身后,稼轩移步溪堂之外,放眼鹅湖,映入眼帘的是"断云依水晚来收"。词人的笔触从大处落笔,细碎错落的烟云低沉,亲吻着平静清澈的湖面,云水相接,在落日的余晖中湖天一线的景象渐渐模糊,渐渐消失,黑夜侵袭了响晴的苍穹。这一句描绘了一幅苍茫无限的画卷,营造了一种无边和广阔的意境。但是仔细品读,却可以在这苍茫开阔中读出怅惘。"断云"写的是漂浮在湖面上的烟云,但一个"断"字让原本飘逸的云烟变得沉重起来,这些云不是紧紧相连的,它们是片段状的,孤独地飘浮在空中,如同稼轩一人独自漂泊异乡一样。而"断云"又要经历黑夜的侵袭,正如稼轩孤身一人在黑暗的政治漩涡中浮沉与颠簸。惆怅之境浑然天成。

稼轩将眼光收回,聚焦在近处之景上——"红莲相倚浑如醉,白鸟无言定自愁"。鹅湖中的红莲互相依偎,宛若喝醉了酒的美人;堤岸上的白鸟静静地兀立着,一定是在发愁吧。红莲为何而醉?与其说是红莲像迷醉发红的脸颊,倒不如说是词人的心醉。与其说鸟"愁"是因为白鸟如白发生,倒不如说是稼轩的心声。"醉"不是因为"红莲""白鸟"的境界之美,而是因为眼前的美景亦无法排遣的"愁"。此两句营造了清冷、孤独又凄美的意境,是绝妙的情景交融之句,在明丽的画面中,透露出难以掩饰的忧伤。

### 三、丘壑也风流,"筋力衰多少"

词作上阕绘景状物,描绘了恬静平淡的鹅湖风光,透露出满腹愁绪,为下阕做了极佳的渲染与铺垫。词至下阕,连用了三个典故来剖诉心曲。

"书咄咄"的典故出自《世说新语·黜免》:"殷中军被废,在信安,终日恒书空作字。扬州吏民寻义逐之,窃视,唯作'咄咄怪事'四字而已。"主人公殷浩受到罢黜,无所适从的他只能以通过在空中比划写字来抒发情感,其中寄托了无法言喻的苦楚与失意。

"休休"的典故则出自《新唐书·卓行传》中司空图的事迹。司空图上书禀明自己的退隐之心,文中写道:"作亭观素室,……名亭曰休休,作文以见志,曰:'休,美也。'"司空图期待远离官场,切近自然,便在自己的祖田上建造了一座名曰"休休"的亭子。此外他又在自己的作品《耐辱居士歌》中写道:"咄咄!休休休!莫莫莫!伎俩虽多性情恶,赖是长教闲处著。休休休!莫莫莫!一局棋,一炉药,天意时情可料度。"表明自己对官场的不适应与极度厌倦,期待能够过上一种简单的生活。稼轩说"书咄咄,且休休",一个"且"字尽显其态度:殷浩般的自我封闭不可取,那就暂且像司空图一样寄情田园,享受闲云野鹤的生活吧。

"一丘一壑"用了谢鲲的典故。《世说新语·品藻》:"明帝问谢鲲:'君自谓何如庾亮?'答曰:'端委庙堂,使百僚准则,臣不如亮;一丘一壑,自谓过之。'"明帝让谢鲲谈谈他与庾亮的高下,谢鲲认为庾亮能够在官场上如鱼得水,而自己则在丘壑之间才能舒适自然。谢鲲实则表明了自己归隐山林的心迹。稼轩再用一典,仿佛是在重申自己的归隐之志,然而细读此句,这更像是稼轩在强行说服自己去接受并享受这样的隐居生活。这并非他心中真正所求,无论是退是进,他始终渴望着精忠报国,收复北方。连用三个典故表达了稼轩故作旷达的悲愤,这比直抒胸臆的情感更加饱满热烈。意思曲折,气势连贯,抒发了对统治集团迫害爱国志士的愤怒以及对仕途失望又无可奈何的心情。

兀自悲愤似乎也无济于事,那就起身登高来为自己寻求解脱吧——"不知筋力衰多少,但觉新来懒上楼"。久卧病榻的稼轩,不仅体弱身重,竟然精气神也衰弱成这样。曾经在战场上冲锋陷阵、威震四方的模样仍然历历在目,但是现在却连登楼都打不起精神。难怪俞陛云在《唐五代两宋词选释》中解道:"人之由壮而衰,积渐初不自觉,迨懒上高楼,始知老之将至,如一叶落而知秋至矣。"由此流露出"烈士暮年"无用武之地,"壮心不已"竟成蹉跎的悲愤和凄怆。此句本是化用了刘禹锡的诗句,但是刘诗的悲愤更多是指向自己的,他恨自己没有施展抱负的机会;而稼轩词的悲愤指向的是国家,他还没有收复北方、为国建功,就被排挤,一身能耐无法施展,其"英雄江左老"的忧愤令人为之动容,为之扼腕。全词意象清丽,色彩鲜明,涵义隽永,精妙至极。

## 玩味诗词

1. 《秋日书怀寄白宾客》中的"商山紫芝客,应不向秋悲"二句,表达了诗人什么样的情感?

2. 试分析俞陛云对《鹧鸪天·鹅湖归病起作》的评价:"'红莲''白鸟',风物本佳,而自倦眼观之,觉花鸟皆逊前神采。"

3. 稼轩"不知筋力衰多少,但觉新来懒上楼"点化刘诗,试分析创新在何处。

(谢 宇)

# 第二十五讲　玉簪螺髻见悲愁

> 引言

清代李佳《左庵词话》评价稼轩词《水龙吟》："词不徒作,岂仅批风咏月!"稼轩词中见男儿血气方刚、慷慨豪放,确为"词家别调"。

## 水龙吟·登建康赏心亭
### 【南宋】辛弃疾

楚天千里清秋,水随天去秋无际。遥岑远目,献愁供恨,玉簪螺髻。落日楼头,断鸿声里,江南游子。把吴钩看了,栏杆拍遍,无人会、登临意。

休说鲈鱼堪脍,尽西风、季鹰归未?求田问舍,怕应羞见,刘郎才气。可惜流年,忧愁风雨,树犹如此!倩何人唤取,红巾翠袖,揾英雄泪!

> 注释

楚天:泛指江南的天空。长江中下游地区在战国时基本属于楚国,故称楚。

遥岑:远山。

远目:纵目远望。

玉簪螺髻:谓山如美人头上的碧玉簪和螺形发髻。

断鸿:失群的孤雁。

吴钩:春秋时期吴国制造的一种兵器,似剑而曲。这里借指腰间佩剑。

会:领会,理解。

"休说"二句:西晋时张翰离乡任官,见秋风起而思念家乡吴地的菰菜、莼羹、鲈鱼脍,于是辞官回乡。尽,尽管。季鹰,张翰,字季鹰。

"求田"三句:东汉末年,许汜拜访陈登,陈登对他非常无礼。刘备告诉许汜,天下大乱之际,许汜却"求田问舍,言无可采",正是陈登与刘备所轻视的。刘郎,指刘备。

树犹如此:东晋大将桓温北征路过金城,看到自己早年所种的柳树已有十围粗,感叹说"木犹如此,人何以堪!"于是攀枝折条,流下眼泪。

倩:请,请求。

红巾翠袖：代指美女。

揾（wèn）：擦去，揩掉。

## 送桂州严大夫

【唐】韩愈

苍苍森八桂，兹地在湘南。
江作青罗带，山如碧玉篸。
户多输翠羽，家自种黄甘。
远胜登仙去，飞鸾不假骖。

> 注释

桂州严大夫：即严谟，是年四月出任桂州（治所在今桂林市）观察使。

森：茂盛。

八桂：此指桂州。神话中月宫有八株桂树。桂州因产桂而得名，所以"八桂"就成了它的别称。

篸：同"簪"。

翠羽：指翡翠鸟的羽毛。

飞鸾：仙人所乘的神鸟。

## 穿越诗空

### 一、玉簪螺髻胜景在

欲知诗歌的题材和内容，细读标题是一大妙计。韩愈的《送桂州严大夫》，从诗题看即可以明确这是一首送别诗，诗题亦点明了送别对象及其前往的目的地。韩愈的这首送别诗十分别致，全诗皆是对桂州优美景致的描述，不着任何一个明显的系情之词；写景亦只从大处落笔，不事雕饰；行文起承转合分明，诗句悉如文句。

诗歌首联就开门见山地直接对桂州景致进行了描绘，诗题中的"桂州"和首联中的"八桂""湘南"指的都是现在的桂林。桂林缘何得名呢？因为该地桂树成林，便被称呼为"桂林"。"苍苍森八桂"，"苍苍"和"森"都是茂盛的意思，两个同义词连用,极言桂树的枝繁叶茂;"八桂"即桂树成林,突出桂树之多,神话中月宫中也有八棵桂花树,这一描述既贴切又新颖,同时也渲染了此地的异域风情、神仙景致。"兹地在湘南"是在客观描述桂州的所在之处,特意强调它在湘水之南。在古人看来湘水本就是偏远之处,而此地还在湘水的更南边,极言此地的偏僻。正是由于此地风情别样与路途迢迢,在退之的眼中便充满了神秘色彩和吸引力,令人遐想无限。

"江作青罗带,山如碧玉簪",这两句写出了桂林极美的山水风光,是脍炙人口的佳句。澄澈的漓江蜿蜒曲折,江水缓缓流淌,如同一条飘逸翠绿的衣带环绕在仙女的身畔;参差林立的山峰形态各异,如同各式各样的精致玉簪。桂林之山不似华山、峨眉般雄伟深沉,而以秀丽别致闻名于天下,退之以女性装饰品来喻指桂林山水,神形兼备,妙不可言。

诗的颔联描述的是"甲天下"的桂林山水,颈联描述的则是当地的特殊物产——"户多输翠羽,家自种黄甘"。这二句各以"户""家"起句,是同义复词拆用,强调户户家家之意。每一户人家都以翠鸟的羽毛为赋税上缴朝廷,每一户人家都种黄柑。"翠羽""黄甘"意在强调此地的物产珍稀奇异,平添了读者对此地的向往之情。

诗歌的前三联,退之从茂密的桂树林、秀丽的桂林山水和奇特的桂林物产入手,极力渲染了此地的美好,尾联"远胜登仙去,飞鸾不假骖"则是不加修饰地表达了对友人前去此地的艳羡之情——此行虽不是乘坐神鸟飞升成仙,但前去桂州远比成仙更为快活。言下之意,桂州就是天上人间,韩愈以此诗表达了对友人深切的艳羡与美好的祝福。


**二、吴钩弃置愤难平**

韩诗中的"山如碧玉簪"勾起了诗人无穷的向往之情,而稼轩词中的"玉簪螺髻"却掀起了词人心底的家仇国恨。

整首词作以"登建康赏心亭"的题目领起,稼轩此时正在南京。朝廷偏安一隅,稼轩登上赏心亭,或许并不是为了赏景,而是在诉说悲愁与愤懑。

词上阕的前两句做到了完美的承题:"楚天千里清秋,水随天去秋无际"。这是稼轩登上赏心亭后所见之景。江南的天空广阔无际,晴朗高远,江南的大地秋色遍野；江流朝着天边涌去，水天相接处不见尽头。苍茫的天宇，奔流的大江，满眼的秋色，气势浩大，笔力遒劲。一派开阔的胜景，为诗人的意气激昂做了情感的铺垫。

在辽阔的天水之间是形态各异的远山——"玉簪螺髻"。极目远眺，映入眼帘的层层叠叠的山峰，有的像佳人头上插着的玉簪，有的像美人头上的螺旋状发髻，可谓尽态极妍，美不胜收。这一句的出处是韩退之《送桂州严大夫》的"山如碧玉篸"，原句中艳羡与向往之情溢于言表。但是此番美景却"献愁供恨"，勾起了稼轩无穷的悲愁与怨恨，一反人之常情。这便是典型的乐景衬悲情，心中怀怨，见此美景，心中愁闷却丝毫不减。那么"愁"与"恨"从何而来？稼轩自金国起义南归之后，便屡屡上奏请求抗击金国，但南宋政府偏安一隅，始终不愿出兵抗金。遥望祖国北方失陷的大好江河，江山半壁，再看朝廷的不思进取，岂是"愁""恨"二字能说得尽的！

上阕的前五句，从大处的天、水等自然之景写起，进而用情景交融的手法描绘群山，由景入情，情感也逐渐浓烈。

"落日楼头，断鸿声里，江南游子。"写景依旧，但是表现手法却与之前的状景不尽相同，一语双关，比兴甚妙。独临赏心亭，见落日低垂至楼头，无精打采，仿佛大势已去，暗指了南宋王朝的国力衰微；落日中失群的大雁在空中缓缓飞过，发出了悲哀的鸣叫，喻指自己此时的怅惘与无力；"江南游子"则是明确的自称，稼轩南归，本以为是回了家，有了依靠，哪想朝廷苟且偷安，对待收复失地之事绝口不提，反而排挤主张北伐的自己，即使身处"江南"亦觉得自己是异乡人，如同浮云般无所依托，无所依靠，成了"游子"。这三句表达了稼轩对国势的哀叹，对自己孤苦无依的不值，将情感更加推进了一层。

"把吴钩看了，栏杆拍遍，无人会、登临意"三句则直抒胸臆，积累的满腔愁愤倾泻而出。"看""拍"两个动词极富表现力。"吴钩"乃是上阵杀敌的武器，而此时竟只能拿来"看"，只将吴钩作为闲来把玩之物，实在是暴殄天物，其中暗藏了稼轩的怨怼——本是上阵杀敌之人，却被南宋朝廷如玩物般弃置一旁，英雄无用武之处的苦闷被写得十分动人。"栏杆拍遍"用了刘孟节之典，其人曾书："读书误我四十年，几回醉把栏杆拍。""拍"字写出了稼轩满腹的苦闷无从发泄，只能将其发泄在栏杆上，其心中的焦灼、急切与悲愤如在眼前。即便稼轩再焦躁不堪，但仍旧是"无人会、登临意"。难道真的无人能领会吗？恐怕更多的是只求苟安的朝廷中人不想领会和懒得领会。永远也不要奢求叫醒装睡的人，此时的南宋王朝便是如此。

### 三、壮志成灰英雄泪

词作的上阕从纯粹的写景过渡到情景交融，最后直抒胸臆，有层次地表现了稼轩情感的推进过程，由哀愁到怨怼到愤恨，情感逐渐强烈外放。下阕则在这高涨的情绪之中，表明了自己的心迹。

"休说鲈鱼堪脍，尽西风、季鹰归未"二句用了西晋张翰的典故。根据《晋书》《世说新语》的记载，张翰在做官的时候因为想到鲈鱼等家乡美食，勾起了浓厚的归乡思绪，于是便辞官回乡了。季鹰就是张翰的字。稼轩在此处反用张翰的典故，"尽西风"，尽管又到了起秋风的时候了，"季鹰归未"，季鹰却迟迟没有归来。词中的季鹰并不是真的季鹰，而是稼轩自比，真正的季鹰回到了自己的家乡，可是"我"这个季鹰却怎么也回不去。稼轩的家乡此时正在金人的铁骑下饱受蹂躏，让自己有家难归。这两句表达了稼轩的对金人的仇恨、对南宋朝廷的谴责和对自己家乡的想念。

"求田问舍，怕应羞见，刘郎才气"三句则用了许汜的典故。许汜在国家存亡之际不求为国效力，而是回乡置地买房，中饱私囊，此番小人之举实在为心怀天下苍生的刘备所不耻。借此典故，稼轩想表达的是自己虽然想念故乡，但是绝不会像许汜和上文的季鹰一样放弃建功立业的志向而归乡，言下之意就是要为祖国收复失地了之后，才能安心返乡。家国兴盛之时，方为归家之日，气魄豪迈，意志坚定，情感真挚。

"可惜流年，忧愁风雨，树犹如此！"此为下阕的第三处用典。《世说新语·言语》："桓公北征经金城，见前为琅邪时种柳，皆已十围，慨然曰：'木犹如此，人何以堪！'攀枝执条，泫然流泪。"借桓温之典表明稼轩深沉的悲愁：国势飘摇，光阴似箭，然而北定中原仍然遥遥无期，曾经的盖世气力亦日益衰退，恐怕等不到为国效力之时便要含恨而终了。情绪饱满炽烈，到达了全词的高潮。

稼轩之情由哀愁到怨怼，由怨怼到愤恨，由愤恨到担忧，层层深化，催人泪下，稼轩亦在此淌下了"英雄泪"。可是谁来拭去"英雄泪"呢？竟是"红巾翠袖"。

讽刺意味无限。"红巾翠袖"是歌妓的贴身之物,这里用来代指舞榭歌台中的莺莺燕燕。本应在战场上冲锋陷阵,以一敌百的英雄,此时却身处酒肆,醉生梦死,这几句写得极富艺术张力。稼轩的壮志难酬、无人相知,令人为之扼腕。

### 玩味诗词

1. 试从修辞的角度体会"江作青罗带,山如碧玉簪"描绘的桂林山水之美。

2. 从炼字的角度试分析"把吴钩看了,栏杆拍遍"中"看"和"拍"的表达效果。

3. "休说鲈鱼堪脍,尽西风、季鹰归未?"二句用了西晋张翰的典故,分析其用典之妙。

(谢 宇)

# 第二十六讲　且谈"商女"意象的发展

> 引言

　　苏轼称王安石的《桂枝香·金陵怀古》在《桂枝香》词调中为绝唱,发出"此老乃野狐精也"的感叹,而杜牧的《泊秦淮》则被大多数人誉为唐人七绝压卷之作。且看两者如何发展"商女"内涵。

## 桂枝香·金陵怀古
### 【北宋】王安石

　　登临送目,正故国晚秋,天气初肃。千里澄江似练,翠峰如簇。归帆去棹残阳里,背西风,酒旗斜矗。彩舟云淡,星河鹭起,画图难足。

　　念往昔,繁华竞逐,叹门外楼头,悲恨相续。千古凭高对此,漫嗟荣辱。六朝旧事随流水,但寒烟衰草凝绿。至今商女,时时犹唱,后庭遗曲。

> 注释

送目:注视。
故国:此指金陵,今江苏南京。
肃:肃杀。形容秋高气爽。
棹(zhào):船桨。
星河:银河。此比喻长江。
门外楼头:唐杜牧《台城曲》:"门外韩擒虎,楼头张丽华。"这里借隋灭陈,泛指六朝的终结。
悲恨相续:指六朝各朝代相继覆亡。
六朝:指三国吴、东晋、宋、齐、梁、陈。
后庭遗曲:陈后主作《玉树后庭花》曲,其词靡丽哀怨,后人称之为"亡国之音"。

## 泊秦淮
### 【唐】杜牧

　　烟笼寒水月笼沙,夜泊秦淮近酒家。
　　商女不知亡国恨,隔江犹唱后庭花。

## 穿越诗空

### 一、"商女"意象的内涵

谈及"商女"意象的内涵,最初有三种说法:一说是"歌女",一说是"商贾之女",一说是"商人妇"。尽管对于"商女"有这样三种解释,但是经过传承流变,"商女"的内涵逐渐走向统一,指向"歌女"这一概念。而将这一概念内涵确定且使之成为共识的,是杜牧在《泊秦淮》中运用的"歌女"内涵,而"一洗五代旧习"的《桂枝香》因袭了这一内涵,使得这一内涵越来越明确并进一步走向约定俗成的意思。

歌女为何被称为"商女"呢?古人认为五音的宫商角徵羽中,商音最为凄厉,与秋日的肃杀之气相对应,而以商调为主音的音乐、歌曲被称为商歌。正是由于商音哀怨感人的曲调感染力,演奏商音的歌妓、女伶多称"商女"。

歌女们当时的社会地位非常之低,无论是宫妓或是坊间艺妓,她们依附于他人,可供召唤,可用于馆内设宴娱宾并陪宿,不具有独立的人格,她们更像是一件可供买卖、转赠、交换的物品。这种近于玩物的属性无疑将商女的社会地位边缘化了。处于社会底层的商女们,她们悲惨的人生底色无疑与商音的悲凄是暗合的,故称之为"商女"。"商女"意象中包含的悲凄哀婉,又在《泊秦淮》与《桂枝香》中升华到了亡国的忧虑与慨叹。

### 二、《泊秦淮》品析

杜牧的《泊秦淮》以描摹景物开篇。"烟笼寒水月笼沙",诗人不惧用词重复连用两个"笼",将烟、水、月、沙等物串联起来,四者本就都带有模糊的特质,而"笼"描绘的又是物与物之间相融的状态,即刻就营造出了氤氲朦胧的意境。一切景语皆情语,由景及情,则可捕捉到诗人此时内心的迷茫与怅惘。开篇状景也为整篇诗作涂上了伤感的底色。诗人为何迷惘?与他的身世和当时的国情密不可分。杜牧乃名门望族之后,家族曾盛极一时,但随着祖父与父亲的逝去,经济状况大不如前,八年时间,几次迁移,居无定所,昔日的贵胄子弟沦为寒士,无疑增添了其悲愁的心性。适逢晚唐,他与当时的奢靡之风、投机之商、宦官之权格格不入,抱负难以施展,只能在游冶中自我纾解,然迷茫之情仍萦绕心头。

诗人在此情此景的笼罩之下,"夜泊秦淮近酒家"。该句为叙事,交代了他在敏感的夜晚身处金陵秦淮河上,想要靠岸寄宿于酒家。然而正当此时却听闻江对岸的歌女唱起了《玉树后庭花》。此曲入耳,挑动了杜牧敏感的神经,让他难以自抑地发出感慨:"商女不知亡国恨,隔江犹唱后庭花"。南朝陈后主沉溺于声色,作《玉树后庭花》,与后宫寻欢作乐,终致亡国,所以后世称此曲为"亡国之音"。表面上看,仿佛杜牧是在指责商女的无知与浅薄,实际上他是在抨击商女的服务对象,即那些达官显贵,他们耽溺于声色犬马、靡靡之音中,自我麻痹,自我陶醉。这样的指责中包含着诗人的痛心疾首,六朝灭亡的前车之鉴仍历历在目,"后人哀之而不鉴之"的事实也在重演,杜牧的忧患之情一时涌上心头,难以自平。

## 三、《桂枝香·金陵怀古》品析

王安石的《桂枝香·金陵怀古》与《泊秦淮》一样,也以状景起调。"登临送目,正故国晚秋,天气初肃",开篇点明了作词时的特殊环境。深秋时节,肃气袭人,词人登临高地,极目远眺。所见之物为何?"千里澄江似练,翠峰如簇"。漫无边际的清澈江水如同洁白的丝绢铺展在人的眼前,与银光闪耀的江同在的还有如箭矢一般的碧青高峰,"簇"写出了山峰的高耸挺拔、密集苍劲,同时又富有动态之感。柔的江、刚的峰,静的水、动的山,和谐共生,广阔高远的澄江翠峰图即刻呈现在人们的眼前。

而后词人聚焦江面上的景观,望见了"归帆去棹残阳里"。这里的"帆"和"棹"都是以部分代整体的写法,运用了比较精致的修辞,代指远行的船只。又用"归"和"去"进行修饰,将船只置于斜阳之下,描绘出了一种奔波漂泊的人生况景。紧接着又描绘了另一幅截然不同的景象:"背西风,酒旗斜矗"。"酒旗"是酒家悬挂在门口招徕客人的标识,看到酒旗意味着找到了一个休闲的去处,况且它是迎着风斜斜地插着的,更是展现了人生闲逸的一面。澄江既包含漂泊又包含闲逸,意境宏大且壮阔。

词人的视觉随着江流延伸,看见了"彩舟云淡,星河鹭起"。"彩舟"是船的美称,远行的船只于天水相连处在浮云中游驰。"星河"是长江的美称,白鹭在江边扑打着洁白的双翅。作的上阕词人以"画图难足"作结,强调金陵山河之美是无法用笔触描绘的,留给读者无穷无尽的想象空间。

词人这般极力描绘金陵山河之美必然有话要讲。词作的下阕笔锋一转,将此情此景用"念往昔"拉到过往在此地发生的种种。"繁华竞逐,叹门外楼头,悲恨相续。"这儿曾是一片纸醉金迷、淫逸之风盛行的国度。韩擒虎兵临金陵朱雀门下,陈后主仍旧沉醉于与他的宠妃在结绮阁上寻欢作乐。最终陈后主被俘,也就昭示着六朝的倾覆,亡国的悲情愁绪延绵至今。"千古凭高对此,漫嗟荣辱"道明,尽管长久以来登高远望都会让人缅怀过去,慨叹六朝亡国之悲,但又有何用呢?

词人又从过去的慨叹中跳脱出来,立足于现在:"六朝旧事随流水,但寒烟衰草凝绿。"六朝的悲剧随着时光流逝逐渐淡去,只剩下眼前衰败的景象。尽管悲剧已逝,但是"至今商女,时时犹唱,后庭遗曲",这般亡国之音仍不绝于耳。六朝已逝,但是否还有第二个六朝在等待着万劫不复的结局呢?王安石由历史出发,关照现实情景,不禁感怀身世家国之思,悲愤激烈溢于言表,犀利地讽刺了北宋统治阶级苟且偷安的生活和当时萎靡的社会风气。作者通过怀古进而讽今,赋予该词极大的现实意义。

### 四、同中见异

通过上述的品析,我们可以看到两首作品之间有很多相似之处。它们均以状景开篇,继而转入对六朝覆灭的慨叹,进而指向对现实的忧虑。且两者对现实的忧虑都是通过商女吟唱《玉树后庭花》这一意象来表现的。

但两者亦有很多各具特色的不同之处。王词的状景用语精炼,结构严密,意境壮阔,类似工笔画;而杜诗的状景则是意象的罗列与组合,更像是水墨画。王词的上下阕之间形成了极大的情感反差,穷尽褒扬之词赞美金陵胜景并非词人本意,而是为了与下阕词人怀古的沉重形成强烈的对比,全词极具张力;杜诗的情感则并没有如此强烈的正反对比,而是在已有的怅惘之思中,进一步升华情感,上升到家国之思。

虽然两首诗都涉及了商女吟唱《后庭花》,且表达的忧患之情也是一致的,然而细细品味,我们就可以发现王词在杜诗的基础上有所发展。杜诗写商女唱亡国之音,是在特定情况下所见所闻的实景,他因而触景生情并借此来表达自己忧国忧民的思绪,对当权者的骄奢淫逸进行了抨击,但是他的忧思表达是含蓄的,矛头并没有直指统治者,而是指向了"商女",这与他"人微言轻"的政治地位有关。而王词中援引的商女犹唱《后庭花》是虚景,含有深沉的抒情意味。王词的下阕怀古讽今,慨叹了当权者对前车之鉴熟视无睹,进而不禁点化了杜牧的"商女不知亡国恨,隔江犹唱后庭花",在前人发人警醒的句子的基础之上,抒发了对祖国河山深沉的爱和对宋王朝命运深切的担忧,表达了作者关注国家命运的政治家情怀。王安石的表达是直接的,没有像杜牧一样用"指桑骂槐"的方式,这与他高贵的政治地位亦是有关的。

这两首作品以巨大的影响力,打破了"商女"三足鼎立的内涵意义,强化"商女即歌女"的内涵,并在此基础附上《后庭花》被称为亡国之音的历史典故,使两者紧紧联系在一起,发展出寄托家国之思、警醒当世的内涵。

### 玩味诗词

1. 试从情景关系出发,赏析《泊秦淮》中的"烟笼寒水月笼沙"。
2. 结合具体词句,分析王安石《桂枝香·金陵怀古》中的表现手法。
3. 王安石的《桂枝香·金陵怀古》和杜牧的《泊秦淮》的情感表达方式有何不同?
4. 杜牧的《泊秦淮》和王安石的《桂枝香·金陵怀古》是如何对"商女"内涵进行发展的?

(谢 宇)

# 第二十七讲　绕枝飞蝶也说愁

▶ 引言

薛瑞生教授在《东坡词编年笺证》中这样赞美苏轼的文采:"皆绝去笔墨洼径间,直造古人不到处,真可使人一唱而三叹。"苏轼就是有这样的天才和天赋,能够将前人作品中的语意未到之处展现到极致,令人称妙。

## 南乡子·重九涵辉楼呈徐君猷
### 【北宋】苏轼

霜降水痕收,浅碧鳞鳞露远洲。酒力渐消风力软,飕飕,破帽多情却恋头。
佳节若为酬,但把清尊断送秋。万事到头都是梦,休休,明日黄花蝶也愁。

▶ 注释

重九:即重阳。
鳞鳞:鲜明貌。
飕飕:风声。
破帽:《晋书·孟嘉传》载,桓温于九月九日宴群僚于龙山,孟嘉所戴帽为风吹落而未觉,"落帽"后遂成重阳登高的典故。
"佳节"两句:唐杜牧《重九齐山登高》:"但将酩酊酬佳节,不用登临叹落晖。"若为,如何,怎样。酬,应对,对付。断送,送走,度过。
明日黄花:表达时过境迁的迟暮感。古人重阳赏菊,重阳后菊花即成过时之物。黄花,菊花。

## 十日菊
### 【唐】郑谷

节去蜂愁蝶不知,晓庭还绕折残枝。
自缘今日人心别,未必秋香一夜衰。

▶ 注释

十日:指九月初十。

第二十七讲　绕枝飞蝶也说愁

## 一、徐苏之交

欲解《南乡子·重九涵辉楼呈徐君猷》,我们很有必要先读懂词题。"重九"点明重阳佳节之时,"涵辉楼"强调词人所处之处,"呈徐君猷"说明此词是呈送给徐君猷的,词题中将词作的叙事三要素交代清楚,也为词作提供了完整的背景。

那么徐君猷何许人也?

苏轼写过一系列以"南乡子"为词牌名的词作,其中大部分都创作于苏轼被贬黄州期间。苏轼的一生都在党派斗争的夹缝中生存,顶着"罪臣"之名无奈闲置梦想。虽是代罪之身,但是苏东坡在黄州却得到了友好的对待,这是因为他遇到了当时的黄州知州徐君猷,苏东坡在写给徐君猷之弟的书信中提及:"始谪黄州,举目无亲。君猷一见,相待如骨肉,此意岂可忘哉!"徐君猷与苏轼又有哪些温情的交情呢?徐君猷为初来乍到的苏轼提供了数十亩荒地,让他开垦种植,借以改善生活。这块地当地人唤作"东坡",苏轼便自取别号为"东坡居士"。东坡之上苏轼又盖起了房子,取名为"雪堂",并在四壁都画上雪景;园子里,则遍植松、柏、竹、梅等花木。一日苏东坡向徐君猷表明心迹:"风泉两部乐,松竹三益友。"以松、竹、梅表达自己的志向,徐君猷闻言,对苏轼以"岁寒三友"自励,保持凌寒留香的高尚情操,肃然起敬,从此更留意对他的照顾了,故双方情谊愈加浓厚密切。

## 二、初秋胜景收眼底

词作的上阕从写景入手。苏轼登上涵辉楼放眼远眺,清澈的湖水已不似往日般丰盈澎湃,湖水水位在悄然之间下落,清浅的水面荡漾着如鱼鳞般细碎的波纹,随着湖水向湖心迅速收缩,露出久藏难觅的沙洲。"霜降水痕收,浅碧鳞鳞露远洲",读者眼前仿佛呈现出一幅宁静的秋日胜景,也暗合了此时霜降的天气,笔触细腻。刘禹锡曾言:"自古逢秋悲寂寥",而东坡笔下的秋日即景,却并无"悲秋"之绪。

上阕的后半段笔锋一转,落笔在词人的酒后感受上。"酒力渐消"之时正是人最易感之时,对外界的变化很是敏感,故而"软风"也令人有"飕飕"之感,本以为迎面袭来的是疏狂之风,结果面临的只是柔和的轻风。"破帽多情却恋头"一句中的"破帽"运用了孟嘉的典故,孟嘉九月九日登龙山时帽子为风吹落而不觉,后成重阳登高的典故。此时苏轼正巧也在重阳佳节登上了涵辉楼,头上戴着的帽子在"软风"的吹拂之下没有如孟嘉一般被吹落,东坡情起,便认为这是帽子对头的留恋与多情。至于为何是"破帽"呢?东坡的"帽"指的是乌纱帽,"破"并非实指,而是说自己的遭遇,东坡被朝廷排挤至黄州,担任团练副使这一虚职,然而东坡心之所向从来不是碌碌无为度过一生,如今被架空于黄州可谓苦不堪言,这一心路历程使得"帽"破。"帽"虽破,但是帽不落也给了词人些许的安慰,词人不厌恶这"帽",其实是用戏谑的手法表达自己的"小确幸"。

### 三、黄花盏酒酬佳节

词作的上阕笔触就已从写景转到了感受,经历了第一次转变。下阕又一次调转笔触,落笔在感兴抒怀之上。又到重阳佳节,霜降前后秋高气爽,满地灿烂的金菊,如何方能不辜负这难得的时刻?只能一醉方休。"佳节若为酬,但把清尊断送秋"两句,化用杜牧《重九齐山登高》诗"但将酩酊酬佳节,不用登临叹落晖"两句,杜牧的诗句中谈及"酩酊",这是一种不醉不休的喝酒方式,他说只有用大醉的方式来酬谢良辰,这样一来就无须在节日登临时为夕阳西下、为人生迟暮而感慨怨恨。可见杜牧是想用逃避来抵抗心伤,然而心伤仍在,安能平复?只能深深埋藏。

但是苏东坡却与之心态截然不同。熟悉东坡的人都知道,苏东坡好酒但是酒量却小,他庆祝佳节的方式是以"尊"饮酒,"尊"是小酒杯,仅用小小一杯清酒他就要"断送秋"。"断送"在此表示打发走,但这里的"打发"并非敷衍之意,而是酒浅情深,用珍惜之情送走这良辰美景。东坡在微醺的状态下,看着周围的美景,即使心中也有无尽愁绪,东坡仍然可以在清醒的状态之下去享受当下的美好,以赋词饮酒来消解愁闷,看淡世情的处事态度反映出作者旷达从容的人生追求。

### 四、吾心忧愁亦洒脱

佳节清酒中让东坡感到舒适与惬意,但是"酒入愁肠",带来快意的同时也勾

## 第二十七讲 绕枝飞蝶也说愁

兑起了内心深处的思绪,故而不自禁地发出了"万事到头都是梦"的感慨。过往的种种在此情此景之下浮上心头,新党与旧党之争让东坡流离失所,亲人故里远在他处,他对这一切无可奈何。苏轼在别的词作中也时常发出"人间如梦""世事一场大梦""未转头时皆梦""古今如梦,何曾梦觉""君臣一梦,古今虚名"等慨叹。这般隐痛随着时光的变迁,变成了一份沉甸甸的耿耿于怀,以至于让他说出了"明日黄花蝶也愁"。

此句化用了晚唐郑谷《十日菊》中的"节去蜂愁蝶不知"。《十日菊》亦与重阳佳节有关,此诗中的"十日菊"既是诗人所见之景,也是诗人的自比。重阳佳节过后,菊花色香大失,平日里为蜂蝶所簇拥的菊变得无人问津,蜜蜂为自己无蜜可采而灰心丧气,蝴蝶将菊花忘在了身后,曾经的热闹活跃与眼前的冷清形成了巨大的反差。缘何如此?原来是人心不古,非菊花之过——并非菊花真正的颜色凋零,而是重阳过后便无人问津。诗人借景抒情,实际上是在讽刺当时的世态炎凉,作者的悲凉与愤懑在字里行间流淌。刘永济在《唐人绝句精华》中评价:"此仇世态炎凉也。""富贵他人合,贫贱亲戚离",非"人心别"而何?

苏轼则将这份悲伤升级。在《十日菊》中"蝶"对菊"不知",连迷恋菊花的蝴蝶都对菊花不闻不问了,留给人的是无限悲伤。但是苏词中却写道"蝶也愁",蝴蝶没有忘却明日黄花,而是为菊花而哀伤。蝴蝶是苏轼情感的外化,苏轼实际上也在为自己被朝廷和世人辜负而悲愁,在郑谷的情感基础上进一步深化哀愁。哀痛深刻,但苏轼并非只能沉溺其中,"休休"两字,短促有力,当哀愁的思绪爬上心头时,东坡的"乐天派"本性就会及时扼杀这份消极:罢了罢了,放过自己,顺从命运,别枉费了这美好的时光吧。词作以蝶愁喻良辰易逝、好花难久,正因为如此,今日对此盛开之菊,更应开怀畅饮、尽情赏玩。

所以,在苏轼看来,世间万事皆是梦境,转眼成空;荣辱得失、富贵贫贱,都是过眼云烟;世事的纷纷扰扰,不必耿耿于怀。如果命运不允许自己有为,那就饮酒作乐,终老余生。

这首词的上阕中,明丽的秋景给予了苏轼美好的心情,但是微醺的状态又不禁令人身体与心理同样敏感,触发了内心最柔软的身世之感;下阕中,佳节与美景的馈赠又令东坡兴起,但是酒过愁生,东坡又陷入了"人生如梦"的感慨。这首词中词人的情绪"二起二落",集中表现了苏轼后半生的生活态度:如命运捉弄,则笑对人生;如有机会一展抱负,就努力为之。这种进取与退隐、积极与消极的矛盾双重心理,让我们既看到了苏轼敏感细腻的一面,也看到了他豁达智慧的一面。

## 玩味诗词

1. 苏轼"东坡居士"一号何来?

2. 苏东坡的《南乡子·重九涵辉楼呈徐君猷》与杜牧的《重九齐山登高》在内容和思想情感上有何异同?

3. 结合苏轼《南乡子·重九涵辉楼呈徐君猷》对郑谷《十日菊》的化用,试解释"皆绝去笔墨洼径间,直造古人不到处,真可使人一唱而三叹"中的"直造古人不到处"的含义。

(谢 宇)

# 第二十八讲　锦瑟年华中的愁绪

> 引言

　　锦瑟年华一如时光的黑匣子,走出半生后回顾,愁绪便如"一川烟草,满城风絮,梅子黄时雨"。

## 青玉案·凌波不过横塘路
### 【北宋】贺铸

　　凌波不过横塘路,但目送、芳尘去。锦瑟华年谁与度?月桥花院,琐窗朱户,只有春知处。

　　飞云冉冉蘅皋暮,彩笔新题断肠句。试问闲情都几许?一川烟草,满城风絮,梅子黄时雨。

> 注释

凌波:在水面上行走。比喻女子轻盈的脚步。
横塘:地名,在苏州盘门外。
锦瑟华年:指青春时光。
彩笔:指写诗文佳句之笔。相传江淹年少时,梦中人授以五色笔,因而文采非凡。
梅子黄时雨:语本唐人诗"楝花开后风光好,梅子黄时雨意浓"。

## 锦　瑟
### 【唐】李商隐

　　锦瑟无端五十弦,一弦一柱思华年。
　　庄生晓梦迷蝴蝶,望帝春心托杜鹃。
　　沧海月明珠有泪,蓝田日暖玉生烟。
　　此情可待成追忆,只是当时已惘然。

> 注释

锦瑟:绘有美丽花纹的瑟。瑟,古代一种弦乐器。

无端:没来由,无缘无故。

柱:乐器上用以架弦的小木柱。

华年:盛年,青年时代美好的日子。

庄生晓梦迷蝴蝶:《庄子·齐物论》中载,庄周曾梦见自己变为蝴蝶,逍遥自在地翩翩飞舞,不知道自己就是庄周。等到醒来,吃惊地发现自己又成为庄周了。因而怀疑究竟是庄周梦为蝴蝶呢,还是蝴蝶梦为庄周。晓梦,清晨时的梦,表示梦境短暂而清晰。

望帝:传说中古代蜀国君主,名杜宇。国亡身死,化为杜鹃鸟终日哀鸣。

沧海月明珠有泪:传说南海外有鲛人,在水中居住,流下的眼泪能变成珍珠。又有传说,认为海里的蚌珠会随着月亮的盈亏而有全缺变化。古人还用"沧海遗珠"来比喻人才被埋没。

蓝田:山名,在今陕西蓝田,是著名的产玉之地。

玉生烟:相传宝玉埋没泥土中,其上会出现烟云。

惘然:惆怅失意的样子。

# 穿越诗空

同时看贺铸的《青玉案·凌波不过横塘路》和李商隐的《锦瑟》,很快就可以发现两首作品中都出现了"锦瑟",这究竟是一种巧合,还是二者拥有内在联系呢?我们需要深入理解两首作品,才能找到答案。

## 一、朦胧慨叹的"华年"

"一篇《锦瑟》难人解,独恨无人作郑笺。"自北宋以来,无数注家都争相为《锦瑟》作注,且注释都能够使诗歌自洽,也符合诗人的生平经历,因此《锦瑟》便成了复义诗歌的典型代表。对其诗意的理解大致有"自伤"说、"悼亡"说、"政治寄托"说、"诗序"说等。大部分人倾向于"自伤"这一种说法,我们这里也就姑且站在大多数人的立场上来理解这首诗。

诗歌开篇便道:"锦瑟无端五十弦,一弦一柱思华年。"其中"无端"一词可理解为没有来由地,无缘无故地,是嗔怪之词。瑟一般来说有二十五弦,诗人却写锦瑟有五十弦,这显然不是实写,与"无端"联系起来看,就是在怨怪锦瑟之音的纷繁多样。这原是值得称赞的,怎么到了诗人这里就成了值得嗔怪的理由了呢?原来这"一弦一柱"让诗人不禁"思华年"了。琴弦弹奏的每一个音符、每一段交错纷繁的旋律,都会牵扯出作者对种种往事的感念,而这种感念之中包含着伤感与愁绪。由锦瑟之音引发的对过往种种的回顾,仿佛往事就沉浸于锦瑟之中,于是后人便用"锦瑟年华"代指值得慨叹的岁月与经历。

那么李商隐在慨叹什么呢?他没有直接说,而是连续使用了四个典故来自我表白,然而这四个典故本身的所指就是多义含糊的,故在某种程度上给全诗的多元解读带来了可能。我们且从"自伤"角度来理解典故。

"庄生"句讲的是庄周梦蝶醒来后,不知是自己梦到了蝴蝶,还是自己进入了蝴蝶的梦,这种如梦似幻之感,令人迷惘。而这种惘然若迷的状态仿佛就是诗人的人生状态。这种迷惘与其身世相关。一方面,这句表达的是诗人追忆青年时代追逐仙游的生活。"庄生"是自谓,以"迷蝴蝶"喻入道仙游。另一方面,诗人也在说自己年少时曾有过理想,但在随后的现实生活中化为泡影,往事如烟。

"望帝"句取典于古蜀国的传说。杜宇帝因水灾让位于自己的臣子,死后化为杜鹃日夜悲鸣直至啼出血来。杜鹃亦称为子规,常夜鸣,声音凄切,故借以抒悲苦哀怨之情。哀怨从何而来?来自"春心",来自"托"。"春心"原指对爱情的追求向往,但是该句以"望帝"化鹃以自抒哀怨,则将内涵指向了对政治理想的追求。然而他一生却被迫在牛李党争的夹缝中生存,政治理想根本没有实现的可能,令人满腹忧愤。

"沧海"一联营造出一种缥缈朦胧的人生况景。诗人有心之所向之人,若即若离,远之似有,近之则无,陷入"到不了"的窘境之中。

李商隐用典回顾了他过往生命中的种种境遇与感受,他不针对具体的事,也不遵循固定的思路,单纯凭借典故将心上精微的感受传递出来,以此来对一生进行追思。最后巧用设问,感慨这些经历尚且是可以追忆的,"只是"泛上心头的是五味杂陈,为自己的迷惘而不胜怅恨。而这一切的愁思都源自锦瑟余音中的过往岁月。

## 二、漫天连绵的"闲情"

李商隐《锦瑟》之后,人们常将锦瑟与年华相联系,用锦瑟年华来指代过往值得感慨的时光。贺铸所作的《青玉案》则将"锦瑟"运用到了自己的词作当中,表达了他的独特感受。

上阕是虚实相生的记叙,词人隐居在横塘之时,偶遇了一个婀娜的女子,脚步轻盈,身体的芬芳在空气中飘浮,牵动了词人的敏感的神经,于是词人心驰神往,不自觉地跟随,却将她弄丢了。追寻无果,词人只好通过自己的想象来填补现实的空白。姑娘的来龙去脉,前世今生,或喜或悲的"锦瑟年华"是怎样的呢?那些花前月下的场景,豪门朱户的往事都无从想象,只有与之相伴的春日时光才能知晓,于是词人在思绪上也将姑娘弄丢了。姑娘的"锦瑟年华"是无限美好的回忆,可是放到词人身上却成了令人惆怅不已的过往。

词的上阕写路遇佳人而不知所往的怅惘情景,写情之间阻,是宾;下阕写因思慕而引起的无限愁思,写愁之纷乱,是主。愁源于对窈窕淑女踪迹追寻的失败进而试图想象她的"锦瑟年华"又无果,触发了词人对自己过往岁月的无限愁思。上下阕联系起来看,上阕的姑娘含有非常强的比兴意味,比兴之中寄托着词人的情感。仙子般凌波的姑娘很自然地让人联想到屈原的"美人"之比,为愁思的来源提供了线索,似乎贺铸的忧愁来源于政治生活的不如意。看下阕中的"飞云冉冉蘅皋暮",在彩云缓缓流动的苍穹之下的沼泽中,长满了香草。"香草"与"美人"同时出现,证实了贺铸抒发的是政治上的失意愁绪。

贺铸年少时怀有戍边卫国的理想。他为人正直,不畏权贵,因此得罪了不少名门望族,一生只做过右班殿臣、监军器库门、临城酒税之类的小官,才华难以得到施展,中年沉抑下僚,怀才不遇。于是他面对"凌波"和"蘅皋",不禁"彩笔新题断肠句",试问自己有多愁? 回答是"一川烟草,满城风絮,梅子黄时雨。"这三句堪称绝唱,使用了博喻手法,将无形之愁,比作烟雾中的草,比作风中的飞絮,又比作绵绵细雨,化无形为有形,并且还是有广度、有密度、有长度的具体可感之物。同时,他用以博喻的事物,既描绘了烟雨江南的迷离景致,又映衬出词人黯然沉痛的心境、迷惘惆怅的思绪。贺铸丰富的艺术想象力和高超的表现技巧,使之收获了"贺梅子"的雅号,为人称颂。

### 三、锦瑟年华中的愁绪

"锦瑟"本意是指装饰华美的瑟。瑟音能以其独特的音色勾起人对过往的追思,瑟音中的追思亦喜亦悲,将"锦瑟"与"年华"连用,其所指就被固化称为"锦瑟年华"。这一说法起源于李商隐的《锦瑟》,在贺铸的《青玉案·凌波不过横塘路》中其内涵被进一步地确定,即指过往值得慨叹的人生遭际。从两首诗表达的情感也可以看出,慨叹中"愁"是主旋律,但是愁的对象可以是方方面面的,李商隐为理想幻灭、时光易逝、政治失意、怀才不遇而愁,意在强调愁的复杂;贺铸则着重对沉抑下僚、怀才不遇而抒发满心的愁绪,意在强调愁的程度。

### 玩味诗词

1. 贺铸的"一川烟草,满城风絮,梅子黄时雨"三句妙在何处?

2. 联系所学,说说哪一词作也和"一川烟草,满城风絮,梅子黄时雨"用了同样的艺术手法,并简要进行赏析。

3. 指出"锦瑟"的内涵,并分析两首佳作借"锦瑟"要表达什么样的情感?

(谢 宇)

## 第二十九讲　东坡·黄鸡·衰老

▶ 引言

春日融融，正是出游的好时节。苏轼漫步于春光之中，看着山脚下刚生长出来的幼芽正浸泡在溪水中，松林间的沙路也被雨水冲洗得一尘不染。正值日暮时分，空中下着小雨，杜鹃鸟的叫声从松林中传出。整个氛围使人感到清新舒畅，但又令人生发无限感慨。接下来，就让我们一起走进苏东坡，走进那初春的傍晚。

### 浣溪沙·游蕲水清泉寺
#### 【北宋】苏轼

游蕲水清泉寺，寺临兰溪，溪水西流。

山下兰芽短浸溪，松间沙路净无泥。潇潇暮雨子规啼。

谁道人生无再少？门前流水尚能西！休将白发唱黄鸡。

### 醉歌示妓人商玲珑
#### 【唐】白居易

罢胡琴，掩秦瑟，玲珑再拜歌初毕。

谁道使君不解歌？听唱黄鸡与白日。

黄鸡催晓丑时鸣，白日催年酉前没。

腰间红绶系未稳，镜里朱颜看已失。

玲珑玲珑奈老何？使君歌了汝更歌。

## 穿越诗空

### 一、"东坡"与东坡

"黄州好猪肉，价贱如泥土。富者不肯吃，贫者不解煮。净洗铛，少着水，柴火罨烟焰不起。待他自熟莫催他，火候足时他自美。早晨起来打两碗，饱得自家君莫管。"这首简单易懂、看似粗浅的打油诗，实则为北宋词人苏轼所作，名为《猪肉赋》。在黄州时，苏轼发现当地的猪肉十分便宜，但是受到风俗的影响，当地百姓不屑于吃。为了带动他们吃猪肉,他自创了一种猪肉的做法,这道菜后来广为流传,并以苏轼的号来命名,称为"东坡肉"。

而苏轼之所以自称"东坡居士",也有一段来历,宋人对此已有论述。周必大在《二老堂诗话》中有"东坡立名"一条,说白居易在忠州做刺史时,写下了《东坡种花》二首,又有《步东坡》一首。苏轼敬爱白居易,多次仿效其诗进行写作,并觉得自己在很多方面与白居易天相似,所以其"东坡"之号,必起于白居易在忠州的作品。洪迈在《容斋三笔·东坡慕乐天》中,也提出了类似的观点。由此可见,宋人已普遍认同苏轼"东坡"之号与白居易在忠州诗作的关联。

从二人的经历来看,苏轼自称"东坡居士",是从自己被贬黄州开始的,联系白居易任忠州刺史的背景,两者刚好吻合。

白居易因为宰相遇刺,给皇帝上表请求缉查真凶,被认为有越权之过;又因他所写的诗中有"赏花""新井"的字眼,与母亲看花而坠井去世暗合,遭人诽谤,史称"新井诗案"。白居易由此被贬江州,任江州司马。在江州三年后,升任忠州刺史,表面上是升迁,实际上明升暗贬,被发配到了离京城长安更远的地方。忠州地处西南,交通闭塞。而白居易在忠州时,虽也竭力为百姓做事,但心态已有了转变。在东坡种花种树就是其心态转变的一种体现,此时的他已经将眼光更多地转向了自然以及保全自己的道路。白居易还朝后,其政治热情也远不如之前那么高涨。

黄州之于苏轼正如忠州之于白居易,都是人生的重大转折点。

苏轼因"乌台诗案"被贬黄州。到了黄州,虽然还算个官,但收入微薄,难以维持生活。居黄州两年后,就有了"东坡"之号。据此我们可以推测,乌台诗案之前的苏轼,意气风发,有兼济天下的志向,然而经乌台诗案被贬黄州之后,诗人的心境大有改变。其在黄州所作的《赤壁赋》中写道:"唯江上之清风,与山间之明月,耳得之而为声,目遇之而成色。"说明诗人在经历了一系列劫难之后,更多地将目光转向了自然之趣味。

由此可见,苏轼之"东坡"与白居易之东坡颇有渊源。

## 二、"黄鸡"与黄鸡

虽说苏轼对于白居易怀有深深的崇拜之情,并且自比于白居易,但是由于时代和人生观的不同,对于"黄鸡"这一意象,二人所表达出来的情感截然不同。

从意象角度来看,"黄鸡"不仅指自然界中实际存在的动物,还有一定的来历和出处。

《黄鸡》原本是一首地方性的儿歌,如今这首歌在今浠水、鄂东地区的乡村仍广为传唱:

哦～～哦～～,黄鸡公儿,尾巴儿拖嘞,三岁的伢儿会唱歌嘞。不是爷娘教给我嘞,自家聪明咬来的歌嘞!竹子爷嘞,竹子娘嘞,我跟竹子一般长嘞!竹子长大做扁担嘞,我长大了做屋梁嘞!

黄鸡公儿,尾巴儿拖嘞,三岁的伢儿会唱歌嘞。不是爷娘教给我嘞,自家聪明咬来的歌嘞!哦～～哦～～

看了这首儿歌,我们再来分析苏轼的词。这首词是苏轼在浠水庞安常的陪同下游历时创作而成的。那么,他在看到这条与世间其他溪流都不相同、千百年来一直向西边流淌的兰溪时,在看到浸润在溪水中的兰草嫩芽时,在聆听山下溪水潺潺流动之声时,在观赏松柏夹道、经过春雨的冲洗而洁净无泥的沙石小路时,在欣赏潇潇细雨中松林间的杜鹃所发出的声声啼鸣时……是否也可能看到黄鸡在农屋门前自在地歌唱?是否观赏过小孩儿围成圆圈齐唱《黄鸡》的场景?他是不是由此而触景生情、受到启发,从而写下"谁道人生无再少?门前流水尚能西!休将白发唱黄鸡"的动人心弦的词句?"唱黄鸡"是不是指歌唱这首名为《黄鸡》的童谣?

如果这句里的"黄鸡"指的是童谣,那么就引发了疑问:苏轼的"黄鸡",真的如当今学界大多数学者认为的那样,来源于白居易的《醉歌示妓人商玲珑》吗?白居易的"黄鸡"与童谣《黄鸡》之间是否存在联系呢?

我们不能断定,苏轼的"黄鸡"、白居易的"黄鸡"和童谣《黄鸡》之间有没有联系,在"听唱黄鸡与白日"一句中,将"黄鸡"理解为童谣《黄鸡》也未尝不可。但从苏轼的"休将白发唱黄鸡"整句诗的诗意来看,笔者认为苏轼反用了白居易的诗句这一观点更为恰当。

白居易在其诗中,称"黄鸡催晓""白日催年",认为人就是在黄鸡的啼叫中,在白日的流动中,一天天地衰老的。在苏轼所作的词中则明确提出了"休将白发唱黄鸡"。"白发"即指年老,而"黄鸡"则指白居易诗中的因年华流逝而产生的感慨，整句词的意思是不要因为年老了就消极悲观，只顾着感慨时间的流逝，虽然人已老，但是可以保持年轻人的心态，去多做些事情，充实自己的人生。

若是将黄鸡理解为上文所说的童谣《黄鸡》的话，这句诗则变成了不要在年老的时候再唱童谣了，与前文"谁道人生无再少"这种豁达乐观的心态自相矛盾。

### 三、"衰老"与衰老

时间对于每个人而言都是公平的。随着时间的流逝，衰老也是每个人都不可避免地要面对的问题。而这个问题也同样摆在了白居易和苏轼的面前。

白居易更多地侧重于对时间流逝的感伤和无奈，其中"腰间红绶系未稳，镜里朱颜看已失"两句所凝聚的情感最为浓烈。"腰间红绶"就是青楼女子系在腰间的一条红绳。由于当时的青楼女子年龄都很小，在妙龄花季就成了别人赚钱谋利的工具，没有自由，没有尊严，也不被人在乎，除非遇到良人花重金帮其赎身，才能得到自由身。正为了这份美好的期望，青楼女子会在自己腰间系上一根寄托好运的红绳，希望梦想成真，早日脱离苦海。有人说青楼女子之所以在腰间系一根红绳，是为了维护最后的尊严，而红绳就成了青楼女子的"灵魂"。在这两句诗中，诗人从青楼女子的角度发出感慨，腰间的红绳好像才刚刚系上，昨日的"我"好像还是那个刚被人卖入青楼的小女孩，但是一抬头看到镜中自己的美丽容颜早已逝去，那些似在昨日的场景，已经离自己很远很远了。

但苏轼面对衰老却是另一种情感。当他看到向西奔流的兰溪时，他有了时间也可扭转的雄心。"谁道人生无再少？门前流水尚能西！"不要在年老时哀叹时间的流逝，光顾着聆听黄鸡的一声声啼鸣而心慌，却不做些实事改变这种现状！这首词一改白居易诗中那种细腻哀婉的情感，语词间透露着豪放的激情。

"休将白发唱黄鸡"，这最后一句，表达了苏轼对于白居易诗中观点的不赞成，但是同时也暗中透露了苏轼在见到兰溪之景前，一直沉浸于与白居易相同的情感中，并且一直被这种情感所困扰着。所以在看到兰溪西流，在自己的情感豁然开朗时，才能第一时间跳出"休将白发唱黄鸡"的感叹。此时的"休将白发唱黄鸡"实则暗含着自己之前一直在"白发唱黄鸡"的现实。由此，也可以看到白居易对苏轼影响之大、之深。

**玩味诗词**

1. 白居易对待衰老的情感和苏轼对待衰老的情感,你更赞成哪一种?请说明原因。

2. 有学者认为《浣溪沙·游蕲水清泉寺》一词只是苏轼用来劝勉友人庞安常的,你赞成这一看法吗?为什么?

(谢丽虹)

## 第三十讲　穿越时空的"衰老"与"孤独"

▶ 引言

《贺新郎·甚矣吾衰矣》一词是辛弃疾在铅山县时为"停云堂"所作,其中包含了不少的典故。开首一句"甚矣吾衰矣"便源于《论语·述而》中孔子对自己的感叹。"问何物、能令公喜?"来自《世说新语·宠礼》。"云飞风起"则是对刘邦在《大风歌》中所写的"大风起兮云飞扬"一句的化用。除此之外,李白的诗句亦可在其中寻到踪迹。

据邓广铭先生对《稼轩词编年笺注》增订本的校注显示,此书收录的629首辛弃疾的词作中,有38首直接出现了李白的姓名、字号或间接引用了李白的诗句,尤其在江淮两湖、带湖及瓢泉地区所作的作品中出现得最为频繁。这首专为瓢泉新居旁的"停云堂"所作的《贺新郎·甚矣吾衰矣》中有对李白诗句的化用,并非偶然。

### 贺新郎·甚矣吾衰矣
**【南宋】辛弃疾**

邑中园亭,仆皆为赋此词。一日,独坐停云,水声山色,竞来相娱,意溪山欲援例者,遂作数语,庶几仿佛渊明思亲友之意云。

甚矣吾衰矣。怅平生、交游零落,只今余几!白发空垂三千丈,一笑人间万事。问何物、能令公喜?我见青山多妩媚,料青山见我应如是。情与貌,略相似。

一尊搔首东窗里。想渊明、《停云》诗就,此时风味。江左沉酣求名者,岂识浊醪妙理。回首叫、云飞风起。不恨古人吾不见,恨古人、不见吾狂耳。知我者,二三子。

▶ 注释

邑:指铅山县(今属江西)。辛弃疾在江西铅山期思渡建有瓢泉别墅,带湖居所失火后举家迁之。

仆:自称。

停云:停云堂,在瓢泉别墅。

甚矣吾衰矣:《论语·述而》:"子曰:'甚矣吾衰也!久矣吾不复梦见周公。'"
妩媚:潇洒多姿。
搔首东窗:指陶渊明《停云》诗写成后的自得之貌。
江左:原指江苏南部一带,此指东晋。
浊醪(láo):浊酒。
云飞风起:西汉刘邦《大风歌》:"大风起兮云飞扬。"

## 秋浦歌
### 【唐】李白

白发三千丈,缘愁似个长。
不知明镜里,何处得秋霜。

## 独坐敬亭山
### 【唐】李白

众鸟高飞尽,孤云独去闲。
相看两不厌,唯有敬亭山。

## 穿越诗空

### 一、白发三千丈

在李白的诗作中,有近百首与容颜衰老相关,而在这些诗中,又有七十首左右写到了与白发相关的词语,如"白发""白头""白首""秋霜"等词,借白发来表达自己对于生命的感受与人生的体验。白发是失意的体现,是怀才不遇与生不逢时的愤懑,例如《将进酒》中的"君不见高堂明镜悲白发,朝如青丝暮成雪"。

白发是李白表达对时间流逝、生命衰老的感叹的媒介,同时也是人生理想难以实现的象征。而《秋浦歌》则将以上两层含义皆包含其中。它是李白在五十岁时所作,当时朝政一日不如一日,而李白自己年老体迈,还在朝堂之上遭到他人压抑和排挤,导致他远离国家政治中心,理想难以实现。由此可见,此诗既有生命衰老之愁,又有壮志难酬之悲。

全诗讲述的是诗人揽镜自照,发现自己已有"白发三千丈"后的所思所想。

"丈"是一种长度计量单位,唐代的一丈约等于现在的3米,而三千丈则约为9 000米。一个人的头发接近一万米自是不可能的,此处李白运用了夸张的手法,三千不是一个具体的数字,而是极言自己的白发之长,与下句"缘愁似个长"相结合,来表达自己的愁情之深、愁绪之长。"缘愁似个长"表达了诗人的一种愤懑,"我"的愁竟已和三千丈的白发一样长了吗?

在李白这首诗中,以"白发三千丈"开头,犹如在一开始便给读者安排了极具冲击性的炸弹,骇人心目,将人一下拉入了震惊、难以置信的情绪中,难以脱身。而辛弃疾在《贺新郎·甚矣吾衰矣》中,化用此句时加入了"空垂"二字。此二字为"白白地垂着"之意,全句可译为"白白地垂着三千丈长的白发"。虽说白发的意象相同,但辛弃疾与李白对白发的情感不同。李白对于自己长长的白发难以接受,他似乎是在照镜子的这一刻才发现自己已年老体衰;而辛弃疾则是早已知道自己的生命在不断地衰老,已安然接受了自己满头华发的现状,他不能接受的是过去了那么多的岁月,自己仍然无法实现自己的理想,除了这垂着的白色长发,找寻不到自己活过的痕迹。此句的化用,将李白对于满头白发、青春不再的悲伤传承了下来,但同时对整句的情绪做了一个180度的大转变,少了一份浓烈的冲击感,多了一份惆怅与无奈。从全篇来看,与李白"缘愁似个长"的忧愤相较,辛弃疾的"一笑人间万事"更多了一种意欲出世的淡泊,故"空垂"二字的添入,淡化了"白发三千丈"所具有的浓烈情感,使得此句与全词的感情基调相符,使得词人的情感态度的转变更为合理。

综上,"白发空垂三千丈"一句,辛弃疾在"承"的基础上,以"空垂"二字巧妙地添加了自己的色彩。

## 二、唯有人山遥相知

众所周知,李白是盛唐文化下孕育出来的天才诗人,他被人们冠以"仙"的称呼,最为人们所熟知的固然是其"诗仙"一名。但是,其仙名不止于此。杜甫在诗中提到李白曾做出"天子呼来不上船,自称臣是酒中仙"的举动,司马承祯也曾赞李白有"仙风道骨",贺知章更是呼李白为"谪仙人"。一个"仙"字,确是概括李白潇洒、自由、超然的最好字眼,但从另一方面来说,"仙"亦是孤独的代名词。

在《独坐敬亭山》一诗中,李白便将其孤独的心境表现得淋漓尽致,营造了唯有人山相望相知的情景。而辛弃疾亦将这种人与山之间的特殊情感引入了自己的《贺新郎·甚矣吾衰矣》中，构筑了自己的孤独。二者相似却又不同。

在李白的诗中，主要通过空间的空旷，来表达自己与敬亭山之间的惺惺相惜。从诗题来看，"独坐敬亭山"一个"独"字便告诉了读者，诗人是一人前往敬亭山的，无好友知己的陪伴，甚至周围无旁人路过，整个敬亭山中仅有李白一人而已。不仅如此，在诗的开头，便以"众鸟高飞尽，孤云独去闲"两句，将整座山变成了一座空山，天地之间，非但无人，而且空无一物，鸟也飞走了，云也飘去了，唯余敬亭山与李白。在此种境地之中，李白发出了"相看两不厌，唯有敬亭山"的感叹，这是在客观环境的作用下，使得李白有感而发，写下了此诗。他久久地注视着这座山，而山亦仿佛凝视着他，相看不厌，让李白产生了找到知己之感，让他觉得自己能在敬亭山这一净土上，随心所欲地放纵快乐。但是细品之下，我们可知，他同时亦有着深深的孤独与无奈，"唯有"二字，将此心绪暴露无遗。

李白的"孤独"更多的是从空间角度出发来进行诠释的。而在辛弃疾的词中，虽化用了"相看两不厌，唯有敬亭山"的意境，但从全词来看，他是从时间角度来说明"孤独"的。时光匆匆，辛弃疾平生所交之友亦所剩无几，或散落各地，或羽化成仙，无踪可寻，此为随时间的流逝如今已少有人理解之孤独。而他自己已白发满头，却还是没有机会一展才华、实现抱负，此为无论是过去还是现在都无人赏识的孤独。在仕途上他无路可走，故而产生了出世之念，将自己的情感寄托于自然界之中，寄托在"青山"之上，向青山寻求慰藉，寻求理解。

所以，与李白的悲喜交加相比，辛弃疾的"人山相知"是为自己在绝望中寻求出路的一种希望与幻想。同时，"青山"在古代文化中是品格高洁的象征，有着意气峥嵘的特点，辛弃疾在此处以青山为知己，更表现出他的自傲心理。而李白在诗中提及的与"敬亭山"相看两不厌，可能并无此意，或许仅仅是在那时那刻，因身边有着这座山的陪伴而产生的欣喜与无奈罢了，换作他物，可能亦可成立。

综上所述，在这首词中，辛弃疾采用了两种方法来将李白的诗化为己用：一是对其诗中代表性意象的引用——白发三千丈；二是对其心境的化用——唯有人山遥相知。衰老而又孤独的辛弃疾跨越时空，在同样衰老而又孤独的李白身上，寻找到了相似的信号，且将情感变成了自己独特的语言，将自己与李白相似却又不同的情感呈现在了读者的面前。

## 玩味诗词

1.《贺新郎·甚矣吾衰矣》中"江左沉酣求名者,岂识浊醪妙理"两句,与宋朝哪位词人的词句相似?辛弃疾化用此句,有何目的?

2."不恨古人吾不见,恨古人、不见吾狂耳"两句中,蕴含着哪个典故?用这个典故有何作用?

3.寻找一首与李白相关的辛弃疾的作品。

(谢丽虹)

## 第三十一讲　白云深处露沾衣

▶ 引言

北京大学教授、引碑入草的开创者李志敏评价:"黄庭坚论书、鉴画、评诗均以韵字为先,他引鹤铭入草,雄强逸荡,境界一新。"这样一位在书、画、诗中皆有造诣且自成风格的人,在作词方面的才能也极为后人称道。清代文学家刘熙就曾说过:"黄山谷词,用意深至,自非小才所能办。"接下来,就让我们一起品读黄庭坚所作的《水调歌头·游览》,来看看其才大在何处。

### 水调歌头·游览
【北宋】黄庭坚

瑶草一何碧,春入武陵溪。溪上桃花无数,花上有黄鹂。我欲穿花寻路,直入白云深处,浩气展虹霓。只恐花深里,红露湿人衣。

坐玉石,欹玉枕,拂金徽。谪仙何处,无人伴我白螺杯。我为灵芝仙草,不为朱唇丹脸,长啸亦何为。醉舞下山去,明月逐人归。

### 山　行
【唐】杜牧

远上寒山石径斜,白云生处有人家。
停车坐爱枫林晚,霜叶红于二月花。

### 山　中
【唐】王维

荆溪白石出,天寒红叶稀。
山路元无雨,空翠湿人衣。

### 穿越诗空

一、白云

白云朵朵,舒卷自如,飘过广阔的蓝天,飘过悠悠的历史,飘进了历代诗人清丽的词句。"舒卷意何穷,萦流复带空"的云也是千古以来耐人寻味的艺术意象。"白云归处寄乡心"是离人的白云,"行到水穷处,坐看云起时"是禅意的白云,"余生欲寄白云中"是隐者的白云。

有的白云则代表着空间上的分割,它是一个参照物、一个坐标,云外是俗尘凡世,云内是飘渺仙境。最为典型的便是杜牧在《山行》中所写的"远上寒山石径斜,白云生处有人家"二句。深秋,诗人驱车上山,只见小路倾斜,曲曲折折地向上蔓延,一直接到云霄之上。在那白云之间,依稀能看到几户人家。虽说诗人在这两句中,并未出现类似"白云生处该是神仙居住的地方"这样的表达,但是他所描绘出来的客观景物便留给人如此的想象。那蜿蜒曲折的小路仿佛是一座通往云端的天梯,一头接着世俗,一头接着仙境,顺梯而行,便能到达云生之处。住在那处的人们,全都无忧无虑,自在逍遥,不为俗事所扰。

在黄庭坚创作《水调歌头·游览》一词时,便借用了杜牧诗中的"白云"这一意象,写下了"我欲穿花寻路,直入白云深处,浩气展虹霓"这样的词句。

在该词的开篇就直言瑶草碧绿,"我"在春天来到了武陵溪游览。瑶草是何草?传说神话中的仙草是也。武陵溪是何处?《桃花源记》中的理想社会是也。此草此地何处寻?无人知也。所以,黄庭坚在此处提到的游览并非真实存在的,而是他幻想中的一次游览经历。

而在这个虚构出来的理想社会之上,还有黄庭坚所向往的地方。诗人欲穿过花丛寻找出路,走到白云深处去一吐心中浩气,化作虹霓。为何要到白云深处去吐浩然之气呢?这是因为黄庭坚借用了杜牧在诗中所用的"白云"的意象,将其看作一个屏障,一个能将所有世俗之事、所有污秽之物排除在外的屏障。就算是人们口中的理想社会也不能让词人感到心安,唯有在理想世界中的更为纯净的一层——白云深处才可使自己得以喘息。

## 二、生处/深处

虽说二者关于"白云"的意象相同,但若是我们细细品读,就可以发现杜牧诗中的"白云生处"与黄庭坚在词中所引用的"白云深处"有所不同。

其实关于杜牧的原诗中用的是"深"还是"生"字,如今的学术界还存在着争议。明朝万历年间赵宧光的刊本、清朝康熙年间陈梦雷编辑的《古今图书集成》,

以及清朝乾隆年间的《四库全书》中,这一句都作"白云深处有人家"。但是在宋朝洪迈编辑的《万首唐人绝句》中却为"白云生处有人家"。有些课本中本诗也从原来的"白云深处有人家"修改为现在的"白云生处有人家",并于注释处说明"'生处'一作'深处'"①。

在杜诗中是"生"还是"深",对于诗意的理解影响不是很大。无论是白云生成的地方还是白云缭绕漂浮的地方,读者在看到这句诗时,眼前所呈现出来的画面相差无几。他所想要借此构成的是一种视觉上的享受,从而带给人心灵上的愉悦。但是在黄庭坚的词中,非是"深"字不可。

白云生成的地方四周并无云雾,其下可能有云腾雾起,但在其产生之地,旁边的景物反而会显得更加清晰,一丝一毫皆可察,在此地的人们的一举一动亦全可知。而若是四周皆是云雾缭绕的"白云深处",那么在此处的人则可以在白云的遮蔽下尽情地做自己想做的事,说自己想说的话。

再看,在"直入白云深处"后,黄庭坚所接的词句是"只恐花深里,红露湿人衣"。一个想要去理想世界一展抱负的人,却因在去的途中要经过花丛深处,可能会有露水打湿衣服而感到苦恼。这其实表现出了他仍受现实世界的纷扰的影响。他所持有的并不是一种执意隐去的心态,而是仍处于对纷繁的人世感到厌倦又不甘离去的矛盾之中。对于他人的眼光,他仍是在意的。

试想,一个在桃花源都不能吐露心中之气,且为尘世所扰的人,又如何能在毫无遮拦的地方得到真正的放松呢?

所以,无论是照搬原诗还是化用更改,黄词中这一"深"字,都恰如其分。


### 三、空翠/红露

张旭在《山中留客》说:"纵使晴明无雨色,入云深处亦沾衣。"云深之处,即使无雨,弥漫的烟雾也难免会沾湿衣角。此乃现实生活中的自然现象,不足为奇。然而王维的《山中》一诗却写道:"山路元无雨,空翠湿人衣。"我们常说"翠色欲滴",然而只是"欲滴"但也还"未滴"。在此诗中,这绿意却湿了人的衣衫,可见翠色之浓,浓得几乎使空气里都充满了翠色的分子。人行山路,漫步其中,周身就

---

① 考试时应以使用的课本为准。

像弥漫着一层翠雾,整个身体、整个灵魂仿佛都受到了它的浸润和滋养,而微微感觉到一种细雨湿衣似的凉意。且更令人震撼的是此诗描写的乃是初秋时节的山中全貌,在这本该萧瑟枯寂的季节,山路两旁却充斥着松柏的绿意,这绿意与秋季的干冷相比,自然显得更为湿润。所以,不同于张旭诗中对于事物的实写,在这种视觉、触觉和感觉的复杂作用下,能产生一种似幻似真的感觉,更是一种心灵上的快感。

而黄庭坚在化用此诗时,又将诗人对于翠色所带来的错觉变成了幻景中的现实。

在前文中,我们已经提到,黄庭坚所作的《水调歌头·游览》一词描绘的是他幻想自己在理想社会中游览的情景。虽说是幻想,但是为了体现其词的真实性,或者说为了欺骗读者和自己这次游览是真实的,他在描写事物和记叙时间时,都尽可能详细,例如武陵溪旁有桃花无数、坐的是玉石凳、喝酒用的是白螺杯等等。由于上述原因,他在化用王维的"空翠湿人衣"一句时,也将虚感变成了实景。将"空翠"变成"红露",将心灵上的感受化为了实际可以触碰到、摸到的事物,以此来为自己想表达的内容服务。

不仅如此,黄庭坚在化用时还抓住了王维诗句的一个极大的特点——色彩。王维以"绿"入诗,营造了一条铺满绿意的山中小道,而黄庭坚以"红"入词,写出了桃花遍开的盛景。此借鉴之法,令人钦佩。

综上所述,无论是化用还是引用,只有自己将原诗品透、悟透,才可得其真谛,从而创造出属于自己的美词佳句。也正是因为黄庭坚在创作时做到了这一点,才使黄苏在《蓼园词选》中对此词给予了"一往深秀,吐属隽雅绝伦"的高度评价。

## 玩味诗词

1. 在《水调歌头·游览》中,共提到了几种颜色?这些颜色交织在一起给读者带来了什么感受?

2. 黄庭坚所作的《水调歌头·游览》一词与陶渊明的《桃花源记》一样,都间接表现出对现实的不满。请结合具体语句,简要说明它们是如何表现的。

3. 杜牧的《山行》与王维的《山中》描写的都是山中之景,读罢此二诗,说说这两位诗人笔下的山景有何不同。

(谢丽虹)

## 第三十二讲　春·春雨·春草

> 引言

宋代社会崇尚风雅,在这样的文化氛围中,苏轼竭力主张"诗词同源",在词作中大量地采融唐诗,用多种手法将唐诗融化到词中,使词改变了其尚艳从俗、柔媚率直的风貌,具有了诗体的含蓄典雅、豪放蕴藉的韵致。其《减字木兰花·莺初解语》便是融入了韩愈的《早春呈水部张十八员外(其一)》一诗而成的。但是这种化用并非照搬照抄,其中大有学问。

### 减字木兰花·莺初解语
#### 【北宋】苏轼

莺初解语,最是一年春好处。微雨如酥,草色遥看近却无。
休辞醉倒,花不看开人易老。莫待春回,颠倒红英间绿苔。

> 注释

莺初解语:唐杜甫《伤春五首之二》:"莺入新年语,花开满故枝。"

### 早春呈水部张十八员外(其一)
#### 【唐】韩愈

天街小雨润如酥,草色遥看近却无。
最是一年春好处,绝胜烟柳满皇都。

**穿越诗空**

一、春好

"竹外桃花三两枝,春江水暖鸭先知。""春色满园关不住,一枝红杏出墙来。""等闲识得东风面,万紫千红总是春。"……春天,这个万物复苏,生机盎然的季节,古往今来一直为文人墨客所喜爱着、歌颂着。但是即使都是春天,春初和春末的景色也各不相同。春初的美如涉世未深的小姑娘,半带羞涩;春末的美则如一个妖娆美丽的美人,尽展妍态。有人爱枝繁叶盛的春末,而有人则更喜小草才露尖尖芽的初春。

唐朝的韩愈在其诗中便用"最是一年春好处"极言初春的景色之美,初春的嫩草远远胜过暮春烟柳满城的盛景。不仅韩愈如此认为,宋朝的大词人苏轼也深以为然,在其词中引用了此句,来表达自己对于初春的喜爱。

虽说苏轼在引用时对于韩愈的诗句只字未改,但是此句所在的位置截然不同,两人写作的目的亦各不相同,所以这句诗所起的作用也大不一样。

韩愈将这句话放在了景物描写之后。他先从初春的雨和草入手,写微雨之润,草色之嫩,再以对于初春的高度赞美结尾,从具体的景色到抽象的评价,将初春与春末的景色进行对比,用满城繁盛的柳树来衬托嫩草烟雨之美,全诗落脚于对初春景色的感叹与欣赏,用"最是一年春好处"一句对自己的写作目的做了最好的概括和总结。而苏轼将这句放在了词的开头,开门见山挑明初春是一年中最好的时节,接下来便顺势铺开,描绘在这个季节中所出现的景物——微雨、草色,美不胜收。但在下阕,苏轼却将中心转移到了自己的内心世界,转接到了对于人们的劝勉——不要借口会醉倒在这个季节而去推辞欣赏烂漫的春花,花是不常开的,人也是容易老去的。不要等到落花时节才来触目伤怀。苏轼在这首词中是以"最是一年春好处"一句作为引子,用初春之时来比喻人的青春年华,重点落脚于告诫人们要珍惜年轻时的大好时光,及时行乐,不要等到年老无力时再追悔莫及。

同样的一句话,功用却如此不同,由此可见,不仅遣词造句会对诗词产生重要的影响,谋篇布局也大有讲究。

## 二、微雨

提起春,我们少不得要来说说春雨了。朱自清先生就在其散文《春》中指出,在春天雨是最寻常的,一下就是三两天,并用牛毛、花针、细丝来比喻细密的春雨,让人一下子将这个季节的雨的形象特点印刻在了脑海里。

当然,春雨不仅以其形态的细密绵长、如烟如雾而为人们所称道,还素有"春雨贵如油"的说法。这句话看似浅显易懂,近乎白话,实则源自明朝时期的大才子解缙所作的《春雨》一诗。解缙身量矮小却能言善辩,擅长联句,思维敏捷而性情率真。相传在其幼年时期曾在雨中摔倒,引得路人大笑,他随口作诗道:"春雨贵如油，下得满街流。跌倒解学士，笑死一群牛。"既为自己解了围，也暗讽了笑他的路人们。如今此诗已鲜有人知，但这句诗句却因其巧妙的比喻而流传了下来，被引申为强调春雨如油一般可贵。

其实早在唐朝时期，韩愈在他的诗中便有了将春雨比作油的先例——"天街小雨润如酥"。这里的"酥"便是指"酥油"。《现代汉语词典》对"酥油"的解释是："从牛奶或羊奶内提取出来的脂肪。把牛奶或羊奶煮沸，用勺搅动，冷却后凝结在上面的一层就是酥油。"酥油的特点是细腻而又滋润。这一比喻也使得这一诗句成为千古佳句，并形成了"酥雨"一词，来作为蒙蒙细雨的代名词。郭沫若也曾以"酥雨"一词入诗，写就了"霜叶醉酣酥雨里，银河拜倒彩霞边"的佳句。

苏轼则在《减字木兰花·莺初解语》一词中，将其浓缩成了"微雨如酥"四字，与原句相较，显得简练，但是却少了些画面感。

在原句中，"天街"是京城长安的街道，"小雨"是此时的天气，"润如酥"则是小雨所带给人的直观感受，通过这七个字的并用，勾勒了一幅动人的画卷。诗人打着油纸伞，默默走在宽阔的街道上，由于下雨，行人稀少，整条街都显得安详静谧，围绕在身边的只有路上行人匆匆的脚步声以及小雨落在伞面、落在地面的细微声响。地面在细雨的洗刷下，在天空微光的照射下，看起来润润的、亮亮的。空气中，还飘荡着一股清新的味道。但是经苏轼改编后，这些画面都不见了，留给人的印象就如天气预报一般，告诉着人们今日微雨，雨点细腻，精简至极。

当然，这并不意味着苏轼的这一引用就是失败的，他在改编时抓住了韩愈原句中的精髓——"雨如酥"。韩愈所在的地点是长安街头，苏轼所在的地方可能是一片一望无际的平原；韩愈可能是在中午观雨，而苏轼可能是在清晨赏雨……这里的时间、地点都可能会变，观雨赏雨的图景也无定论，但是春初微雨的特征不会变，年年岁岁雨相似。且在苏轼的词中，他的意图不在于让人们感受到春日之景的具体美感，而在于使人产生对初春的无限热爱，他是为了在最后告诉人们珍惜青春年少时光的道理而以春天作喻的。描绘春景并非目的，而是手段，所以在对于春景的勾勒中省些笔墨，也无可厚非。

综上所述，不同的词人诗人在写作时，会根据自己的写作目的，而对于写作对象进行详略的挑选。

### 三、草色

小草发芽,乃春之讯号;漫山遍野的新绿铺满大地,是春之足迹走遍山野的象征。小草经常会作为春天的使者被写进诗里、载入文中。而其中能惊艳人们几千年的"草色遥看近却无"一句,可算是其中的佼佼者。

提到春草,"嫩"和"绿"二字便会立刻跳入我们的脑海中。宋代词人辛弃疾在《清平乐·村居》一词中便写道"溪上青青草",以"青青"二字来写草之颜色;朱自清也在其文中写道:"小草偷偷地从土里钻出来,嫩嫩的,绿绿的。"以此写出了初春小草的状态和色彩。他们都直写了春草之特点,让人一下能想象到草的具体形态。而韩愈的一句"草色遥看近却无"则更显含蓄。他并未说自己看到的草是什么颜色,触到的草是什么形态,而是用了"草色"二字,让读者自己去想象,去揣摩,去勾画自己脑海中初春小草的颜色。这一做法给了读者一定的想象空间,但又有一定的限制——春天的草总是绿的。

韩愈的诗句较辛弃疾和朱自清的文字而言,更为不同的一点是他写出的画面是动态的,而非单纯站在一个点来描绘。远远地望去,一片葱茏绿意,而走近一看却稀疏零星,几乎看不出来。"草色遥看近却无"七个字不仅仅是文字,更像是一个镜头,带着读者从远处不断地慢慢拉近,色彩也渐渐变淡,直至消失。

或许,正是因为韩愈此句如此精妙,才引得苏轼将其原封不动地引入自己的词中吧。但是苏词与韩愈的原诗又有所不同,在苏轼的词中,将"微雨如酥"与"草色遥看近却无"放在一起,会让人将微雨与嫩草联系起来进行想象。韩愈的原诗中,雨景与草色是分开的,是两幅相互独立的图景,它们都属于初春,但是它们并不相连。

所以,相同的诗句,不同的搭配,效果也各不相同。

综上所述,化用之中也体现着苏轼自身的思想与匠心,一代大家并非虚名。

## 玩味诗词

1. 在《减字木兰花·莺初解语》一词中,你从哪里可以看出所描绘的是初春之景?

2. 在《减字木兰花·莺初解语》一词中,苏轼运用了哪两种手法来化用韩愈的诗?

3. 你认为初春时节是一年中最好的季节吗?为什么?

(谢丽虹)

## 第三十三讲　脱俗·世俗

> 引言

对于欧阳修所写的《临江仙·柳外轻雷池上雨》一词,有人认为是其亲妓的明证,《钱氏私志》中甚至载有这首词具体的背景故事,此后不少人都同意这一看法。靳极苍在《唐宋词百首详解》中便写道:"所写的主人公是个妓女,事情是叙述失金钗的经过,主题是抒写一时的闲情逸致。"但也有人认为《钱氏私志》中所写的故事乃是恶意杜撰的。王楙《野客丛书》中有云:"余观此词,正祖李商隐《偶题》。诗云:'小亭闲眠微醉消,山榴海柏枝相交。水文簟上琥珀枕,傍有堕钗双翠翘。'又'柳外轻雷',亦用李商隐'芙蓉塘外有轻雷'之语。"王楙发现了欧阳修是在前人所写诗句的基础上进行开拓的,以此证明"亲妓"这一说法的可笑。

《钱氏私志》中的故事是真是假,我们无明确的证据来进行判断,但欧阳修所作的词,化用李商隐的诗句于其中,却是毋庸置疑的。在本文中,笔者便对化用的诗句进行分析,发现其中既有脱俗之感,又有世俗之物。

## 临江仙·柳外轻雷池上雨

【北宋】欧阳修

柳外轻雷池上雨,雨声滴碎荷声。小楼西角断虹明。阑干倚处,待得月华生。
燕子飞来窥画栋,玉钩垂下帘旌。凉波不动簟纹平。水精双枕,傍有堕钗横。

> 注释

轻雷:隐隐的雷声。
月华:月光。
帘旌:帘幕。

## 无题(其二)

【唐】李商隐

飒飒东风细雨来,芙蓉塘外有轻雷。
金蟾啮锁烧香入,玉虎牵丝汲井回。

贾氏窥帘韩掾少,宓妃留枕魏王才。
春心莫共花争发,一寸相思一寸灰。

▶ 注释

飒飒:风声。屈原《九歌·山鬼》:"风飒飒兮木萧萧,思公子兮徒离忧。"
芙蓉:荷花。
金蟾:指蟾蜍形状的金属香炉。
啮:咬。
锁:指香炉的鼻钮。
玉虎:用玉石装饰如虎状的辘轳。

## 宿骆氏亭寄怀崔雍崔衮

【唐】李商隐

竹坞无尘水槛清,相思迢递隔重城。
秋阴不散霜飞晚,留得枯荷听雨声。

## 偶题

【唐】李商隐

小亭闲眠微醉消,山榴海柏枝相交。
水文簟上琥珀枕,傍有堕钗双翠翘。
清月依微香露轻,曲房小院多逢迎。
春丛定见饶栖鸟,饮罢莫持红烛行。

## 穿越诗空

一、雷·雨·荷

《临江仙·柳外轻雷池上雨》一词以"柳外轻雷池上雨,雨声滴碎荷声"开首,将雷声、雨声、荷声皆交织其中,于夏日奏起了一曲动听的交响乐。而作为编曲者的欧阳修,其灵感来源便是李商隐,欧阳修将李商隐所写的"芙蓉塘外有轻雷"与"留得枯荷听雨声"合而为一,化成了这美妙的乐曲。

首先，从"芙蓉塘外有轻雷"以及"柳外轻雷池上雨"两句来看，欧阳修显然对李商隐的诗句进行了模仿。二者都将空间分隔成了两个不同的部分，拉开了雷与自己的距离，使雷声显得更为轻柔，减小了其攻击性。此外，以芙蓉塘或者柳树为标志物，也具有一种阻断之感，令人觉得声音穿透屏障达到耳边，力量定会有所削弱。以距离和阻隔两个方面，强调了雷声之"轻"。但与欧阳修的词相较，李商隐的诗中所含有的层次显得略微单调。他仅以"芙蓉塘"为屏障，将雷声放于塘外而将人置于塘内，只进行了简单的空间切分。可欧阳修在词中，先以柳树为标志，展示了柳外有轻雷，柳内有小池的景象。在此基础上，又进一步拉近镜头，给池上的雨点来了一个特写。由外到内，从远到近，使得整个画面所具有的动态感更强。同时，从画面与声音的丰富性来进行分析，欧阳修所描绘的场景似乎更为热闹。从李商隐所写的诗句来看，仅有芙蓉塘这一实在的景物，只有远处传来的轻雷这一种声音，若不与其他句子进行联合而单独分析，就显得有些单一。而欧阳修对其进行改变后所成的诗句，七个字中便含有"柳""池"与"雨"这三个事物，画面更为充实。且除了轻雷之声外，还暗含了雨点滴落池塘后所发出的声响，一远一近，一轻一响，错落有致，悦耳动听。

其次，将"留得枯荷听雨声"与"雨声滴碎荷声"放在一处进行比较。从字面来看似乎极为相似，所讲的皆是雨与荷叶相碰撞所发出的声响，但细品之下可知二者间有很大的差异。李商隐所写之诗，整个都在描述秋日雨后的情景。荷为秋日之枯荷，而声是脑海中的想象之声，是看到空中阴云不散、水中荷叶凋零、唯余枯叶几片时所产生的联想，并非是此时此刻站在荷塘边听到的声音。而欧阳修的词所写的乃是夏日雨时，雨滴阵阵敲打荷叶之景，词中的声响是萦绕于耳畔的真实声响。可见，二者所描绘的季节不同，荷叶状态不同，声音的虚实不同，那么其中蕴含的情感肯定亦不相同。"枯荷听雨"是诗人的一种期盼，是其于荫翳的秋日中，想要得到的一丝安慰。而"雨滴荷叶"是实景，是一种声音上的享受。此外，在"留得枯荷听雨声"一句中，仅明言了"雨声"这一种声音，雨打枯荷的具体声音则需读者通过想象来进行补充。而欧阳修在化用时，直接将"雨声""荷声"两声连用，更为直观，也在文字上形成了一种声音交织的感觉。

由上述分析可知，欧阳修在不只是在模仿李商隐的诗句，更是致力于在前人的基础上开拓新的意境。

## 二、簟·枕·钗

在上文中,我们便已提到,《野客丛书》认为《临江仙·柳外轻雷池上雨》一词是从李商隐所写的《偶题》发展而来的。笔者认为令其做出的这一判断的主要依据是词中"凉波不动簟纹平。水精双枕,傍有堕钗横"这三句,与《偶题》诗中"水文簟上琥珀枕,傍有堕钗双翠翘"所写之物极其相似。但与其说欧阳修在此处借鉴了李商隐的诗句,不如说是他在李商隐的基础上对其诗句中提到的事物展开了详细具体的描述,使得所成之句附上了主观的情感色彩。

我们先从"簟"字看起。"簟"即为"席子",是夏日消暑之良品。诗词中常出现的有竹簟、玉簟以及水纹簟。顾名思义,竹簟便是用竹子编织而成的席子,玉簟则是由玉打造而成的,以上两者皆是因其材料而得名。水纹簟之名则由簟上的花纹而来,意为上有水波之纹的席子。在李商隐的诗中,便以"水文簟"三字告诉读者,这个竹席上有水波花纹的图案,直接简洁,"水文"二字又使竹席显得文雅而又精美。欧阳修在词中的表述则显得更为细致,不仅告诉了我们簟上有如同水波一般的花纹,还对竹席的平整进行了描述。同时表现了此波纹之逼真,虽在有水波涌动于簟上之景,但是摸起来却无波澜起伏之感。从视觉上以及触觉上,都给予了人们极佳的享受。且在此处,水波乃为"凉波",于炎炎夏日之中,一个"凉"字愈发使人感到清爽。

再观簟上之枕。在李商隐之诗中,枕为琥珀所制,而欧阳修笔下之枕乃是水晶枕,枕头的材质大不相同,所呈现的颜色也不同。琥珀大多为黄色、红色、蓝色或者绿色,颜色较为艳丽。天然水晶则为无色透明,与琥珀相较,显得更为淡雅清新。此外,李商隐更加侧重于对枕头所在的位置进行描述,表明此枕乃是置于水纹簟之上的,注重表现画面的精美以及生活之华贵;而欧阳修在此基础上还关注了枕头的数量,"水精双枕"的"双"字不仅显示了床上有两个枕头,也表明此时欣赏雨后美景的并非孤身一人。所用的器具华美,心爱之人在侧,闲适之感跃然纸上。

对于水纹簟以及簟上枕的描述,欧阳修皆细于李商隐,但在坠落之钗的刻画上,二者却无粗细的不同,仅有侧重点上的不一样。欧阳修着重讲述了金钗坠落后横在枕边的状态,以堕钗之随性来表现人的慵懒舒适;李商隐则是将重点放在了金钗的种类及形状上。诗中所谓的"翠翘"就是古代妇人的一种首饰,其状如翠鸟尾上的长羽。诗人点明堕钗的种类意在表现妇人所拥有的首饰之精美，表现其物质生活的富足。

我们可以看到在李商隐与欧阳修的作品中，所呈现之景皆实现了从大到小的转化，先是床上之簟，再是簟上之枕，最后落脚于掉落枕边的金钗。镜头一步一步放大，所见之物一点一点变小，给人们展示了贵族之家所用器物的精致。但欧阳修在创作作品时，并不止步于此，他对于李商隐诗句中提到的事物所具有的状态、材质及对事物进行描述时所采用的详略程度进行了微小的改动，将人物对自然景物的享受融入其中，营造了悠闲逍遥的氛围。

综上可知，欧阳修在化用李商隐的诗句时，并非在一诗中寻找灵感，而是巧妙地将其多首诗中对自然的描述以及世俗物质的刻画溶于一词，并且毫无违和之感。欧阳修的词作既将诗中所含有的精华传承了下来，又在前人的基础上进行了更为细腻的刻画，衍生出自己的独特性，给读者带来了耳目一新之感。

### 玩味诗词

1. 《临江仙·柳外轻雷池上雨》一词中，将自然之景与世俗华美之物皆置于一词之中进行融合。你还知道有哪些诗词中既描写了脱俗的景物又描写了世俗华贵事物吗？请举一首为例，进行简单分析。

2. 在《临江仙·柳外轻雷池上雨》一词中，欧阳修从听觉上来写夏日雨中的荷塘。你知道有哪些诗句或此剧是从视觉上来对雨中荷塘进行描写的吗？列举一二。

3. "轻雷"二字源于哪位诗人所写的哪句诗句？

（谢丽虹）

# 第三十四讲　曲终人不见，江上数峰青

> **引言**

清人陆次云所撰《五朝诗善鸣集》评价钱起的诗作《省试湘灵鼓瑟》为"真神助语，湘灵有灵"。一首饱含湘水女神神韵的诗歌究竟妙在何处，只有走近诗中方能体会，进而感受东坡巧思点化之妙。

## 江城子·江景
### 【北宋】苏轼

湖上与张先同赋，时闻弹筝。

凤凰山下雨初晴，水风清，晚霞明。一朵芙蕖，开过尚盈盈。何处飞来双白鹭，如有意，慕娉婷。

忽闻江上弄哀筝，苦含情，遣谁听！烟敛云收，依约是湘灵。欲待曲终寻问取，人不见，数峰青。

> **注释**

凤凰山：山名，位于杭州西湖南面。
芙蕖：荷花。
娉婷：姿态美好，此指美女。
湘灵：湘水女神，相传原为舜的两个妃子娥皇、女英。《楚辞·九歌》有《湘夫人》。

## 省试湘灵鼓瑟
### 【唐】钱起

善鼓云和瑟，常闻帝子灵。
冯夷空自舞，楚客不堪听。
苦调凄金石，清音入杳冥。
苍梧来怨慕，白芷动芳馨。
流水传潇浦，悲风过洞庭。
曲终人不见，江上数峰青。

▶ 注释

"善鼓"二句：曾听说湘灵善于鼓瑟。鼓，弹奏。云和，地名，出产乐器。瑟，一种有二十五条弦的乐器。帝子灵，即湘灵，她们是帝尧的女儿，故称帝子。
冯夷：水神。
楚客：指屈原。屈原的《九歌》中有《湘君》《湘夫人》两篇，写仙灵之间相爱相思。
杳冥：高远之处，指天空。

## 穿越诗空

### 一、天上人间云和瑟

　　试看《省试湘灵鼓瑟》这一诗题，里面有两个文学常识需要我们有所了解。"省试"实际上是唐朝科举考试中的一个环节，各地选拔出来的人才可以参加尚书省主持的全国性考试，就是诗题中的"省试"，可见此诗是钱起在参加省试时留下的考场作品。虽为考场作品但却成为千古称绝的名篇，是一篇"戴着镣铐跳舞"的佳作。

　　另外还需要了解"湘灵"一词。湘灵即湘妃，相传为帝尧之二女、帝舜之二妃，名曰娥皇、女英，后世用"娥皇女英"指代王孙贵族同时拥有两个关系和谐的妻子。舜帝晚年时巡察南方，在一个叫苍梧的地方突然病故，娥皇和女英闻讯前往，一路失声痛哭，她们的眼泪洒在山野的竹子上，形成美丽的斑纹，世人称之为"斑竹"。她们在哀哀地哭泣了一阵后，居然飞身跃入湘江，为伟大的夫君殉情而死，情状壮烈，旷世罕有。从此娥皇女英便成了湘水女神，她们常常在江边鼓瑟，用瑟音表达自己的哀思。因此当年钱起在参加省试时的试题就是"湘灵鼓瑟"。

　　诗歌的首联"善鼓云和瑟，常闻帝子灵"就是承题，简要介绍"湘灵鼓瑟"的故事。"帝子"一词运用了《九歌·湘夫人》"帝子降兮北渚"的语意，描绘了湘水女神翩然降落湘水之滨的模样，她哀怨地轻抚云和瑟，弹奏着哀伤的乐曲，这琴声在天地间环绕着，勾起了万物的哀怨悲愁。

　　"冯夷空自舞，楚客不堪听。"最先被勾起思绪的就是水神冯夷，他在湘灵的音乐中找到了自己情绪宣泄的出口，于是便随着音乐起舞。"空自"一词写出了水神随着琴声的舞动是寂寞的，无人能解的，他在湘灵的音乐中释放自己的哀伤。同时那被贬谪的屈原也在这忧愁的曲调中潸然泪下，落在心底的万千思绪都悉数被牵起。人与神都在这哀曲中情不自禁,悲从中来。甚至连不知情不懂情的乐器也只会发出凄楚的声音、苦楚的曲调,"苦调凄金石",此句将金石人格化,赋予金石以人的情致。"清音入杳冥",琴瑟之声高亢清亮,直冲云霄,穿越万里,来到了苍梧之地——"苍梧来怨慕"。乐声唤醒了安息在此处的舜帝,也唤起了他心中无限的怨恨和仰慕之情。就连苍梧山上的白芷也为之动容,"白芷动芳馨",在这情意绵绵、哀思深深中的乐声开出了芬芳的花朵。这哀伤的曲调随着流水,裹挟着苍梧的馨香,会合在湘江的源头,最终化成一股猛烈的悲愁之风刮过八百里洞庭湖。在湘灵的曲调之中,诗人的想象驰骋万里,天上人间,从神到人,从人到物,继而是舜帝之灵、白芷花开,最后越过潇浦洞庭,世间万物皆为其动容,委婉地表现了琴瑟之声从轻柔到激越再到高亢,最后戛然而止,妙不可言。

《唐诗分类绳尺》评价此诗为:"通篇大雅,一结信乎神助!"可见更妙的地方在于结尾——"曲终人不见,江上数峰青"。结句突兀地在琴瑟声达到高潮之后戛然而止,从诗人的天马行空中拉回到现实当中,仿佛一场惊险刺激的刹车,出人意料,此为结尾的"一绝"。诗歌从湘水女神鼓瑟写起,结尾以湘水女神奏罢为结,首尾呼应,浑然一体,此为结尾的"二绝"。诗歌奏罢,整颗心瞬间空虚了下来,只能够将目光投向远处的风景,广阔的江面上重叠着几座青葱的山峰,色彩明丽清新,仿佛湘妃的琴瑟声留下的余音袅袅与山峰合而为一了,江景见证了湘妃传奇的故事,创造了一个飘逸玄妙的诗境,以景作结,韵味无穷,此为"三绝"。故《唐诗近体》评价:"结得缥缈不尽。"

**二、西子湖畔赏胜景**

穿越数百年,钱起的"神助之语"也给了东坡无限的灵感。《江城子·江景》大约作于熙宁五至七年之间(1072—1074),当时东坡在杭州出任杭州通判。有一天,他与婉约派词人张先相约一起游西湖,并在湖上听到了优美的筝声,这筝声触动了自己深埋心底的秘密。

西湖一场雨,东坡和友人在凤凰山下等雨停,看到"雨初晴,水风清,晚霞明"的美景。西湖雨后初霁,云收风敛,澄澈的西湖水碧波荡漾,清新的风徐徐抚过,绚丽的晚霞染红了半边天空。云淡风轻霞明丽,此三句大处落笔,营造了一幅清新明丽的山水画,一切都是这样的令人惬意和舒适。

突然一朵莲花闯入眼帘,"一朵芙蕖,开过尚盈盈"。亭亭的莲花一枝独秀,立在水中央盛开着,花瓣晶莹剔透,还流动着珍珠般的水珠。然而东坡看似写水中莲,实际上是要引出弹筝美人。美人如莲一般清丽动人,"开过尚盈盈"也暗示了美人虽非少女,但风韵犹存。据张邦基《墨庄漫录》记载:弹筝人三十余岁,"风韵娴雅,绰有态度"。此处用"一朵芙蕖,开过尚盈盈"的暗喻来对弹筝美人进行描绘,不仅准确,而且极有情致。此句一语双关,状物与描人合而为一,天衣无缝。此时"何处飞来双白鹭",此句让人感觉仿佛一抹纯白从眼前掠过,为整个明丽的画面增添了一丝动感。这两只白鹭似乎也对眼前这一位才华横溢、身姿袅娜的女子充满了兴趣,对她仰慕不已。而东坡与张先也如同双飞的白鹭一样,闻声而来,对眼前的弹筝美人无比欣赏,惊为天人。因此"白鹭"三句也是绝妙的双关句。

词的上片,整个画面清新淡雅,一支莲花成为整个画面的重点,所有的淡雅背景都在衬托着这风姿绰约的弹筝美人。东坡将弹筝美人置于雨后初晴、晚霞明丽的湖光山色中,使人物与景色相映成趣,又巧用了比喻和衬托的手法,紧扣"闻弹筝",从多方面描写了弹筝者的美丽。

## 三、人不见数峰青

词的下片则将重点放在了音乐上——"忽闻江上弄哀筝,苦含情,遣谁听!"一个"忽"字写出了这一曲调的突如其来。曲调直击人心,"哀筝"一词描绘了乐曲的总体情感基调。这哀伤的曲调,勾起了东坡深藏在心底的苦闷与悲愁,让他忍不住似发问地抒情道:"苦含情,遣谁听!"这曲调之中包含了那么多愁苦之思,又在鬼使神差地吸引着谁的耳朵呢?毫无疑问,就是东坡自己呀!东坡因为与王安石为首的新党政见不合而自请出京,虽能豁然处之,但壮志难酬的苦闷依然郁结心间。东坡先从乐曲总的基调来写,然后从听者的角度出发来书写感受,亦侧面烘托了筝声的感染力。

"烟敛云收"一句进一步渲染乐曲的哀伤,连无情无知冷冰冰的大自然也为这乐曲而动容:烟霭闻之敛容,如同原本舒畅的身心听闻曲子之后立马阴云密布;云彩听之收色,如同绽放的笑容立即消失得无影无踪。这句赋予自然以人的情态,从侧面进一步地渲染了音乐之妙。"依约是湘灵"一句则用了湘水女神的典故来总写音乐之悲伤,乐曲好像是湘水女神在鼓着瑟倾诉着自己的哀伤。作词至此,把乐曲的哀伤动人一步一步地推向最高峰,仿佛音乐到达了最高潮,涤荡在词人的心中。此句也隐喻了弹筝人有如湘灵般美好,表达了东坡对此曲及其演奏者的高度赞赏。

词作的上片对弹筝女的形象进行了描绘,下片在为这哀伤的曲调作结时,读者原本以为会看到潸然的美人泪,东坡却笔锋突转:"欲待曲终寻问取,人不见",宛若一朵盛开的红莲在眼前倏忽不见,这为整首词作增添了神秘与飘渺的气质。东坡即宕开一笔,落在"人不见,数峰青"上,此二句是对钱起《省试湘灵鼓瑟》诗"曲终人不见,江上数峰青"的点化,写弹筝人已飘然远逝,只见青翠的山峰仍然静静地立在湖边,仿佛那哀怨的乐曲仍然荡漾在山间水际一样,自然贴切,不露痕迹。虽然人已逝,但是青山见证了这一段短暂而美好的相遇与相知,含蓄隽永,借古人之笔写我心,足见东坡"以诗为词"的功力。

### 玩味诗词

1. 如何理解《唐诗分类绳尺》对《省试湘灵鼓瑟》的评价"一结信乎神助"?

2. 《江城子·江景》的上阕运用了多种手法描写弹筝女,请择其一种做具体分析。

3. 《江城子·江景》的下阕最后三小句意味深长,试做简要分析。

(谢 宇)

# 第三十五讲　海棠依旧否？

> 引言

电视剧《知否,知否,应是绿肥红瘦》红极一时,让李清照的这首《如梦令·昨夜雨疏风骤》为大众所熟知,然而古之大家们早已对这首小令赞不绝口。蒋一葵先生如此评价:"当时文士莫不击节称赏,未能有道之者。"那么这首小令妙在何处,且听下面慢慢道来。

## 如梦令·昨夜雨疏风骤
### 【北宋】李清照

昨夜雨疏风骤,浓睡不消残酒。试问卷帘人,却道海棠依旧。知否,知否,应是绿肥红瘦。

## 懒　起
### 【唐】韩偓

百舌唤朝眠,春心动几般。
枕痕霞黯澹,泪粉玉阑珊。
笼绣香烟歇,屏山烛焰残。
暧嫌罗袜窄,瘦觉锦衣宽。
昨夜三更雨,今朝一阵寒。
海棠花在否,侧卧卷帘看。

> 注释

百舌:指各种各样的鸟叫声。

笼绣:指纱绣笼罩的香炉。

屏山:指绘有山形的画屏。

暧:暗淡的,不分明的。

## 第三十五讲　海棠依旧否？

### 穿越诗空

**一、"语浅情深"之妙**

初读《如梦令·昨夜雨疏风骤》，词如白话，仿佛不假思索的喃喃独语，信手拈来，通俗易懂。词中之景不过"雨疏风骤""绿肥红瘦"，词中之事不过"浓睡不消残酒""试问卷帘人"，然而就在这浅显之中，将一个女子暮春时节的满心清愁展现得淋漓尽致。

"雨疏风骤"暗合了词作的暮春时令。"疏"并非仅指雨的稀疏，"骤"也并非仅指风的猛烈急遽，"疏"与"骤"形成互文，意为时而风雨大作，时而轻风细雨，整夜的风雨状态不断变化，如同一波又一波的浪潮，扰得人心绪不宁。这乍暖还寒的光景，就像一根挑动神经的刺，词人的敏感与细腻全部被唤醒，为那窗外的海棠花牵肠挂肚。"浓睡不消残酒"，即使在酒的催化之下沉沉睡去，醒来被惺忪和宿醉紧紧包裹，词人仍然在惦记那风雨中的海棠。

"试问卷帘人"，词人的写法非常的特别，并没有在"试问"之后道出问的内容，而是紧接着跟上一句"却道海棠依旧"，让读者以"卷帘人"的回答推知词人可能询问了什么问题——"窗外的海棠花还是原来的样子吗？"这是中国古典诗词中常见的一种表现手法，谓之"藏问于答"，可以将丰富的文意蕴含在简洁的文字当中，达到言简意赅的效果，增强诗词的语言表现力。

这里还有一个词值得引起我们注意，那便是"试问"。词人为何要"试问"？是因为不敢问吗？词人是大户人家的小姐，这里的"卷帘人"是词人的婢女，照顾词人的生活起居乃是分内之事，问自己的婢女大可直截了当地"问"，何必添加一份怯生生的"试"。可见词人并非胆怯于婢女，而是对窗外海棠怀有一份担忧与期待。昨夜的风风雨雨将这无所遮蔽的海棠摧残成什么样子了呢？从理性的角度认知，大概是已经凋敝零落了吧；然而从感性角度认知，真希望它一切安好。作者就在这种矛盾与纠结中展示了她柔软细腻的内心。

当婢女告知词人"海棠依旧"之时，词人匠心独具地在回答之前加入了一个"却"字，将幽深婉约的情感尽数展现。联系上文的分析，词人对于自己的问题实际上心中早已有了答案，她的"问"不能理解为"疑问"，而是一种"设问"，虽然对着婢女发问，然而更多的是对着自己发问。当婢女给出回答之后，词人通过一个

"却",表达了对这一回答的不信与不满。为何不信?整夜的风雨,时缓时急,海棠树在风雨中凌乱的模样宛在眼前,经历此番"磨难",如何能说"海棠依旧"呢?又为何不满?"不满"建立在"不信"的基础之上,经过漫漫长夜的风雨肆虐,海棠花一定变成了另外一番模样,然而婢女却说"依旧",如此回答让词人感到与婢女之间横亘着隔膜,从而形成了鲜明的对比。婢女亲眼证实海棠安否,却对海棠的变化视若无睹,这并非婢女粗心大意抑或是无心关注,而是婢女与词人本就是两个世界的人。婢女看到的是"实"景,然而婢女并不能和窗外之景产生联系,感情就更无从谈起。而词人则大不相同,"昨夜雨疏风骤"说明词人对窗外的情况早已记挂在心,窗外的风雨大作是一种实指,同时也是一种虚指,指的是词人内心的郁结与惆怅。所以词人才会饮酒,饮酒之后的"浓睡"与难解的宿醉仍旧让不能让词人忘记心中所记挂的海棠,经历一夜洗礼之后的海棠已全然不是"昨夜"的海棠,纵使今日的海棠真的与昨夜的海棠别无二致,但在她的情感深处,一切也已经变得全然不同。婢女的回答不但不能让词人不宁的心绪稍有缓解,反而加剧了她的愁绪,这份愁绪来自一种无人能知、无人能解的孤独与寒冷。

## 二、"语新意隽"之妙

如果说"试"与"却"的精妙使用使得这首简单的小令变得余味无穷,那么"知否,知否,应是绿肥红瘦"的巧思妙用,则让"文士莫不击节称赏"。

窗外的海棠花不仅仅是海棠花,它经历一番风雨后的憔悴与不堪跟词人的怅惘一样,于是海棠花与词人就产生了联系,人花神合。因此面对婢女"无知"的回答,她再也抑制不住自己的情感,无限凄婉涌上心头。"知否,知否"两重叠字,这里的反复十分值得玩味。其中蕴含着深深的急切,急着反驳婢女的回答,然而并没有责怪婢女的意思,词人立马明白与婢女较真并无意义,她们本就不是心意相通之人,词人只是在跟自己说婢女所言有误。急切的情绪只是一时的,继而马上转入了沉缓,沉缓背后的孤独与凄婉令她不自觉地欲说还休,最终成了自言自语的悲戚诉说。

"应是绿肥红瘦"中"绿肥红瘦"四字的表达翻出了无限新意。"绿""红"二字显然是借代,选取事物的某一明显特征,以局部代称整体。此处的"绿"就是海棠树的叶子,"红"便是海棠花,以叶和花的颜色来代指事物,具有高度的概括性。

虽然词中仅仅出现了海棠花,然而经过整夜的"雨疏风骤",世间春花皆如海棠般凋零残败,这样的借代留给人无穷的品味空间,富有张力和表现力。更妙的地方在于词人用"肥"与"瘦"来形容叶与花,简单的二字包含了多重艺术手法。此二字可以理解为比喻,即把花的衰败之态比作消瘦的妇人,把绿叶的繁茂之态比作肥胖之人。自然,"肥""瘦"二字也可以理解成拟人,二字多用于形容人,而此处用于形容叶与花。此外,还有对比的手法蕴含其中,一肥一瘦的鲜明反差,意在衬托"瘦",花的零落是"瘦",人的憔悴是"瘦",精神的幽怨更是"瘦",词人借此将人和花合为一体。

然而"绿肥红瘦"并非实景,一个"应是"道破了玄机,这一切都是词人的料想,"应是"给"绿肥红瘦"蒙上了强烈的主观色彩。婢女已将窗外的景象如实告知,词人却凭借自己的理性与感性的判断,深信窗外"绿肥红瘦",为何她会如此这般?其一在于暮春时节的季节之感勾起了词人的无限伤春之情,暮春意味着花事将过,正如同女子的青春将一去不返;其二在于"昨夜"的恶劣天气,对窗外的海棠而言是一场催促春花凋零的灾难,词人已将自己与花合而为一,因此即使她不用亲眼看,海棠细微的变化也被她细腻的情感所捕获。暮春花谢,年华流逝,不免让多愁善感的词人内心充满了哀愁与伤感。

### 三、"点化唐诗"之妙

李易安的《如梦令·昨夜雨疏风骤》"天下称之",但它并非横空出世。俞平伯指出:"词意殆出自韩偓五言律《懒起》。"唐诗点化的方式多样,有意象的点化,有诗句的点化,最难的则是诗意的点化,且看词人如何将唐诗的点化效果达到最佳水平。

《懒起》的主人公是一个闺怨女子,以"懒"字贯穿全文。第一联交代了主人公被早晨鸟儿的叫声扰了清梦,醒来之后萌动的"春心"便将人带入了无限的愁绪之中。这"春心"既是暮春的惜春之心,也是主人公哀叹青春易逝之心。接着镜头转向了主人公的脸,昨夜的妆今晨还没有卸,留在枕边印出道道痕迹,昨夜夜长梦多,脸上还挂着深深的泪痕,和着脂粉形成了道道沟壑。环顾四周,香炉烟息,屏风烛残。脸颊不收拾,房间不收拾,都在说着主人公的疏懒。当她终于挪动身体想要拾掇拾掇自己,穿上身的袜与衣都不再合身,这里"窄"与"宽"或许并非真实感受,而是一种恍惚与不明就里的感受。起身穿衣之后,忽然感受到一阵寒意,才惊觉昨夜三更开始下雨。寒气惊扰了人,主人公不由想到了窗外的海棠,便卷起帘幕一探,她关注海棠的命运,可又不愿挪步户外去看个究竟。主人公的"懒",从对自身、房间的疏懒开始写,逐步延伸至精神的疏懒,"懒"的背后全是对生活的失望与无聊,对无情命运的无奈。

李清照对韩诗的化用,脱胎于此却另有巧思。韩诗中涉及海棠花的部分集中在最后两联,主人公是因雨而忽然想起海棠花,自己去探寻海棠究竟如何。而李清照的词,全词的内容都围绕"问海棠"展开,因有风雨,惜花而起愁,饮酒解愁,醒来愁情仍难消解,不忍自己看,便试问卷帘人。全词言简意丰,曲折多致,在此境上远胜于韩诗。尤其是卷帘人"却道海棠依旧",此句一出,如横云断山,将词人的愁情拦腰束住。最后词人将自己的心中所想淡淡道出,使得小令跌宕起伏。难怪刘熙载在《艺概·词曲概》中说:"词之妙全在衬跌。"李清照在韩诗原有的基础之上,增加了幽深婉约的写作风格,实为妙不可言!

### 玩味诗词

1. 结合李清照《如梦令·昨夜雨疏风骤》全词的内容,试分析"试问"一词的妙处?

2. 《如梦令·昨夜雨疏风骤》中,婢女"却道海棠依旧"引发了词人怎样的思想感情?

3. 试从文学艺术手法入手,赏析《如梦令·昨夜雨疏风骤》中的"绿肥红瘦"四字。

4. 刘熙载《艺概·词曲概》评价《如梦令·昨夜雨疏风骤》:"词之妙全在衬跌。"试结合全词分析这一说法。

(谢 宇)

## 第三十六讲　一种相思，两处闲愁

> 引言

李清照的词向来为人所称道,到了明代杨慎,其在批点杨金本《草堂诗余》时评价易安的《一剪梅·红藕香残玉簟秋》为："离情欲泪。读此始知高则诚、关汉卿诸人,又是效颦。"连南戏鼻祖高则成和元曲四大家之一的关汉卿尚且相形见绌,易安《一剪梅》的离情悲愁是何等动人？

### 一剪梅·红藕香残玉簟秋
**【北宋】李清照**

红藕香残玉簟秋,轻解罗裳,独上兰舟。云中谁寄锦书来？雁字回时,月满西楼。

花自飘零水自流,一种相思,两处闲愁。此情无计可消除,才下眉头,却上心头。

> 注释

玉簟秋:意谓时至深秋,精美的竹席已嫌冷。

兰舟:南朝梁任昉《述异记》卷下："七里洲中有鲁班刻木兰为舟,至今在洲中。诗家所云木兰舟出于此。"

锦书:对书信的一种美称。《晋书·窦滔妻苏氏传》："窦滔妻苏氏,始平人也,名蕙,字若兰。善属文。滔,苻坚时为秦州刺史,被徙流沙,苏氏思之,织锦为回文旋图诗以赠滔。宛转循环以读之,词甚凄惋,凡八百四十字。"

"此情"三句:北宋范仲淹《御街行》："都来此事,眉间心上,无计相回避。"

### 青　春
**【唐】韩偓**

眼意心期卒未休,暗中终拟约秦楼。
光阴负我难相遇,情绪牵人不自由。
遥夜定嫌香蔽膝,闷时应弄玉搔头。
樱桃花谢梨花发,肠断青春两处愁。

> 注释

秦楼:这里指代烟花之地。
遥夜:长夜。
嫌:不满。
蔽膝:围于衣服前面的大巾,用以蔽护膝盖。
玉搔头:即玉簪。

### 一、多离恨,两处愁

　　风吹起如落花般破碎的青春流年,而你的笑容是我命途中最美的点缀,看天,看雪,看季节深深的暗影。唐代诗人韩偓就是在风华正茂的青春之时,于千万人之中,将目光定格在一人身上,从此一眼万年。哪堪情深缘浅,有缘无分。

　　现实的重重阻隔曾让心意相通的两人尝试向现实妥协,然而"眼意心期卒未休",意中人的一颦一笑都在脑中挥之不去,整颗心都满是对她的期许与期待,即使努力想要忘记她,最终还是无法止息对她的爱情。既然情丝的两端是两颗彼此牵挂的心,那就抛却"父母之命,媒妁之言"吧。他们只愿常伴彼此左右,于是"暗中终拟约秦楼",两人满怀着对恋爱的憧憬相约在"秦楼"私定终身。"秦楼"一词借用了秦穆公女儿弄玉的典故,弄玉擅长吹箫,穆公便特地为她修建了一座凤楼,也就是秦楼,弄玉在此楼中与丈夫一起吹箫作乐,而后成了"歌舞妓院场所"的代称。这也解释了为何两人的相恋出现了重重阻隔:一个是十岁即席赋诗的少年豪杰,仕途光明,一个是深陷红尘的青楼女子,身份的悬殊将两人牢牢禁锢,他们试图用爱来冲破这一切藩篱。

　　然而事与愿违,"光阴负我难相遇"点明了诗人最终没有前去赴约,一段炽热的情感就此付诸东流。最残忍的是在往后的时光中,光阴如同赌气一般,令人再也遇不到相知相爱的人,悔恨、愧疚、遗憾形成一股飓风在人的心上肆虐,将思绪紧紧禁锢——"情绪牵人不自由"。

　　这令人遗恨无限的失约挥之不去,他总会回想起那个有佳人苦苦等候的夜晚——"遥夜定嫌香蔽膝,闷时应弄玉搔头"。她一定在那希望与失望交织的夜晚中焦愁不已。佳人此时不愿意点燃香炉,迷蒙的香会像蔽膝一样遮挡住她的

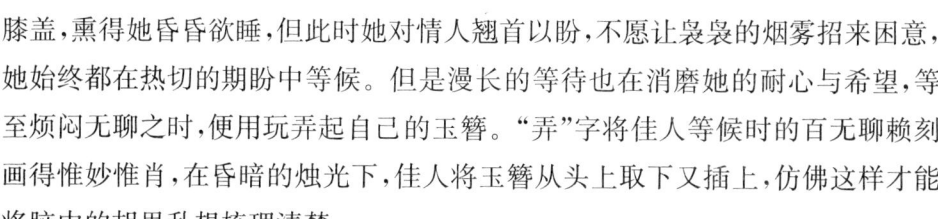

膝盖,熏得她昏昏欲睡,但此时她对情人翘首以盼,不愿让袅袅的烟雾招来困意,她始终都在热切的期盼中等候。但是漫长的等待也在消磨她的耐心与希望,等至烦闷无聊之时,便用玩弄起自己的玉簪。"弄"字将佳人等候时的百无聊赖刻画得惟妙惟肖,在昏暗的烛光下,佳人将玉簪从头上取下又插上,仿佛这样才能将脑中的胡思乱想梳理清楚。

思绪回归当下,如今诗人的青春一去不复返,同样青春远去的还有那个在烛火中痴痴守望的她——"樱桃花谢梨花发"。绚烂的樱花凋零殆尽,暗示佳人的美好的容颜也随着时光的侵袭凋敝殆尽;青丝亦熬成白发,如同梨花般点点斑白,一生守候之为谁?"肠断青春两处愁",青春中的一次邂逅,让他们一眼误终身,更令人心痛的是这相爱不能相守的肝肠寸断并非一人独受,两人的青春都在其中被消磨殆尽,两处共鸣的悲愁遗恨无限,令人泪目。

无独有偶,唐代诗人罗邺在《雁二首》中亦有相似的表述:"江南江北多离别,忍报年年两地愁"。只是此处的"两地愁"并非指相爱而不得相守的爱情,而是指家国破碎,江南江北两处被各自割据,两地的民众都不堪其苦。双方的家仇国恨、思亲怀人之情使得这"两地愁"愈发深刻与沉痛。

## 二、满腹清愁何以解?

如果说《青春》与《雁二首》的悲愁拥有令人潸然泪下的艺术感染力,那么易安词《一剪梅·红藕香残玉簟秋》中的悲愁则是通过精致绝伦的笔触在隐忍与克制中将其刻在了人的心中。

《一剪梅·红藕香残玉簟秋》的起句"红藕香残玉簟秋",总领全篇。易安从屋内将目光投向窗外,落在了"红藕"上,但看到的却是莲花凋谢殆尽、已无踪迹,本想在窗外红莲的身上寻找一丝慰藉,结果水面空无一物,平添了一份空虚。然而更令她伤感的是嗅觉上的"香残",花已凋零,但是香气依旧丝丝缕缕弥漫在空中,正如那丝丝缕缕的相思。花开花落,本是自然现象,但也是悲欢离合的人事象征。此时忽觉一阵凉意袭来,原来是身下的"玉簟"也被这秋浸染。枕席生凉,既是肌肤间的触觉,也是凄凉独处的内心感受,正如韩偓《已凉》中的"已凉天气未寒时"。开篇一句从视觉、嗅觉和触觉三个角度对初秋进行了点染。此句既描景又含情,语言平淡易晓,似女子不经意的低回,为全词定下了缥缈忧愁的基调。

故清代梁绍壬评价:"易安《一剪梅》词起句'红藕香残玉簟秋'七字,便有吞梅嚼雪,不识人间烟火气象,其实寻常不经意语也。"

　　独立屋内,苦闷愈发滋长,不如移步户外寻求一份安宁。于是便"轻解罗裳,独上兰舟",她轻轻地脱下外裳,独自登上那精致的小船。《述异记》记载:"木兰川在浔阳江中,多木兰树。昔吴王阖闾植木兰于此,用构宫殿也。"又曰:"七里洲中有鲁班刻木兰为舟,至今在洲中。诗家所云木兰舟出于此。"可见木兰为皇家巧匠之用木。易安本为官宦女,生活的精致程度可见一斑,此亦为上文所言的"不识人间烟火气象"。逃离封闭的闺房,踏上精致的小舟是否会带来暂时的欢娱呢?"独"字透露了心事,既表明了形单影只,又映射了内心的孤寂,暗示了满腹的离情别恨。

　　泛舟湖上,眺望远方,偏偏湖光山色不入眼中,进入眼帘的竟是"云中锦书",也就是大雁。大雁恰巧排成整齐的队列自北方飞回南方,古有鸿雁传书的传说,易安不自觉地便发问:是谁家来了家书? 只有一直处在盼信、等信的过程中,才会发出这样的疑问。那么易安在盼望谁? 自然是和她分隔两地的丈夫赵明诚。易安与赵明诚婚后伉俪之情甚笃,但由于其父李格非在党争中受到冲击,李清照亦受到株连,被迫还乡,与在朝中的丈夫时有别离,此词便是在这分别的过程中创作的。

　　湖中泛舟亦无法排遣苦闷,鸿雁飞过却无书,思绪也随着雁群飘向了远方,引出了"雁字回时,月满西楼"的遐想。或许划过的鸿雁会回过头来将信留下,或许花好月圆之日,远人会归来共赏西楼胜景,享受如梦佳期。这一神驰象外的情思和遐想,不分白日或月夜,也无论舟上或楼中,都是萦绕于词人心头的。词的上阕用精致巧妙的地点转换,按顺序记叙了词人从昼到夜一天内所做之事、所触之景、所生之情,无论所见所闻为何,都会归于思念和哀愁,实为用情至深,痴心一片。

## 三、青出于蓝而胜于蓝

　　易安在词的下阕转入了委婉的抒情,展现了词人极高的点化功力。下阕的首句"花自飘零水自流",其中的"花"与"水"巧妙地呼应了上阕的"红藕香残"和"独上兰舟",同时落花流水的场景似乎也可以勾起人对红莲的遐想,那已"残"的荷花就是在流水的激荡下,被冲散了花瓣,零零落落的花儿在流水中浮沉,一去不复返。此句一改词作上下阕相割裂的状态,过渡自然,词意通顺流畅。此外,此句也含有象征的意味,"花"意味着青春与爱情,"水"意味着不断流逝的时间,那些生命中的美好事物在时间的洪流中颠簸漂泊,转瞬即逝,而我们却无能为力,颇具晏殊"无可奈何花落去"的遗恨。面对光阴流逝的无力感是人类共同的情感经验,刘禹锡在《竹枝词》也曾写下过"水流无限似侬愁",令人感同身受。

"花自飘零水自流"是一种情景交融的含蓄抒情,而"一种相思,两处闲愁"则是直白却意蕴无限的抒情。此二句脱胎于罗邺的《雁二首》之二"江南江北多离别,忍报年年两地愁"和韩偓的《青春》"樱桃花谢梨花发,肠断青春两处愁"。两首诗作中的"两地愁"和"两处愁"指的双方都怀有相同的悲愁,句意在强调"各自"拥有,双方并非一体的,这样的情感就难以产生悲伤的共鸣。但是易安则将诗句熔铸、裁剪为两个句式整齐、词意鲜明的四字句,"一种相思"立即拉近了双方的距离——他们都在相思的悲愁之中,而且想念的正是对方,心心相印;"两处闲愁"则是两人无奈被空间距离阻隔,于是只能通过心灵上无端而起的情感来联系彼此。易安句有着极强的情感共鸣,这何尝不是情深似海的表达呢?此句虽为点化之句,却脱胎换骨、点铁成金,让相思不得见的悲愁超越了时空,穿越了人心,感人肺腑。

结尾的"此情无计可消除,才下眉头,却上心头"亦是点化之句的典范。王士禛在《花草蒙拾》中指出,这三句从范仲淹《御街行》"都来此事,眉间心上,无计相回避"脱胎而来。与范仲淹之词相比,易安词精致无比,巧思无限。"眉头"与"心头"相对应,"才下"与"却上"成起伏,对仗工整,富有极强的语言张力,此为一妙;"眉头"和"心头"亦暗合了"两处闲愁",前后呼应,词意连贯,此为二妙。易安词工、情深、技高,"香弱脆溜,自是正宗",当之无愧。

## 玩味诗词

1. 《青春》中"樱桃花谢梨花发"一语双关,试结合诗歌内容进行简要分析。

2. "红藕香残玉簟秋"历来为人称颂,试分析其原因。

3. "此情无计可消除,才下眉头,却上心头"三句历来为人称道,请试做分析。

(谢 宇)

# 第三十七讲　问花花不语

> 引言

陈廷焯在《云韶集》中评价《蝶恋花》："连用三'深'字,妙甚。偏是楼高不见,试想千古有情人读至结处,无不泪下。绝世至文。"那么这首词作"绝世"在何处？走进词作,听欧公娓娓道来。

## 蝶恋花·庭院深深深几许
### 【北宋】欧阳修

庭院深深深几许,杨柳堆烟,帘幕无重数。玉勒雕鞍游冶处,楼高不见章台路。

雨横风狂三月暮,门掩黄昏,无计留春住。泪眼问花花不语,乱红飞过秋千去。

> 注释

几许：多少。许,估计数量之词。
杨柳堆烟：杨柳迷茫、暖日含烟貌。堆,充满,积聚。
玉勒雕鞍：玉饰的马衔和雕刻精美的马鞍。
章台：汉长安街名。
门掩黄昏：户门不开直至夕阳残照。

## 落　花
### 【唐】严恽

春光冉冉归何处,更向花前把一杯。
尽日问花花不语,为谁零落为谁开。

> 注释

冉冉：渐渐,缓缓。

## 第三十七讲　问花花不语

### 穿越诗空

《蝶恋花·庭院深深深几许》一词的创作者,曾一度成为诗词界热议的话题,各家的说法主要分为两类:一说的依据来自欧阳修《六一词》的收录,词牌名为"蝶恋花";另一说的依据来源于冯延巳《阳春集》的收录,以"鹊踏枝"为词牌名。李清照赞同前一种说法,她在《临江仙》词序中写道:"欧阳公作《蝶恋花》,有'深深深几许'之句,予酷爱之,用其语作'庭院深深'数阕。"而王国维则赞成后一种说法,他在《人间词话》中引用此词,注明的作者便是冯延巳。实际上,宋初词风承南唐,并无明显变化,同时欧阳修与冯延巳都曾身居朝廷要职,有着相似的人生经历与文化素养。因此两人的词风相似,难以辨别此作为谁所作。此文姑且认定为欧阳修之作。

### 一、庭院深深

《蝶恋花·庭院深深深几许》整首词作想要表达的是深闺少妇的伤春思人之情。上阕可以分成两个层次来看,第一个层次便是"庭院深深深几许,杨柳堆烟,帘幕无重数",是对景致的刻画。前七字中连用三个"深"字,提示了这一景的"深"。"庭院深深"一语直接道破了庭院的曲径通幽,这份幽静深得令人发寒,为整首词作定下了凄寒的基调,于是词人忍不住追问"深几许"。连用三个"深"字,在朗读节奏上创造了层层深入之感,三个"深"字罗列排开,在阅读视觉上给人营造了一重又一重的深入之感,仿佛一组电影镜头,逐步朝着庭院的深处推进,营造了极佳的情景创设,难怪李廷机评价道:"首句叠用三个'深'字最新奇。"

"杨柳堆烟,帘幕无重数"则对"庭院深深"的程度做出了具体的描述。"堆烟",本意是指烟雾难以消散,此处指的是杨柳枝条茂盛且浓密,遮挡了雾气的消散,为本就幽深曲折的庭院增添了遮蔽之感;同时也可以理解成柳树生长过于繁密,就仿佛浓稠的青烟一般,遮住了人的双眼,进一步增强了人与外部环境的隔膜,表现了庭院之"深"。再言"帘幕无重数",除了杨柳的无情遮蔽,闺房中的帘幕也似乎是一幅嘲弄的嘴脸。"无重数"就是一道道、一层层,无法数清的帘子封锁了唯一沟通屋内与屋外的门户,终日可以能够相见的便是屋内四堵冷冰冰的墙。

世间的苦痛非来自苦痛本身,而是来自清清楚楚的对比。"我"被禁锢在这"深深深"的闺阁牢笼之中,相反的,"你"在哪里呢?视角从思妇角度切换为了思妇意中人视角,上阕的第二层内容讲述的便是思妇的意中人流连于声色犬马之中。

"玉勒雕鞍"中的"勒""鞍"本是日常用具,而思妇的意中人却用珍贵的玉石来做马衔,用精巧的雕刻来装点马鞍,这两处易被人忽视的细节尚且如此讲究,更何况生活的其他方面,侧面烘托了思妇意中人生活的奢靡。"游冶处"指的是当时的歌楼妓院,与"章台路"同义。唐代许尧佐著《章台柳传》,记妓女柳氏事,因此便有了以章台为歌妓聚居之地的说法。思妇意中人的身影常常在此类地方流连忘返,这直接表现了此人的朝秦暮楚、用情不专。即使如此,思妇对他仍旧关切备至,她登上了高楼前去眺望,可是这深深的庭院深不可测,即使踮起脚尖,费尽眼力也看不到那门庭若市的花街柳巷,更别提追寻到他的身影了。

在思妇处境和思妇意中人处境的两相对比中,我们可以看到,庭院深深,深的不仅仅是空间距离,还有那心理距离。

**二、意境深深**

词人对"庭院深深"的描绘令人称绝,而词作的"深深"意境亦是妙不可言。"庭院深深"虽未言墙,但是"墙"之阻隔不言而喻:院内杨柳参差,"树墙"之阻隔昭昭;屋中帘幕重重,"布墙"之阻隔分明。词人先从大处的庭院着笔,犹如初入庭院,进而视角转向杨柳,带人深入庭院,最终到达闺房中,整个空间显得越来越逼仄,确是庭院深、深、深。

如果说"庭院深深"是在空间上营造了深邃曲折的意境,那么下阕中的"雨横风狂三月暮,门掩黄昏,无计留春住"就在时间上营造了悲戚的意境。上阕的"杨柳堆烟"透露了晨雾难以消散,那么缘何能够看到浓郁的晨雾?或许是因为愁肠百结令双眼难合,夜难成眠。此时最为敏感,心弦被拨动,风雨震碎了整颗心灵,忧愁苦闷油然而生。

词的下阕写的是风狂雨暴的黄昏景象。此时风雨大作,猛烈的风和狂暴的雨让思妇心惊肉跳,悲伤的情绪如藤蔓般包裹了思妇的心,沉郁的意境也随即笼罩于读者心头,此为时间意境的"一深";时间又恰逢三月末,正是暮春时节,落花飘零,一片荒凉萧索的景象,换季之时也触发了人敏感的神经,不禁想到眼前之花不就是自己的模样吗?花儿流水去,红颜凋零逝,此为时间意境的"二深";"门掩黄昏"中又提及此时适逢黄昏之时,日薄西山,不禁勾兑起思妇对时光的感慨,营造了日暮的苍凉,此为时间意境的"三深"。意境上的三重"深",层层渲染,逼得词人无奈地喊出了"无计留春住"的感慨。风雨不知惜花,时光不解红颜,给全词披上了悲凉沉郁的意境。

### 三、情意深深

王国维认为这是一种"有我之境"。所谓"有我之境",便是"以我观物,故物皆著我之色彩"。"帘幕无重数""杨柳堆烟"表明了思妇生活在这种内外隔绝的阴森、深邃的环境中,她身心两方面都受到压抑与禁锢。"深几许"的提问中含有哀怨之情,"堆烟"极言院中之静,反衬思妇的孤独与寂寞,"帘幕无重数"强调了闺阁的幽深封闭,这是对大好青春的禁锢,是对美好生命的戕害。三个"深"字连用,写出其遭封锁、形同囚居之苦,不但暗示了女主人公的孤身独处,而且表现出心事深沉、怨恨莫诉之感。"玉勒"二句写思妇意中人任性冶游而思妇对此无可奈何,心中的怨恨也生出无重数。

下阕的三"深",实际上是用狂风暴雨比喻封建礼教的无情,以花被摧残喻自己青春被毁。"门掩黄昏"这句则表达了韶华空逝、人生易老之痛。

而最能体现情意深深的则是下阕的"泪眼问花花不语,乱红飞过秋千去"。此二句点化了唐朝诗人严恽《落花》中的诗句:"尽日问花花不语,为谁零落为谁开。"欲领会"泪眼问花花不语,乱红飞过秋千去"之妙,必然要先理解其点化的出处。

严恽一生仕途坎坷,参加科举十余次均不第,其好友皮日休在他过世后曾写下"十哭都门榜上尘,盖棺终是五湖人"的句子来缅怀他。而严恽的《落花》就是在一次登科失败后写下的。"春光冉冉归何处",春日时光匆匆流逝,它到底要去往何方?满地的落红仿佛是春日的胭脂泪,在为流逝的好春光哀愁惋惜。春日于大地万物而言是好时节,但是这边好时节却太短暂,正如词人刚刚参加完科举考试,胸有成竹的成就感尚未过去,但是放榜的现实就给予了他重重一击,自己的雄心壮志也如同这凋零的花朵一样消失殆尽,取而代之的是无限的悲愁与自我怀疑,此时落花便成了自己的同道中人,既然"同是天涯沦落人",那么就"更向花前把一杯"吧。本欲与花畅叙幽情,岂知"尽日问花花不语",花儿只是默默无语,冷漠以对,这使诗人心底一丝侥幸迅速熄灭,于是发出"为谁零落为谁开"的疑问。实际上诗人心中深知,这花儿是为那些功成名就之人而盛开的,而凋零就像自己的无能与无才。沉重的失落与自我否定让诗人陷入了无尽的苦痛之中,无法释怀。

而"泪眼问花花不语,乱红飞过秋千去"在原句的基础上进行了更多的生发。女主人公因花而有泪,见春花残败,又想念着那负心的意中人,不免苦涩落泪。而后又因泪而问花,思妇在"庭院深深"之中,连有个可以说说话的人都是奢念,因此只能将心事说给花儿听,奈何花儿却在一旁缄默,无言以对,不知是不解人心,还是吝于同情,思妇始终得不到回应,最后竟像故意抛舍她似的纷纷飞过秋千而去。思妇因花而泪,因泪问花,问花无果,花随风去,层层堆叠与深入,让人不禁愈发惆怅与苦闷,有情之人被无情之物冷漠以待,深刻反映了思妇难言的苦痛与怅然若失。故而清人毛先舒评曰:"词家意欲层深,语欲浑成。"词人一层一层深挖感情,像竹笋有节,自然生成,逐次展开,令人称绝。

### 玩味诗词

1. 如何理解"杨柳堆烟"对表现庭院幽深的效果?

2. 下阕中的"雨横风狂三月暮,门掩黄昏,无计留春住"是如何在时间上营造悲戚意境的?

3. "泪眼问花花不语,乱红飞过秋千去"是如何在"尽日问花花不语,为谁零落为谁开"的基础之上把思妇"深深"的哀愁表现出来的?

(谢　宇)

# 第三十八讲 "化诗入词"之先驱

> 引言

张先,北宋初期词人,在北宋词坛上具有十分重要的地位。吴熊和先生在《张先集编年校注》一书中指出:"仁宗时期,张先作为维系唐五代与北宋词之间的纽带,与柳永、晏殊、欧阳修一起推动宋词走向兴盛。神宗熙宁时期,柳永与欧、晏一时俱逝,张先则作为词坛耆宿,与初濡词笔,尚数新进的苏轼唱酬,又成为维系北宋前期到北宋中期这两代词人的纽带,代表了其间词风嬗变的风向。"在这段评价中,我们可以看到吴熊和先生对张先与苏轼之间所存在的传承关系表示了充分的肯定。而这种传承可以解释为张先在"以诗为词"方面的尝试对苏轼创作的影响。在张先的作品中,无论是题材、风格还是形式,都进行了"以诗为词"的初步尝试,他还化用前人的诗句入词,以期使词摆脱浓艳颓靡之气,向清新自然的风格转变。

在本文中,笔者将以张先所作的《千秋岁·数声鶗鴂》为例,来对其中经化用而成的词句进行探究,加深对这一词人的了解。

## 千秋岁·数声鶗鴂
### 【北宋】张先

数声鶗鴂,又报芳菲歇。惜春更把残红折。雨轻风色暴,梅子青时节。永丰柳,无人尽日花飞雪。

莫把幺弦拨,怨极弦能说。天不老,情难绝。心似双丝网,中有千千结。夜过也,东窗未白凝残月。

> 注释

鶗(tí)鴂(jué):杜鹃鸟。

风色:风势。

幺弦:琵琶的第四弦。借指琵琶。

## 杨柳枝词

**【唐】白居易**

一树春风千万枝,嫩于金色软于丝。

永丰西角荒园里,尽日无人属阿谁?

## 金铜仙人辞汉歌

**【唐】李贺**

　　魏明帝青龙元年八月,诏宫官牵车西取汉孝武捧露盘仙人,欲立置前殿。宫官既拆盘,仙人临载,乃潸然泪下。唐诸王孙李长吉遂作《金铜仙人辞汉歌》。

茂陵刘郎秋风客,夜闻马嘶晓无迹。

画栏桂树悬秋香,三十六宫土花碧。

魏官牵车指千里,东关酸风射眸子。

空将汉月出宫门,忆君清泪如铅水。

衰兰送客咸阳道,天若有情天亦老。

携盘独出月荒凉,渭城已远波声小。

### 一、永丰柳

　　"永丰柳"即生长在唐朝东都洛阳的永丰坊西角荒园的柳树,在文学作品中最早出现于唐代诗人白居易所作的《杨柳枝词》中。此诗一出,便传遍京城,使永丰柳名声大震,甚至宫中下诏要将其移植入禁苑之内,令河南尹卢贞发出了"一顾增十倍之价,非虚言也"之感叹。《杨柳枝词》并非为单纯地赞叹永丰柳之美好所作的咏物诗,其中实则蕴含着诗人对于许多有学之士怀才不遇的无限感慨。

　　诗中白居易先从最能展现春日垂柳之美好姿态的柳枝入手,向读者展现了在春风吹拂下,千枝万枝柳条随风而舞的美景。在这万千柳枝上,生长着片片细叶嫩芽,给这如丝般柔软的枝条染上了比金更嫩的颜色,在视觉上给人以极佳的享受。但正是这颜色嫩于金,枝条软于丝,集千万柳条于一树的垂柳,却生长于荒园的角落之中,无人问津。正如当时的有才之人一样,在朋党斗争激烈的朝堂之上,受人排挤,无处容身。诗人自身也是如此,他为了躲避朝堂上的明争暗斗,自请外放,远离京都。虽才华横溢,但却无处施展,无人赏识,被埋没于荒僻之地,令人痛心。可见,末两句"永丰西角荒园里,尽日无人属阿谁"不仅是对柳树的疑问,更表达了白居易对自己未来何去何从的迷茫。

苏轼在《洞仙歌》一词中,便化用此诗的结尾,写成了"永丰坊那畔,尽日无人,谁见金丝弄晴昼"的词句,表达了相同的感叹。在张先的词中,虽也沿用了永丰柳无人赏识的意象,借"永丰柳"述自己之情,但白、张二人的侧重点与表达出来的情感是截然不同的。

首先,侧重点不同。这可从两个方面体现出来。第一,从描写对象出发进行分析。同写垂柳,二者描绘的具体对象却各不相同。根据上文的分析,白居易描写的是其柔软的柳枝与嫩黄的柳叶,让其姿态之美好与无人欣赏的寂寞形成鲜明对比。而《千秋岁·数声鶗鴂》"永丰柳,无人尽日花飞雪"里,以"永丰柳"三字将垂柳的美好及孤独皆概括其中,并无展开叙述,将重点落在了所谓的"花飞雪"上,这指的便是如雪花一般洁白、在空中飞舞的柳絮,着重表现的是其飘散零落的状态。第二,从语句顺序出发进行分析。次序的变化也使得全篇的侧重点发生了改变。在张先的词中,将白居易的"尽日无人"改为了"无人尽日",虽都表示园中终日无人拜访之意,但前者更侧重于"尽日",突出柳树不被关注的时间之长,从时间角度来表示柳树的孤单,也显示了不知这种无人赏识的情况还会持续多久的迷茫;而后者更侧重于"无人"造访,从空间的空旷来凸显孤独的心境。

其次,情感不同。白居易所表达的是有学之士无人欣赏的痛惜,而张先所表达的是男女间的悲欢离合。在词的上阕中,表面写的是晚春时节杜鹃鸣叫,春花凋零仅存残花一枝,梅子还未成熟便被风雨打落,柳树独立,柳絮纷飞的景象。但结合下阕,词人直接抒发的对于爱情的感慨来看,其笔下的风景也与情爱有关,看似在写风景,实则暗示着爱情遭到了摧毁。以"残红"与"梅子"为例进行分析,那经受了时间与气温的考验,仍傲立枝头的花朵就如那饱受各方压力却仍忠贞不移的爱情一般,令人憧憬;而还没成熟便被风雨打落在地的梅子就如刚刚萌芽的就被破坏的青涩初恋一样,让人痛心。所谓的永丰柳就是在经历风雨的摧残后,被冷落、抛弃的一方,纵有千般好、万般美,皆无人前来欣赏,只能任凭自己的真挚情感如柳絮一样不断消散。

综上所述,虽同写长于荒园、无人问津的永丰柳,但是张先与白居易的侧重点不同,表述的情感也各不相同。

**二、有情天**

"天若有情天亦老"一句源于李贺的《金铜仙人辞汉歌》,在古时便为文人雅士们所喜爱,后经多位诗人化用,频繁出现于大众的视野之中。"伤离怀抱,天若有情天亦老""天若有情天亦老,此情说便说不了""天若有情天亦老,人间正道是沧桑"等等,这些作者都是直接引用此句来帮助自己表达情感,而张先却与众人不同,他站在李贺诗句所含有意思的对立面上进行思考,做出了自己的创新。

"天若有情天亦老"意为"如果上天有感情,也会为之衰老",李贺在诗中欲以此句来表达内心的伤痛之深。全诗记叙了金铜仙人因汉朝灭亡,被迫离开长安之事。以金铜仙人的视角出发来进行阐述,抒发亡国之痛。在此诗中,李贺是借金铜仙人这一物象来表达自身的悲痛。安史之乱后,唐王朝遭受了巨大的打击。虽说唐宪宗有"中兴之主"的称号,但事实上在他统治期间,各藩叛乱,西北边境亦不安定,战争频起,国土沦丧,怨声载道,民不聊生。诗人虽号称"唐诸王孙",但家族也早已衰败,徒有虚名。在如此残酷的现实面前,诗人内心沉重,急欲凭借自己的力量干出一番事业,使得国家恢复强盛,国泰民安,同时恢复家族的地位。可事与愿违,在他进京后,四处受阻,升迁无望,才华无处施展,最终不得不像金铜仙人一样,含恨离开京都,也由此而发出"如果上天有七情六欲,应会像我一样,为着这亡国之忧、家族沦落之痛而衰老"的感叹。

许多诗人在化用这句诗时都在"天若有情"这一基础上展开表述,而张先却看到了"天有情"这一假设背后蕴含着的真实的自然法则——天无情,天不会变老。他根据这一法则来进行创作,同时又给它加上了一层浪漫主义色彩。

天若有情天亦老,但天本无情,又何来衰老之说。因此,"天不老,情难绝"。正如《上邪》中所写的"山无陵,江水为竭,冬雷震震,夏雨雪,天地合,乃敢与君绝"。无论是山河消失,还是四季天气颠倒,抑或是天地重回混沌之状,在自然之中皆是不可能实现的,使天衰老亦是如此。故"我"与"你"也是绝不会分开的。以自然之不变来强调情感之坚定,同时以"我"对"你"的情感之不会断绝,来表示自己与外部阻力斗争对抗,定要与心爱之人相守之决心。

根据以上分析,我们可以看到,李贺是反用自然法则,来强调自身悲愁情感的强烈,而张先则是正用自然规律,来强调自己对于爱情的忠贞不移。通过对于同一规律正反两方面的阐述,让读者看到了更多的创作可能性。

综上所述,张先在词中进行了以诗入词的尝试,且力图在前人的基础上,令同一意象发展出新的意义,值得后人学习。

### 玩味诗词

1. 在《千秋岁·数声鶗鴂》中,除"天不老,情难绝"两句表达了词中的"我"对爱情的坚定外,还有哪一句也表示了相同的意思?说说你的理由。

2.《千秋岁·数声鶗鴂》中,以杜鹃之啼鸣来表示春天的结束,这一用法源自何处?

3. 张先所作的词中,还有哪些出现了唐诗的身影?举一例即可。

(谢丽虹)

## 第三十九讲　诗词中的物是人非

▶ 引言

"物是人非"是古诗词经常咏叹的主题:"人貌非昨日,蝉声似去年""今人不见古时月,今月曾经照古人""人生代代无穷已,江月年年只相似"……此类诗句,不胜枚举。晏殊所作的作品与此主题相关的也不止一首,最为人们熟知的便是《浣溪沙·一曲新词酒一杯》中"无可奈何花落去,似曾相识燕归来"两句。除此之外,他还在另一首词中对唐朝诗人崔护所作的"人面不知何处去,桃花依旧笑春风"进行了化用,写就了"人面不知何处,绿波依旧东流"的感叹。

在本文中,笔者将对崔护的《题都城南庄》与晏殊的《清平乐·红笺小字》进行赏析,来看看晏殊作品中经化用而成的词句与原句间的相似与不同。

### 清平乐·红笺小字
【北宋】晏殊

红笺小字,说尽平生意。鸿雁在云鱼在水,惆怅此情难寄。

斜阳独倚西楼,遥山恰对帘钩。人面不知何处,绿波依旧东流。

▶ 注释

红笺(jiān):红色笺纸。

鸿雁在云鱼在水:暗指鱼雁传书之意。

### 题都城南庄
【唐】崔护

去年今日此门中,人面桃花相映红。

人面不知何处去,桃花依旧笑春风。

### 穿越诗空

一、物是人非之相似

所谓"物是人非"是指所有的事物与景物都不变,然而人却不是原来的样子了。将人之变与自然万物之不变放在一处进行比较是表达此类主题的诗句所具有的共同特点,崔护与晏殊所写的诗词亦不例外。

在崔护的诗中,将不知去向的人与依旧在枝头开放的桃花进行了对比,曾经如桃花般明艳的脸庞已消失不见,但桃花仍灼灼,在枝头绽着笑颜,未因人的缺席有任何的改变。而晏殊则是将人与不断东流的流水进行了比较,曾经陪在身旁一同生活的人不知身在何处,但景物却未曾有变化,绿水还是如从前一样不断地向东奔流。二者皆以"不变"反衬"变",以自然之永恒来感叹人世之无常,所用的手法是相同的。

从情感方面来看,二者所传达出来的信息也大同小异,在对世间之事瞬息万变的感慨背后,皆蕴含了一层深沉的爱恋。

崔护所写的《题都城南庄》记叙的是自己于都城南庄所经历的一次"艳遇"。据孟启所作的《本事诗》记载,崔护在考进士时落了榜,就在清明时一个人去都城南游玩散心,见到了一个庄园,里面花木丛生,安静寂寥,似乎无人。他敲门许久,才有一女子从门缝中看他,问:"你是谁?"崔护报上了自己的姓名,说:"我独自来此寻找春天,然而酒后口渴,想讨一杯水来饮。"那女子让他进去,并拿了杯水给他。女子倚靠着小桃树站立着,姿色艳丽,极有风韵。崔护想和她攀谈几句,但是她并不回答,只是久久地凝视着崔护。崔护向她辞别时,女子将他送到了门口,好像有些不舍之意,崔护也忍不住回头顾盼。等到第二年的清明,崔护又想起了那位女子,思念之情无法抑制,于是径直就前往庄园去寻她。到那儿时发现门墙还像以前一样,但是门户已锁,因此在左门上写下了《题都城南庄》一诗。根据以上的故事来看,"人面不知何处去,桃花依旧笑春风"蕴含了一种对心爱之人的思念以及错失所爱的惆怅。

再看晏殊的《清平乐·红笺小字》一词。上阕所讲述的是主人公在红色小纸上密密麻麻地写满相思之语,然而不知该将信件寄往何处的惆怅。下阕所写的则是一人独自倚楼望远,看远处的群山,看东流的绿水,一切皆同往常一样,但曾在身边之人却不知如今身处何方。从词意来看,"人面不知何处,绿波依旧东流"表面是对曾在身边之人如今不见踪影的感伤,事实上更是一种对远行的心爱之人的牵挂与思念,想要知道他现在身在何处、生活如何的忧虑。

此外,这两首作品的时间跨度与其他相同主题的诗句相较而言,跨度更小,故而末句的"变"与"不变"呈现出的效果也与其他诗篇不同。

以"人生代代无穷已,江月年年只相似"为例。我们可以看到在这两句诗中,诗人是以人类的世代繁衍作为变化的因子来与年年相似的明月进行比较的。一般而言,一代人的逝去至少要经历几十年的时间,并非一年之内便可实现的,故此里是诗人将几十年的人与无穷无尽的月亮进行对照所做出的结论。再看"今人不见古时月,今月曾经照古人"两句。这两句乃是以古今之变化进行对比,来说明世事之变迁、自然之永恒。而"古"与"今"之间若无几百年的相隔,这两个概念根本无法成立。由此可知,这两处诗句皆是诗人站在宏观的人类历史发展的角度来进行分析所产生的结果,给人以宏大之感,带给读者的是理性的哲思。

而在崔护与晏殊二人的作品之中,事情发生的时间皆局限于一个人的一生之中。崔护在诗中,明确地告诉了我们不过是去年刚刚见过的人,一年后再去寻找时便不见了踪迹,以时间之短,突出世事之难料,使得"人面不知何处去"一句读来更令人失落。崔护后悔当时未对女子展开追求,这种后悔进一步加深了爱恋与思念,所以此诗展现出来的情绪更为强烈。在晏殊的词中,并未直言时间有多长,给了读者较大的想象空间。主人公可能不过是昨日才与爱人刚刚分离——不知对方如今身在何处的忧虑乃是"一日不见如隔三秋"的情思所致;也可能是与爱侣分隔多年——女子在家苦苦守候,却始终没有音信传来,故而坐立难安,急于想要知道对方的近况。但无论如何,与人类的繁衍更替以及古今之变相较,这时间定然短得多。无论是以上哪种情况,皆表达了词中之人炽烈的爱恋。可见,从个人的经历角度来阐述世事的变迁,带给读者更多的是情绪上的感知。

综合以上分析,我们可知崔、晏二人皆在人的一生内来描述世界的"变"与"不变",以心爱之人远行来展现世事的变幻莫测,使得"人面不知何处去"少了一分大气,多了一分细腻与深情。

## 二、物是人非之不同

虽说崔护与晏殊所描绘的物是人非之情相似,但二者间还是存在着一定的不同。

首先,晏殊在化用时,省略了"人面不知何处去"中的"去"字,这一省略与"清平乐"词牌的写作规范有关,但同时也使得原句的意思发生了变化。在崔护的诗中,"人面不知何处去"意为不知道心爱之人离开此地去了何处,突出了离开这一动作,反映了诗人对于对方离家之事并不知晓,表达了在突如其来的分别的面前所感到的难以接受的痛苦情绪。而经晏殊化用后,变成了"不知道想念的人现在身处何地"的意思,侧重于对方如今所在的地点。可见对于那人出游之事,词中的主人公应是知道的,二人有好好地话别,她所不知的乃是对方的活动轨迹,强调了对对方的挂念,体现了相思之长。

其次,二者在诗中所呈现出来色彩与动态亦各不相同,情感的表现手法也有差异。崔护的诗中,"桃花依旧笑春风"一句虽未明言有何颜色,但是依据上文的"人面桃花相映红"一句来看,已有暗示桃花乃是红色之意。将"红色"与"笑"字相连,一来表明此时的桃花开得正好,在春风吹拂下绽放枝头,给人以生机勃勃、欣欣向荣之感;二来似有桃花将脸都笑红了的喜悦之情。然而此种本该令人无比愉悦的场景,却使人不禁悲从中来。桃花还是照常盛开向人们传递着春天的美好,万物依旧如过去般生长繁衍,可曾在桃树下的人却消失不见了。景物越美好,思念就越深刻,情绪就越低落,采取的乃是以乐景反衬哀情的手法。而在晏殊的词中,"绿水依旧东流"一句直接给画面涂上了绿色,无需进行过多的猜测,直截了当。当然,此水与桃花间的区别不仅在于颜色的不同,更在于二者的状态之差异。桃花是到春季才会开花的植物,并不会一直开在枝头看着人事变迁,今年之桃花虽与去年的相似,但终不是同一朵花,它不知过去发生了何事,只知如今景色喜人,与人的情感是不相通的。故而在春暖花开时,它才会不知悲喜、无忧无虑地笑绽枝头。而东流的绿水则无论春秋冬夏,不管白天黑夜,都处于不间断地向着东边奔跑的状态,永恒不变。它是一位见证者,见证着江边过去与现在所发生的一切。虽说万物本无情,但是在数千年的文化积淀过程中,"月""楼""江""天"这种不变的事物,早就被人赋予了为人世变迁而哀伤的情感。由此可见,晏殊词中的手法是以哀景衬悲情,是一种正面烘托。

根据上文,我们可以看到晏殊虽是化用,却也将自己的新意融入了词中,使得新句与旧诗在一定程度上得到了区分。

综上所述,物是人非的主题虽一直被文人挂在嘴边,但是不同的时间跨度、不同的角度、不同的情感、不同的写作手法,都能使物是人非拥有自己的色彩,令人叹服。

### 玩味诗词

1. 在《清平乐·红笺小字》一词中,"鸿雁在云鱼在水"的词句,与哪位唐代诗人的诗(词)句相似?并试着说说它们的异同。

2. 在本文中,笔者提到了两种不同的写作手法,一是以乐景衬哀情,二是以哀情衬悲情,你更喜欢哪一种?说说你的理由。

3. 你还知道哪些表示物是人非主题的句子?试着收集三到四句。

(谢丽虹)

## 第四十讲　杜牧与苏轼的花间密语

▶ 引言

对于杜牧《叹花》一诗的分析众说纷纭。有人说这不过是对自然美景的描写,也有人说其中蕴含了杜牧的一段风流往事。对于苏轼的《南歌子·暮春》一词,现有的鉴赏却并不多,甚至连它的诗意都很难检索到。就是这样两首讨论热度完全不同的作品中,有一句极为相似的句子,同是绿阴青子、同是红花落地,其中究竟藏着什么奥秘呢?

### 南歌子·暮春
【北宋】苏轼

紫陌寻春去,红尘拂面来。无人不道看花回。惟见石榴新蕊、一枝开。

冰簟堆云髻,金尊滟玉醅。绿阴青子相催。留取红巾千点、照池台。

▶ 注释

紫陌:京城郊野的道路。
冰簟:凉席。
滟:液体闪闪发光。
玉醅:美酒。

### 叹　花
【唐】杜牧

自是寻春去校迟,不须惆怅怨芳时。
狂风落尽深红色,绿叶成阴子满枝。

### 穿越诗空

笔者针对《南歌子·暮春》中的"花"究竟为何意,将提出两种假设,并一一进行分析。我们会发现苏轼不仅沿袭了杜牧的诗句,还在词中注入了自己的情感。

## 一、花即自然的景物

　　杜牧的诗风"俊爽""豪放"。即使他身处深秋,面对令人哀伤的萧瑟之景,仍能绘出极富生机的画面:"停车坐爱枫林晚,霜叶红于二月花",诗中透出的盎然之意,使人感到如在春季的花海赏花一般,全无"无边落木萧萧下"的苍凉之感。所以,笔者认为拥有此种诗风的杜牧,在他面对落花点点时,虽会有些许的感伤,但终不会萦绕心头久久不散。以其乐观的性格,在花落之后描绘出"绿叶成阴子满枝"的繁荣之景,合乎情理,此诗为单纯的咏物诗也有可能。

　　赵翼在《瓯北诗话》卷十一《杜牧诗》中写道:"杜牧作诗,恐流于平弱,故措词必拗峭,立意必奇癖,多作翻案语,无一平正者。"所谓"翻案"便是推翻原来的评价,推翻惯有的想法,进行创新。在此诗中,杜牧将从前对于落花固有的哀叹情调,经最后一句诗的转折,重又让读诗之人燃起新的希望,令人豁然开朗,传达出的是积极向上的情绪。

　　而苏轼虽为豪放派词人的代表,但在此词中化用杜牧的诗句而成的句子与原句相比,却少了一份豁达,多了一丝感伤。

　　苏轼在词的下阕先描写了一幅热闹非常的赏花场景:梳着乌黑云鬓的女子坐在凉席上,金色的酒杯中盛着美酒,酒汁在阳光下闪着光亮。树木绿叶成荫,果子挂满枝头。这是一派热闹非凡、生机盎然的景象。但他在最后一句却笔锋一转,落到了飘落的红色花瓣点点铺满了池台,让人顿觉哀伤。世人皆道看花好,为着花开而庆贺,却未察觉到其终将败落的命运。

　　与杜牧的诗句相较,二者在意象的选择上并无差别,同样是"绿阴青子"挂枝头,同样是红花被卷落满地,同样是大片的红与大片的绿相映衬的景象。可顺序的不同,便营造出了截然不同的效果。杜牧以"叹"开首,以"乐"收束;苏轼以乐景开始,以哀情收尾。

　　除此之外,从全篇来看,杜牧的诗中仅出现了一种比较,即开败的落花与繁盛的绿叶、缀满枝头的果实之间的比较,以一衰一荣的对比,突出生命还在继续的欣喜。而在苏轼的词中,不仅出现了残花与绿叶、果实之间的比较,还暗藏了一组花与花之间的比较:一枝石榴花新绽于枝头,象征着新的生命的开始;而地上却铺满残败的花瓣,代表着旧的生命的结束。这一荣一枯的比较,使人对于那新开的花朵不禁充满了怜惜,因为它此时虽风光无限,人人欣赏,他日却仍避免不了成为地上残花、无人过问的命运。

这两首诗词都非常有意思。一首以快乐的赏花场景为前调,却最终落脚于悲伤。另一首以"叹花"为题,营造感伤的氛围,却在结尾重点描绘了欣欣向荣的新生命,形成了巨大的反差。苏轼在化用杜牧的诗句时,进行了非常深入的研究,关注到了化用诗句本身,也关注到了全篇的布局。同时,苏轼并不仅仅致力于承袭杜牧的优点,更在此基础上进行了自己的创新。他通过次序的调换造成了不同的效果,与自己整首词的意境融合了起来,还增加了对照组,通过两组对比,使得全词想要突出的情感更为浓烈,形成了自身的独特之处。

## 二、花即女子

古时诗人皆喜以花喻女子。"桃之夭夭,灼灼其华"是以桃花喻美人;"满地黄花堆积,憔悴损,如今有谁堪摘"是李清照对自己命运的叹惋;"娉娉袅袅十三余,豆蔻梢头二月初"是将十三岁的少女比作二月初含苞待放的豆蔻花……花与美人,有着紧密的联系。

杜牧的《叹花》一诗,被大多数学者认为是为一女子而写的。在《太平广记》的《杜牧》篇中记载,杜牧曾于湖州遇到一绝色女子,但是并未立即迎娶,而是与其母约定,十年之内定来娶亲,并以重金定约。杜牧在离开湖州后,便一直寻求法门到湖州当官,最后终于如愿。可此时,当初约定的十年之期已超过了四年,当年的女子也已嫁作他人妇,并生下了三个孩子。杜牧得知后,便写下了这首诗来寄托他的感伤。

从这个故事来看,这首诗中所说的"狂风落尽深红色,绿叶成阴子满枝"并不是指花落结果这一自然规律,而是指相爱的女子在自己回到湖州之时,已经嫁作人妇,并生下孩子一事,表现杜牧对于时间流逝的无奈与"花开有时""人不待我"的叹息。这是对于自己最终还是错过了这朵绝美之花的叹惋,以及"花开堪折直需折,莫待无花空折枝"的悔恨。

而在苏轼的《南歌子·暮春》一词中,出现了两种花,一是枝头初绽的石榴花,二是落满池台的点点红花。

先从石榴花入手来进行分析。石榴花这一意象在苏轼的《贺新郎·夏景》一词中也出现过。晁以道看到这首词后对陆辰州说,苏轼有妾名朝云、榴花。朝云客死岭南,惟榴花独存,故苏词下阕专说榴花,并有"待浮花浪蕊都尽,伴君幽独"之语。根据晁以道的这一说法,《南歌子》中的"惟见石榴新蕊、一枝开"也可理解为只有榴花此时还陪伴在自己的身边之意。关于榴花是否真实存在,证据较少,仍有待考证。但苏轼与王朝云之间的情感,实是一段千古佳话。苏轼曾为她写下《朝云诗》,诗前有一序:"予家有数妾,四五年间相继辞去,独朝云随予南迁,因读乐天诗,戏作此赠之。"可见,在苏轼被贬后,王朝云一直陪伴他身边是毋庸置疑的。据此,这一枝初开的石榴花可能代表的是王朝云。

而下阕中"绿阴青子相催。留取红巾千点、照池台"两句,可能是苏轼看着落花满地,唯有石榴花开在枝头,触发了他的感慨,令他回想起那些因自己被贬而相继离开的侍妾,她们此时应已嫁人生子,过上了自己的生活,同时表达了苏轼对于榴花或朝云多年仍陪在自己身旁的赞赏与感激。

由此可见,二者虽都借用了花来比喻女子,用结果来暗指女子生子,但是所表现出的情感却是不同的。在苏轼的诗中,可能有对曾经拥有过的女子,因自己被贬离开,如今却为他人生子的悲叹;但是没有杜牧诗中的为错过时间而没能与自己喜爱的女子在一起的惋惜。相较而言,苏轼的悲更为沉重,那是由于多年命途坎坷凝结而成的悲。

根据以上分析,无论是花即自然景物,还是以花喻女子,两种假设都有其存在的合理性。此外,苏轼对于杜牧诗句的化用,皆在对原诗的全面理解的基础上,融入了自身的思考,结合所要表达的情感而进行了新的创造,令人叹服。

### 玩味诗词

1. 说出你所知道的花意象(例如:梅花)在古诗词中含义,并举例说明。

2. "霜叶红于二月花"一句使得秋景与春色一样,充满了生机。你还知道有哪位诗人笔下所描绘出来的冬景也带有春天的勃勃生机吗?

3. "落花"在古诗词中代表什么含义?若将《南歌子·暮春》与《叹花》所描绘的花落结果仅当作自然界的现象,读完这两首作品,你更喜欢苏轼所怀有的感伤还是杜牧所具有的乐观呢?为什么?

(谢丽虹)

# 参考答案

## 第一讲

1. 李白对月原本就有一种深深的眷恋与神秘的体验，月亮是他的情感代码，融入了他的主观情感，月是他惯常使用的抒情意象，因此在醉的状态下李白看到月亮就自然地举杯发问。苏轼面对的月是中秋之月，在这特殊的时间节点，月作为来自自然界的一种刺激，极大地触发了他对弟弟子由的思念之情，因此他在醉意朦胧之下就不禁把酒问月。月之于李白是情感代码，之于苏轼则是特殊情境下的情感触发点。

2. 李白通过借酒消愁的方式来消解无奈和怅惘的情绪。用跳跃的思维对情绪问题避而不谈，而无论避而不谈或是借酒浇愁都是消极处理情绪的方式，李白在"问月"过程中并没有能够成功地自我排解，只是在逃避直面这样的情绪，所谓的潇洒恣肆似乎都是假象。而苏轼转向了一种对于人生定律、生命无常的深邃体会，他用"理"的方式来自我排遣，最终通过"但愿人长久，千里共婵娟"这种审美观照的态度来对待现实生活和生命。相比于李白，他在"问月"过程之中展现了强大的调适能力和抗压能力，诠释了何为真正的潇洒旷达。

3. 苏轼把个人命运放置在宇宙时空的大背景之下，通过超越自身的价值反射人的存在，开始认识到人生和个体生命的不完美，从而有了更多的包容意识，走向了对于人生的超脱。苏轼由己及人，将个体命运与整个人类命运联系在一起，在深深浅浅的人生羁绊中，在不可避免的人生悲凉内核下，走向对人类共通命运的理解，走向"千里共婵娟"的悲悯和广阔。

## 第二讲

1. 杜甫在漂泊长安的十年中遭逢了应试、干谒、献赋均失败的三重打击。奸相弄权导致杜甫名落孙山,干谒没有结果导致光阴虚度,献赋亦得不到回应,仕途坎坷多舛。

2. 杨花在脱离了柳树之后就悬在空气中漂浮,这种不上不下的悬浮使得落下的杨花在柳树附近流连,仿佛不愿意离开柳树,由此让人产生一种"有情"之感。

3. 苏轼将柳树拟人化,说柳树是一个深居闺房的思妇,"萦损柔肠"是它的依依柳丝,"困酣娇眼"是它的飘飘柳叶,柳叶随风飞舞就是少妇"欲开还闭"的双眼。少妇的酣眠牵动着她的情思,她的思念就是杨花,随风而起代替女子去追寻远在他方的游子。杨花离家之举虽然无情,但是它本身就是一种强烈的思念,是一种可以飘散的愁思。然而,即使是飘散的愁思也不能安然无恙,春雨的冲洗让杨花踪迹难寻,"二分尘土,一分流水"让杨花经历雨淋和暮春的催逼之后的残态毕现。那是思绪随着时间空间的阻隔愈发破碎,想念一个人,想着想着,连思念都变得残碎,是何等令人绝望与怅惘。

4. 三首作品都采用了杨花的物象,但是其使用的内涵与语境都有各自的独特之处。杜甫认为杨花有情,借杨花表明了自己的羁旅困苦。韩愈认为其没有才思,用以自嘲自己的处境。苏轼认为其无情有思,透露出自己抛妻弃子、形单影只、漂泊远方的无奈与愧疚之情,看似不带感情的离开,其中包含着复杂的情感,有不甘,有委屈,有无奈,有不舍……杜、韩都有以杨花自喻的倾向,而苏轼凭借天才的创造力,将杨花比作思念本身,以具象代替抽象,是对杨花物象使用的一大创新突破。

## 第三讲

1. "砌下落梅如雪乱"突出一个"乱"字,既写出了主人公独立无语却又心乱如麻,也写出了触景伤情、景如人意的独特感受。

2. 主人公望见遍地滋生的春草,蓦然发现这些春草正是自己内心的外在表现,这满地的春草使得丛生的离情别恨悉数在眼前。"更行更远"是说无论走得

多么远,它们都在眼前,"离恨"无边无际,使人无法摆脱。通过春草的形象给人以离恨无穷无尽、有增无已的感觉,使这首词读起来意味深长。

3. 上阕的抒情主人公是李煜自己,他在思念被他国囚禁多年的弟弟;下阕的抒情主人公则是背井离乡多年的李从善,他在思念仍旧守在故国的哥哥。这首词里的相思一改以往词作常见的单向相思,转为双向相思。兄弟两人的相互思念里,满是愤怒、耻辱、悲愁,相思的负面情绪被双倍放大,让读者在为兄弟情的遥相呼应而动容之时,也不禁为之背负的家仇国恨而流泪扼腕。

## 第四讲

1. 诗庄词媚。诗的语言相对直白,词的语言相对曲折婉转;诗歌多写实,词多虚实相生;诗言志,表现重大的时代主题、政治思考,词言情,着重表达词人个体的真情实感。

2. 画面一是与妻孥见面的情景,画面二是邻里围观的情景,画面三是一家子夜阑秉烛对坐的情景,意在表现对黎民苍生饥寒交迫、妻离子散悲苦境况的怜悯与关怀。

3. 杜甫秉烛就是想再好好看看魂牵梦萦了许久的家人,直接表达了对重逢的喜悦和珍惜。而晏几道表达的情感多了一层,词人有多少回在睡梦里与恋人欢聚相见,今天在现实里重逢了,却又难以相信这是真的,所以点亮蜡烛,一次又一次地照看,唯恐眼前的一切只是另一个梦境,表达更为轻灵婉折。晏词在杜诗喜悦、珍惜的基础上又添加了诚惶诚恐的反常情绪,更使情思委婉缠绵,同时营造了一种迷离恍惚的梦境感,令人扼腕叹惋。

## 第五讲

1. "落花"句既写暮春时节芳华已尽,词人油然而生的伤春惜春的怅惘之情,又借"落花"感叹青春易逝,佳期难再。"微雨"句借天色阴沉,状写心境的阴郁和苦闷,又以"燕双飞"来反衬"人独立"的寂寞和孤独。"落花""微雨"两句,融情入景,借眼前无限凄婉之景,抒发对歌女小蘋的怀念之意、苦恋之情以及深切的孤寂之感。

2. 昔时之月,曾照玉人归楼台,现在的月亮仍是那个月亮,而伊人已渺,回首往事,低回不已。通过对小蘋的追忆,表达人世无常、欢娱难再的淡淡哀愁,进一步表达了对人世无常、物是人非和自然的永恒的感慨。

3. 晏几道词"精微深邃"的特点主要是由其层层回溯的时间观构造的。此词共说了四层:(1)今年之春恨;(2)去年与今年相同之恨;(3)引起年来春恨之本事;(4)抚今追昔之感慨。如环往复,互相呼应;如练纠缠,互相勾引。

4.《春残》中写的是女子春末怀人,抒写其触景伤怀、忧思难解之情。"落花人独立,微雨燕双飞",此二句融情入境,情景交融地表达了女子的苦闷与抑郁。颈联的抒情多是对颔联的重复。尾联的写景,意境营造也相对平淡,与颔联相形见绌。可以说是仅凭借"落花""微雨"一联撑起了一首诗。而《临江仙》则将"落花""微雨"句融入层层递进、相互勾连的时空与意境之中,使得全词浑然一体,并形成了词作"精微深邃"的风格特点。

## 第六讲

1. 张若虚《春江花月夜》"江畔何人初见月?江月何年初照人?"李白《把酒问月》"今人不见古时月,今月曾经照古人。"曹雪芹《红楼梦》借黛玉之口所唱的《葬花词》:"柳丝榆荚自芳菲,不管桃飘与李飞。桃李明年能再发,明年闺中知有谁?"

2. 刘希夷通过对过往生活画面的大量铺陈,极力营造了一段如梦似幻的青春年华,与如今的处境形成对比,表现了当下诗人的孤苦伶仃、年老体衰,悲己之情在这强烈对比中蔓延、泛滥,抒发了对过往青春与繁华不复存在的慨叹、无奈与忧愁。

3. 一个"共"字,包含着两层含义:如果联系"把酒祝东风"来说,就是指风与人的关系,表达了作者爱惜好风之情,以此暗示要留住美好的光景,以便游赏之意;对人来说,就是希望人们慢慢游赏,感受这难得的相聚,珍惜这美好的时光。

4. 这两句词讲的是,今年的花胜于去年,词人却无法与友人共同欣赏,而明年的花会更好,但是相聚的时刻还是遥遥无期。过去的欢愉,如今变为了惆怅,延伸向未来又演变成了遗憾。把别情熔铸于赏花中,将三年的花加以比较,层层推进,以惜花写惜别,构思新颖,富有诗意,是词中的绝妙之笔。

## 第七讲

1. 为与友人别离而愁；为自己四处漂泊而愁；为身体多病而愁；为自己的生活孤独而愁。

2. "吟同楚执珪"一句与"庄舄越吟"这一成语有关，意为在楚国做官的庄舄仍然吟唱故国越国的乐曲，形容不忘故国。与"归羡辽东鹤"连用，表达了诗人对于故乡、故土的思念。

3. 苏轼化用三句诗句，都是为表达自己对于四处漂泊这一生活状态的厌倦，以及想要归隐故乡的心愿。

## 第八讲

1. 沈佺期《古意呈补阙乔知之》："九月寒砧催木叶，十月征戍忆辽阳。"李白《子夜吴歌》"长安一片月，万户捣衣声。秋风吹不尽，总是玉关情。"

2. 不同。李煜在词中将声音与画面相结合，采用的是视听结合的方式，以月光的清冷和断续传来的捣衣声作为自己愁绪的触发物。而在张若虚诗中，诗人不仅使月亮触发了闺中思妇的愁情，还运用了拟人的手法，将月亮比作依恋着思妇的多情人，卷不走也拂不掉，生动地表现了思妇内心无法摆脱的愁苦和迷惘。

3. 
**秋夜洛城闻笛**

【唐】李白

谁家玉笛暗飞声，散入春风满洛城。

此夜曲中闻折柳，何人不起故园情。

## 第九讲

1. "青山遮不住"照应的是"西北望长安，可怜无数山"。将二者相比较，我们便可知既然遮不住，那必然有遮得住。在此处，遮住的应是词人眺望故都的视线，而遮不住的则是词人的对于回到故都的渴望以及对于国家的愁情。"毕竟东流去"则与前一句构成转折关系。"毕竟"一词，将收复中原的希望之渺茫包含其中。此两句，一方面是无限的渴望与愁情，另一方面这些情感只能随江水东流,渴望与无奈交替,充满了雄心壮志不能实现的悲壮感。

2. 辛弃疾是南宋豪放派词人,所写之词,笔势磅礴,充满豪情。内容大多为国家、民族的现实问题,以此抒发自己的爱国之情。白居易善用白描的手法勾画出生动的人物形象,其诗大多将叙事与议论相结合,文字浅显,但诗意不浅,他常以浅白之句寄予讽喻之意。

3.《鹧鸪天·郑厚卿席上谢余伯山》"青衫司马且江州"用了白居易《琵琶行》"江州司马青衫湿"的典故;《水龙吟·断崖千丈孤松》"恨当年《九老》,图中忘却,画盘园路"用了白居易曾与八个年高不仕的隐士聚会,时人作《九老图》的典故;《沁园春·和槐城见寿》"青山独往"用了白居易《九年十一月二十一日感事而作》"当君白首同归日,是我青山独往时"的典故;《临江仙·和王道夫信守韵,谢其为寿,时作闽宪》"海山问我几时归"用了白居易《答客说》"海山不是吾归处"的典故,等等。

## 第十讲

1. 古人惯以"花"来喻女子短暂的美貌,如"花颜易逝";以"流水"来喻男子用情不专,如"落花有意,流水无情"。然而此处的诗句用"桃花易衰"来比喻男子的迅速变心,用绵绵流水来比喻女子的专情忠诚。

2. 不好。"劝"需要轻柔的语气和耐心的态度,吴姬无法一边压酒一边劝客,而且"劝"是一种缺乏感染力的表达方式,然而吴姬的目的是为了客人能来"尝",因此"唤"能体现出一种大声吆喝的情态,塑造了吴姬的热情好客、大方直爽的人物形象。

3. 三层。第一层是个人层面的身世之感,第二层是国家层面的亡国之痛,第三层是人生层面物是人非、江山易主的无奈悲恨。

4.《竹枝词·山桃红花满上头》表现的是思妇对情郎无比绵长悱恻的思念与矢志不渝的忠贞;《金陵酒肆留别》表达的是与友人离别时浓烈的不舍之情,表现了对友人无比深厚的情感,充满豪迈之感;《虞美人·春花秋月何时了》则是写出了词人的身世之感、故国之思,以及时光易逝、物是人非的慨叹,表达了他的难平忧思与无限怅惘。

## 第十一讲

1. "林花谢了春红","林花"这一说法十分宽泛,泛指树林中缤纷盛开的花朵,着眼于树林中整体的花,此为一"大";"春红"一词通俗易懂,以"红"这一色彩指称春日里姹紫嫣红的花,着眼于整个春日里的花,此为二"大";然而这成片成林的花朵却"谢"了,仿佛眼前缤纷的世界就此蒙上了灰调,此为三"大"。

2. "胭脂泪"原指女子的眼泪,女子脸上搽有胭脂,泪水流经脸颊时沾上胭脂的红色,故而流下红粉之泪。古来素有以花喻美人的习惯,此处则是以美人泪来喻春花之态,春花在春雨的湿润与浸染下显得格外明艳动人,水珠在花瓣上流连,仿佛是美人脸颊上滑落的泪水。"胭脂泪"在杜诗本意之上又增添了一丝哀愁和灵动,其灵动之感便来自"胭脂泪"的比拟意味,春花着雨仿佛在雨中哭泣。李煜将诗句加以消化、提炼,一个"泪"字使它青出于蓝胜于蓝,全幅因此一字而生色无限。

3. 《相见欢·林花谢了春红》中,词人的情绪犹如突然决堤的汹涌江水,肺腑中倾泻而出的感情激流是词人对身世的深深哀叹,是亡国的怅恨与沦为阶下囚的屈辱悲哀。《曲江对雨》中,诗人今昔对比,表达了世事沧桑、人生无常的感慨;诗人在无法扭转的现实前仍愿梦回盛唐,可见对过往繁华的无限眷恋,狂想与惨象的交织使得悲愁动人心魄。

## 第十二讲

1.
**鹧鸪天·画毂雕鞍狭路逢**

**【北宋】宋祁**

画毂雕鞍狭路逢,一声肠断绣帘中。身无彩凤双飞翼,心有灵犀一点通。
金作屋,玉为笼,车如流水马游龙。刘郎已恨蓬山远,更隔蓬山几万重。

2. 李煜全词未对当前的处境做出正面描写,而是以往日繁华生活的梦境对当下的现实进行反衬。梦境越是繁华美好,梦醒后对现实生活的悲伤便越是浓烈;对往日生活的怀念越深,如今的处境便越难让人接受。

3. 车水马龙。

## 第十三讲

1. 作者在中片怀古时举莫愁女、秦淮河等意象,若用"帝王州"便与这些意象不符。甚至可以推断,诗人起句舍"帝王州"而采用"佳丽地",或者有金陵故都在历代皆因"佳丽地"而失"帝王州"的寓意。

2. 指南朝美女莫愁。南朝民歌《莫愁乐》云:"莫愁在何处?莫愁石城西。艇子打两桨,催送莫愁来。"

3. 周邦彦、刘禹锡皆可。喜欢周邦彦可从其将景物拟人化的手法出发,喜欢刘禹锡可从其保持对景物的客观描写出发。

4. 
**菩萨蛮令·金陵怀古**

【南宋】康与之

龙蟠虎踞金陵郡,古来六代豪华盛。缥凤不来游,台空江自流。

下临全楚地,包举中原势。可惜草连天,晴郊狐兔眠。

不同:可从用词、用典、语言等角度出发进行赏析。

## 第十四讲

1. "黍离"指的是《诗经·王风·黍离》,为东周都城洛邑周边地区的民歌,是一首有感于家国兴亡的诗歌。在《扬州慢·淮左名都》一词中,词人通过对扬州遭受兵祸后的凄凉之景进行描写,道明其如今这派荒凉破败的缘由,抒发了作者对于故国的思念。

2. 《诗经·王风·黍离》:彼黍离离,彼稷之苗。

杜甫《春望》:国破山河在,城春草木深。

3. 李商隐《马嵬二首(其二)》中的第二联写道:"忽闻虎旅传宵柝,无复鸡人报晓筹。"在马嵬坡兵变前,每当鸡人一报,宫殿里的重重大门便会一齐打开;之后唐玄宗便会接受满朝文武大臣及诸国使臣的朝拜,呈现"万国衣冠拜冕旒"的恢宏景象。但是现在,鸡人报晓的声音消失了,只有军士打更之声,而这种声音却时刻提醒着唐玄宗自己随时可能陷入危险之中。可见其天下之主的地位完全发生了变化。

## 第十五讲

1. 第一个是关于曹操青梅煮酒论英雄的故事:曹操说天下英雄只有他自己和刘备两人而已。第二个是曹操称赞孙权说"生子当如孙仲谋",而刘表的儿子像猪狗一样。第三个是孙权年纪轻轻就统治江东,并获得赤壁之战的胜利。作用是借古讽今,感叹南宋赵氏没能出个有能耐的皇帝,像孙权那样牢牢守住祖辈留下的家业。

2. 问神州、问兴亡、问英雄。作用是由看到之景联想到历史英雄,这是作者独特的思考路径,包含着作者独特的情感。

3. 若是同意,可从孙权很好地守住了先辈们创下的基业这一角度出发。若是不同意,可从曹操和刘备出发,开创者国家比守住国家基业更为伟大。

## 第十六讲

1. 这两个词化用了欧阳修《朝中措·送刘仲原甫出守维扬》这一首词:"平山栏槛倚晴空,山色有无中。手种堂前垂柳,别来几度春风。文章太守,挥毫万字,一饮千钟。行乐直须年少,尊前看取衰翁。"在苏轼的词中"文章太守"指欧阳修,原词中所指的是刘仲原刘敞。

2. 李煜,其梦意象随着他人生的变化也不断地在发展。刚开始是闺帏中的闲梦,再是离乱中的怀人之梦,接着是亡国后的故国之梦,最后则是回忆中的人生恍惚之梦。由梦的发展,可探寻其人生轨迹的发展,极为有趣。

3. 常言道"日有所思,夜有所梦"。梦是我们大脑思考的产物。例如陆游的"夜阑卧听风吹雨,铁马冰河入梦来"二句,便是此理的印照。因诗人日思夜想的都是保家卫国、收复失地,故而在夜间听见风雨之声,恍惚中也感觉自己正身处战场奋力厮杀。

## 第十七讲

1. "春梦秋云,聚散真容易。"化用的是白居易的《花非花》:"花非花,雾非雾。夜半来,天明去。来如春梦不多时,去似朝云无觅处。"

2. 同意。"自怜"二字使得红烛这一形象更为柔弱,一位楚楚可怜的弱女子形象跃然纸上,而"空替"二字则显出离人的无计可施,除了流泪无法可想,进一步推进这一女子形象。

3."衣上酒痕"是西楼欢宴时留下的印迹,"诗里字"是筵席上题写的词章,它们原是欢游生活的表记,触发了自己对旧日欢乐生活的记忆。只是如今旧侣已风流云散,回视旧欢痕迹,反引起无限凄凉意绪。"红烛"二句用拟人手法,写红烛虽然同情词人,却又自伤无计消除其凄凉,只好长洒同情之泪。因为烛油倾泻,似人流泪。这两句不说自己寒夜无眠,不说自己"自怜无好计",不说自己垂泪,而移情于物,把这一切都归之于红烛,更能反映出自己别后的凄凉心情,词情感人。

## 第十八讲

1. 言之有理即可。例:更喜欢"无可奈何花落去,似曾相识燕归来"两句,因为这两句词中,诗人的情绪实现了从悲伤到轻快的转变。在这世间,花儿到时便败落是无法改变的自然规律,令人感伤;然而归来的燕子带来的似曾相识之感,使得诗人感到了一丝温暖,让他相信在这世上还存在着不变的美好,让他感到并不是所有的事物都会随着时间的流逝而变得虚无,是其豁达人生观的反映。

2. "一向年光有限身"一句表达了对时光易逝、人生有限、盛年难再回的感叹;"等闲离别"说明分离是常有的事,令人伤感。

3.《西厢记》是在《莺莺传》的基础上发展而来的,但是二者的结局大不相同。在《莺莺传》中,张生最终抛弃崔莺莺而去,并给她扣上了个"蛊惑人心"的"尤物"之名。但在《西厢记》中,张生与莺莺经历了几番波折,最终有情人终成眷属,是一个皆大欢喜的大团圆结局。

## 第十九讲

1. 来源于《招隐士》中的"王孙游兮不归,春草生兮萋萋"。此处的"王孙"并非指世家贵胄,而是对丛林中的隐士的尊称。"萋萋"指的是草木繁盛的样子,侧面反映出了此地的人迹罕至与幽深僻静。

2. 大篇幅咏草是为了强调草坚强不屈的品格。送别诗中担忧、不舍等相对消极的情绪难免会占据上风,然而作者却大谈草之生命旺盛,尤其是其"春风吹又生"的坚韧与顽强,寄托了诗人坚定的信念,他相信他们有朝一日终会重逢,友人会回到原本属于他的地方。离愁别绪中充满了来日可期的积极调性,使得此作在送别诗中具有独特的魅力,让人在读诗过程中并不会感觉到悲伤与沮丧,甚至还怀着一丝希望与激励。

3. 继承:白诗将草与送别结合在一起,林逋承袭了这一点。

发展:白诗以草的蓬勃旺盛,寄托其别样的送别之情。林逋咏草所寄托的情感与白有很大的不同,他借草表达的是一种缱绻缠绵之情。送君千里,终须一别,当无法再相送时,看着"萋萋"生长的草遍布"南北东西路",仿佛就是用自己的思念铺就了远去的道路,这些草也成了词人自己的化身,陪伴着"王孙"山水一程又一程,可见这份不舍是如此之深厚。

4. "翠色和烟老"在这里既指春之将尽,草色将退,也是指主人公即将人老珠黄。草色和着烟雾必然是水雾茫茫一片,茫茫的还有主人公的双眼,他在泪水中含恨老去。梅尧臣不是简单地因袭对白居易诗歌的点化,他还对其进行了艺术性的创造,即借物喻人,其表达的情感也不再是送别之情,而是由思念转化成的哀怨之情,既怨怼远人,也感叹容颜易老、时光易逝。

# 第二十讲

1.《招隐士》中春草是独立于别情之外的,它就是一个情感的触发器;在白居易的《赋得古原草送别》中,春草是表达别情的载体,是情感的抒发者;而在秦观的《八六子·倚危亭》中,春草的旺盛生命力与离别时的斩不断的愁绪被词人画上了等号,二者是同一个事物。

2.《寄扬州韩绰判官》《题扬州禅智寺》《扬州三首》等。

背诵建议:

<h3 style="text-align:center">遣 怀</h3>

【唐】杜牧

落魄江湖载酒行,楚腰纤细掌中轻。

十年一觉扬州梦,赢得青楼薄幸名。

## 第二十一讲

1. 稼轩恢复失地、报仇雪耻的锐气无从施展,故而此等"功名"实属多余。此为词人的一时愤激之语,表达了词人对朝廷的极度不满和壮志难酬的悲愤。

2. 此句寓情于景。"带雨云埋一半山"意为远处的乌云沉沉压来,斜风带雨,来势汹汹,将青山吞噬大半。"埋"字充满了强势,即使是伟岸的青山也依旧难以抵抗乌云的遮蔽,实际上是在为自己被奸邪之人排挤和压制而意难平。

3. 杜诗表现了李白在路途中经历的危险窘迫。然而稼轩觉得自己目前的处境比当时的李白还要凶险,所谓明枪易躲,暗箭难防,朝廷中的尔虞我诈、勾心斗角形成了一股"恶"的"风波"。稼轩将自然环境的凶险开拓到了朝廷中的波诡云谲和人心险恶,是一种推陈出新。

## 第二十二讲

1. 清晨的雨洗净了柳树上的尘土,使之重新露出柳之本色,细密的雨珠又停留在碧绿的柳叶之上,让柳叶拥有了一幅晶莹翠绿的面孔,这便是"柳色新"。清新翠绿的柳树矗立在道旁,焕发出明丽的色彩,让镶嵌在柳树之中的"客舍"也染上了"青青"的色彩。雨过明媚的天空、湿润洁净的道路、染上青色的客舍、翠绿晶莹的杨柳,共同构成了一幅清丽明朗的画面,充满了轻快和希望。

2. "更"字表明在此之前,王、元二人已经饮酒良多,但是摩诘仍旧希望元常能再多喝一杯,男子汉大丈夫难为忸怩之态,因此只能将饱满浓烈的情感寄托在这酒盏之中,每喝一杯,情意便更深一层。"尽"字则表明二人每一次举杯都会一饮而尽,这是男儿率直与真挚的表现。"更"与"尽"表达了二人的情之真、意之切,也将送别推向了情感的高潮。

3. 王维诗中传递的是对友人远去的不舍、关心和祝福;苏轼词中表达的是自己对友人的恋恋不舍和归家团聚的羡慕之情。

## 第二十三讲

1. 不好。首先,与全文的风格不符。在开头,诗人便以一个默默伫立、眺望远方的形象来含蓄地表达情思,营造了一种安静的氛围,传达了一种无言的美感,让读者沉浸其中,若是在下阕让一个人聒噪地说话,便打破了这种氛围,美感也便不复存在了。其次,情到深处之时,往往是无法用语言表达出来的,是无法找到合适的词来将自己的情感真真切切地说与别人听的,因此"说不了"三字,也表达了这种情思之深远。

2. 表现了李贺傲兀不羁的性格和不受封建等级观念束缚的可贵精神。李贺自己曾因父讳而不能参加进士考试,深受封建礼教的迫害,所以这样的一种表达,实则也表现了李贺的不满。

3. 言之有理即可。示例:我最喜欢"天若有情天亦老,人间正道是沧桑"一句。这一引用给此诗增加了恢宏的气势,读来士气昂扬,充满力量。

## 第二十四讲

1. 借商山四皓在年老体衰之时还能够得到伯乐赏识,委婉地表达了自己虽然年老体弱但是仍旧在等待为君效力、报效国家的豪迈之情。

2. "红莲相倚浑如醉,白鸟无言定自愁"的意思是鹅湖中的红莲互相依偎,宛若喝醉了酒的美人;堤岸上的白鸟静静地兀立着,一定是在发愁。红莲像迷醉发红的脸颊,也暗示了词人的心醉。鸟"愁"是因为白鸟如白发生,"愁"说出了稼轩的心声。"醉"是因为眼前的美景亦无法排遣的"愁"。此句是绝妙的情景交融之句,在明丽的画面中,透露出难以掩饰的忧伤。

3. 刘诗的悲愤更多是指向自己的,他恨自己没有施展抱负的机会;而稼轩词的悲愤指向的是国家,他还没有收复北方、为国建功,就被排挤,一身能耐无法施展,其"英雄江左老"的忧愤令人为之动容,为之扼腕。

## 第二十五讲

1. 这两句写的是澄澈的漓江蜿蜒曲折,江水缓缓流淌,如同一条飘逸翠绿的衣带环绕在仙女的身畔;参差林立的山峰形态各异,有的如同秀美的玉簪,有的如同精致的发髻。桂林山水以秀丽别致闻名于天下,退之以女性装饰品来喻指桂林山水,神形兼备,妙不可言。

2. "看""拍"两个动词极富表现力。"吴钩"乃是上阵杀敌的武器,而此时的吴钩竟只能用来"看",只作为闲来把玩之物,实在是暴殄天物,其中暗藏了稼轩的怨怼——本是上阵杀敌之人,却被南宋朝廷如玩物般弃置一旁,英雄无用武之地的苦闷被写得十分动人。"拍"字写出了稼轩满腹的苦闷无从发泄,只能将其发泄在栏杆上,其心中的焦灼、急切与悲愤如在眼前。

3. 稼轩在此处反用张翰的典故。"尽西风",尽管又到了起秋风的时候了,"季鹰归未",季鹰却迟迟没有归来。词中稼轩自比季鹰,但却无法归家,揭示了稼轩此时的处境,家乡正在金人的铁骑下饱受蹂躏,自己有家难归,表达了稼轩的对金人的仇恨、对南宋朝廷的谴责和对自己家乡的想念。

## 第二十六讲

1. 以描摹景物开篇,"烟笼寒水月笼沙",诗人不惧用词重复连用两个"笼",将烟、水、月、沙等物串联起来,四者本就都带有模糊的特质,而"笼"描绘的又是物与物之间相融的状态,即刻就营造出了氤氲朦胧的意境。一切景语皆情语,由景及情,可捕捉到诗人此时内心的迷茫与怅惘。开篇状景也为整篇诗作涂上了伤感的底色。

2. ① 虚实相生。"至今商女,时时犹唱,后庭遗曲",词人由眼前的山河美景等实景,联想到过往的六朝历史,再进一步联想到杜牧的"商女不知亡国恨,隔江犹唱后庭花"等一系列虚景,一虚一实,时空变化,富有艺术性。

② 借代。"归帆去棹残阳里",这里的"帆"和"棹"都是为了避免语义的重复,以部分代整体,指称远行的船只,增强了语言的精致感。

3. 杜牧对当权者的骄奢淫逸进行了抨击,但是他的忧思表达是含蓄的,矛头并没有直指统治者,而是指向了"商女",这与他"人微言轻"的政治地位有关。王安石直抒胸臆,慨叹了当权者对前车之鉴熟视无睹,进而抒发了对祖国河山深沉的爱和对宋王朝命运深切的担忧,表达了作者关注国家命运的政治家情怀。王安石的表达是直接的,没有像杜牧一样用"指桑骂槐"的方式,这与他高贵的政治地位亦是有关的。

4. "商女"意象的内涵,最初有三种说法:一说是"歌女",一说是"商贾之女",一说是"商人妇"。这两首作品以巨大的影响力,打破"商女"意象三足鼎立的内涵意义,强化"商女即歌女"的内涵,并在此基础附上《后庭花》被称为亡国之音的历史典故,使两者紧紧联系在一起,发展出寄托家国之思、警醒当世的内涵。

## 第二十七讲

1. 苏轼被贬黄州，生活拮据，徐君猷为初来乍到的苏轼提供了数十亩荒地开垦种植，借以改善生活。这块地当地人唤作"东坡"，苏轼便自取别号为"东坡居士"。

2. 在内容上相同，都写重阳佳节饮酒之事。在情感上不同，杜牧用酩酊大醉的方式来酬谢良辰，这样一来就无须在节日登临时为夕阳西下、为人生迟暮而感慨怨恨，可见杜牧是想用逃避来抵抗心伤；东坡则是在清醒的状态之下去享受当下的美好，以赋词饮酒来消解愁闷，看淡世情的处事态度反映出作者旷达从容的人生追求。

3. 苏轼将《十日菊》中的悲伤升级，原本"蝶"只是对菊"不知"，迷恋菊花的蝴蝶对菊花不闻不问，留给人的是无限悲伤。但是苏词中却写道"蝶也愁"，蝴蝶不是忘却了明日黄花，而是在为菊花而哀伤，在郑谷的情感基础上进一步深化哀愁。

## 第二十八讲

1. 这三句使用了博喻手法，将无形之愁，比作烟雾中的草，比作风中的飞絮，又比作绵绵细雨，化无形为有形，并且还是有广度、有密度、有长度的具体可感之物。同时，他用以博喻的事物，既描绘了烟雨江南的迷离景致，又映衬出词人黯然沉痛的心境、迷惘惆怅的思绪。

2. 李清照《武陵春·风住尘香花已尽》中的"只恐双溪舴艋舟，载不动许多愁"。这句词运用了新奇的比喻，用夸张的比喻形容"愁"，她的愁绪重得连舟都载不动，将精神化为物质，将抽象的感情化为具体的形象，饶有新意，且自然妥帖，不着痕迹，寓情于景，浑然天成。

3. "锦瑟"本意是指装饰华美的瑟。瑟音能以其独特的音色勾起人对过往的追思，瑟音中的追思亦喜亦悲，将"锦瑟"与"年华"连用，其所指就被固化称为"锦瑟年华"。李商隐的《锦瑟》、贺铸的《青玉案·凌波不过横塘路》中其内涵指过往值得慨叹的人生遭际。李商隐表达的是理想幻灭、时光易逝、政治失意、怀才不遇而愁，意在强调愁的复杂；贺铸则着重对沉抑下僚、怀才不遇而抒发满心的愁绪,意在强调愁的程度。

## 第二十九讲

1. 言之有理即可。例如:我更赞成苏轼对待衰老时的情感,因为衰老是我们每个人都不可改变的事实,但是我们可以改变自己的心态,这样我们的生活才会变得更加乐观积极。

2. 不赞成。这首词不仅有劝勉友人之意,更有自勉自励之意。苏轼富有才学、志存高远,然而由于"乌台诗案"遭贬,流落黄州,徒增年岁,而功业难成,生命荒废感日益强烈,因而常常抑郁悲愁,自伤老大。但在立身行事上,他又没有完全堕入绝望的境地而不能自拔,他对未来仍然有所期待,因而这首词在慰勉友人的同时,也真实地展现了诗人深刻的思想矛盾,显示了诗人开朗旷达的襟怀。

## 第三十讲

1. 与苏轼《和陶饮酒二十首(之三)》中的"江左风流人,醉中亦求名"相似。这二句表面是在批判南朝那些"醉中亦求名"的名士,实际是在讽刺南宋已无陶渊明那样的饮酒高士,而只有一些醉生梦死的统治者。

2. 语出《南史·张融传》:"融常叹云:'不恨我不见古人,所恨古人又不见我。'"此化用展现了辛弃疾个性之张扬与狂放。

3. 
忆李白
【南宋】辛弃疾

当年宫殿赋昭阳,岂信人间过夜郎。
明月入江依旧好,青山埋骨至今香。
不寻饭颗山头伴,却趁汨罗江上狂。
定要骑鲸归汗漫,故来濯足戏沧浪。

## 第三十一讲

1. 在这首词中,一共提到了绿、粉、黄、白、红、金六种颜色,这些颜色皆能带给人纯净、清新之感,使读者在阅读时,眼前所呈现的画面符合理想世界这一地点设定,读来便充满着希望和愉悦。

2. 桃花源是陶渊明心中的理想境界,"芳草鲜美,落英缤纷""黄发垂髫并怡然自乐""不知有汉无论魏晋",显示出陶氏对美好、平和、自然的理想社会的向往。这首词中,作者写所游之地"溪上桃花无数,花上有黄鹂",那里可以一展浩气,可以自由自在地"坐玉石,欹玉枕,拂金徽"。正是因为陶、黄所处的现实没有这样的境界,所以他们才如此热爱并在作品里讴歌这样的境界。作者内心对现实的怨愤、不愿与现实同流合污的清高志趣,正是这样表现出来的。

3. ①季节:杜牧所描写的是深秋之景,而王维笔下的是初冬之景。②色彩:杜牧爱红于二月花的枫叶,而王维更喜苍翠的松柏所带来的绿意。

## 第三十二讲

1. 莺儿开始鸣叫,细雨滋润大地,青草长出嫩芽,花朵含苞欲放,万物充满了生机。

2. (1)"最是一年春好处""草色遥看近却无",直接引用韩愈诗句。(2)"微雨如酥",引用时稍变韩愈诗句中的字词。

3. 言之有理即可。示例:(1)是。因为初春时节万物复苏,柳树抽新芽,桃树长新苞,一切生命都刚刚开始,未来的一切都充满着希望。(2)不是。深秋对我来说才是最好的季节。"停车坐爱枫林晚,霜叶红于二月花"的壮阔浓烈的美景,只有此时才能欣赏到。

## 第三十三讲

1.
### 醉花阴·薄雾浓云愁永昼
#### 【北宋】李清照

薄雾浓云愁永昼,瑞脑消金兽。佳节又重阳,玉枕纱厨,半夜凉初透。

东篱把酒黄昏后,有暗香盈袖。莫道不消魂,帘卷西风,人比黄花瘦。

在这首词的上阕中,通过瑞脑、金兽、玉枕、纱厨表现了物质生活的华贵,但在下阕中描写了在采菊之地饮酒的画面,菊花香气充盈了整个袖子的场景又显得脱俗而清丽。

2. 元好问:"骤雨过,珍珠乱翻,打遍新荷。"

杨万里:"却是池荷跳雨,散了珍珠还聚。聚作水银窝,泻清波。"

3. 唐朝高适所写的"新秋归远树,残雨拥轻雷"。

## 第三十四讲

1. 结句突兀地在琴瑟声达到高潮之后戛然而止,出人意料,此为结尾的"一绝"。诗歌从湘水女神鼓瑟写起,结尾以湘水女神奏罢为结,首尾呼应,浑然一体,此为结尾的"二绝"。广阔的江面上重叠着几座青葱的山峰,色彩明丽清新,仿佛湘妃琴瑟声的余音袅袅与山峰合而为一,江景见证了湘妃传奇的故事,以景作结,韵味无穷,此为"三绝"。

2. ①比喻、双关。"一朵芙蕖,开过尚盈盈",写花的美丽轻盈,其实是借出水芙蓉比喻弹筝的美人,一语双关。②衬托。"何处飞来双白鹭,如有意,慕娉婷"一句,将白鹭人格化,或许是因为仰慕美人,或许是因为音乐动听而停息,以此衬托弹筝女的美丽或音乐的动听。

3. 最后三小句采用欲擒故纵的手法,未写人或音乐,反而写曲终人散,只见青翠的山峰仍静静地立在湖边,仿佛那哀怨的音乐仍荡漾在山水之间,萦绕在人的心头,言有尽而意无穷。

## 第三十五讲

1. "试问"一词中有一丝胆怯与担忧的情愫。作者从理性的角度认知,海棠花大概已经凋敝零落了;然而从感性的角度认知,蕴含着作者希望海棠花真的"依旧"。作者就在这种矛盾与纠结中展示了她柔软细腻的内心。

2. 婢女"却道海棠依旧",让词人与婢女之间产生了隔膜。词人记挂海棠,经历一夜风雨洗礼之后的海棠已全然不是"昨夜"的海棠,纵使今日海棠真的与昨夜海棠别无二致,在她的情感深处,一切也已经变得全然不同。婢女的回答不但不能让词人不宁的心绪稍有缓解,反而加剧了她的愁绪,这份愁绪来自一种无人能知、无人能解的孤独与寒冷。

3. "绿""红"二字是借代,以叶和花的颜色来代指叶和花,具有高度的概括性,留给人无穷的品味空间,富有张力和表现力。用"肥"与"瘦"来形容叶与花,包含了多重艺术手法。此二字可以理解为比喻,即把花的衰败之态比作消瘦的妇人,把绿叶的繁茂之态比作肥胖之人。此二字也可以理解成拟人,"肥""瘦"多用于形容人,而此处用于形容叶与花。此外,还有对比的手法蕴含其中,一肥一瘦的鲜明反差,意在衬托"瘦",花的零落是"瘦",人的憔悴是"瘦",精神的幽怨更是"瘦",词人借此将人和花合为一体。

4. "衬"是衬托,"跌"是跌宕。《如梦令·昨夜雨疏风骤》用卷帘人为衬,与词人的心境形成鲜明对比,写出了词人的孤独与惆怅;以"却道海棠依旧"与"应是绿肥红瘦"为跌,使得小令一波三折,曲折多致。起承转合,妙造自然。

## 第三十六讲

1. 绚烂的樱花凋零殆尽,暗示佳人的美好的容颜也随着时光的侵袭凋敝殆尽;青丝亦熬成白发,如同梨花般点点斑白,表达了对年华老去的无可奈何与怅惘。

2. "红藕香残"表明荷花凋谢殆尽,但是香气依旧。花开花落象征了悲欢离合。身下的"玉簟"也被这秋浸染。枕席生凉,既是肌肤间的触觉,也是凄凉独处的内心感受。开篇一句从视觉、嗅觉和触觉三个角度对初秋进行了点染,既描景又含情,语言平淡易晓,似女子不经意的低回,为全词定下了缥缈忧愁的基调。

3. 情至于要用计来消除它,其重可知;然而又无计可消除。"眉头"与"心头"相对应,"才下"与"却上"成起伏,对仗工整,富有极强的语言张力。"眉头"和"心头"亦暗合了"两处闲愁",前后呼应,词意连贯。从一"下"一"上"之中还可领略她的万般愁绪,给人以无尽的遐想,表现出词人深婉细腻的风格。

## 第三十七讲

1. "杨柳堆烟"中的"堆烟",本意是指烟雾难以消散,此处指的是杨柳枝条茂盛且浓密,遮挡了雾气的消散,为本就幽深曲折的庭院增添了遮蔽之感。同时也可以理解成柳树生长过于繁密,就仿佛浓稠的青烟一般,遮住了人的双眼,进一步增强了人与外部环境的隔膜,表现了庭院之"深"。

2. 风雨大作之时,猛烈的风和狂暴的雨让思妇心惊肉跳,悲伤的情绪如藤蔓般包裹了思妇的心,此为时间意境的"一深";正是暮春时节,落花飘零,一片荒凉萧索的景象,花儿流水去,红颜凋零逝,此为时间意境的"二深";"门掩黄昏"中又表明此时适逢黄昏,日薄西山,营造了日暮的苍凉,此为时间意境的"三深"。意境上的三重"深",层层渲染。

3. 此二句表现了思妇因花而泪,因泪问花,问花无果,花随风去的情感脉络,层层堆叠与深入,让人不禁愈发惆怅与苦闷,有情之人被无情之物冷漠以待,深刻反映了思妇难言的苦痛与怅然若失。

## 第三十八讲

1. "心似双丝网,中有千千结"两句也表达了"我"对于爱情的忠贞不移。在这句中,词人运用比喻的手法,将心比作双丝制成的网,其中有许许多多的心结。一方面表达了自己因爱情受挫而感到忧郁的心境;另一方面通过"丝"与"思"的谐音,来表示两人乃是两情相悦,在这情网之中,有着千千万万个结将双方紧紧地联系在一起,无人可将他们分开,以示爱情之坚固。

2. 源出《离骚》"恐鹈鴂之先鸣兮,使夫百草为之不芳。"

3. 张先所作的《天仙子·水调数声持酒听》中,"伤流景"一句中的"流景"二字便取自唐朝诗人武平一所作的《妾薄命》一诗:"流景一何速,华年不可追。"意为如流水般的光阴。

## 第三十九讲

1. 此句与唐代诗人张沁所写的"鱼雁疏,芳信断,花落阴庭晚"相似。两处都将"鱼"和"鸿雁"当作了传书的使者,当作了"我"与远行之人之间的桥梁,都以鱼雁的不见来表示联系之中断。但是在张沁的词句中,是从鱼雁的数量来进行阐述的,鱼雁少了,"我们"的信也没有了,而晏殊的词中,则是以鱼雁的状态了表达联系中断之意的,大雁在云端飞翔,鱼儿在水中遨游,它们都过着自己的生活,不会来到"我"的面前送来"你"的消息,"我"亦不知"你"身在何处,满纸的相思之语不知该寄往何处。

2. 示例一:我更喜欢以乐景衬哀情的手法。一悲一喜的对照,可增加悲伤的强烈程度,给读者带来更大的情感冲击。

示例二:我更喜欢以哀景衬悲情的手法。哀伤的景物营造了一种悲伤的氛围,使读者沉浸其中,更能被悲伤的情绪所打动。

3.(1)旧时王谢堂前燕,飞入寻常百姓家。(2)连环情未已,物是人非,月下疏梅似伊好。(3)明年花发虽可啄,却不道人去梁空巢也倾!(4)其物如故,其人不存。

## 第四十讲

1. 梅花代表的是不畏艰难、清高孤傲的品质。例如王安石的《梅花》:"墙角数枝梅,凌寒独自开。遥知不是雪,为有暗香来。"

2. 岑参"忽如一夜春风来,千树万树梨花开。"

3. 落花在古诗词中一般代表着年华流转,红颜易老,生命无常的感叹。

示例一:我更喜欢苏轼对落花所抱有的感伤。因为花落之后虽会结果,产生新的生命,但是花朵本身的凋零是无法逆转的,曾经在枝头娇艳的花朵,最后仅能落得一个化入泥土的结局,令人唏嘘。

示例二:我更喜欢杜牧的乐观。因为花朵虽然飘落了枝头,但并不代表它的生命便在此终结。枝头的果子是它生命的延续,它仅是脱下了自己华丽的外衣,换了一种形态存在而已。